OUTROS LIVROS DE ROBERTO DE SOUSA CAUSO

Dinossauria Tropicália (organizador). Edições GRD, Ficção Científica GRD N.º 14, 1993. Antologia.

Estranhos Contatos (organizador). Caioá Editora, 1998. Antologia.

A Dança das Sombras. Editorial Caminho, Caminho Ficção Científica N.º 189, 1999. Contos.

Terra Verde. Grupo Editorial Cone Sul, 2000. Novela ganhadora do III Festival Universitário de Literatura.

Ficção Científica, Fantasia e Horror no Brasil: 1875 a 1950. Editora UFMG, 2003. Ganhador do Prêmio SBAF 2003. Ensaio.

A Sombra dos Homens. Devir Livraria, 2004. Contos.

Histórias de Ficção Científica (organizador). Editora Ática, Coleção Para Gostar de Ler N.º 38, 2005. Antologia.

A Corrida do Rinoceronte. Devir Livraria, 2006. Romance.

Os Melhores Contos Brasileiros de Ficção Científica (organizador). Devir Livraria, 2008. Antologia.

O Par: Uma Novela Amazônica. Associação Editorial Humanitas, 2008. Novela ganhadora do Projeto Nascente 11, 2001, Melhor Texto.

Rumo à Fantasia (organizador). Devir Livraria, 2009. Antologia.

Contos Imediatos (organizador). Editora Terracota, 2009. Antologia.

Anjo de Dor. Devir Livraria, 2009. Romance finalista do Projeto Nascente 10 (2000).

Os Melhores Contos Brasileiros de Ficção Científica: Fronteiras (organizador). Devir Livraria, 2010. Antologia.

Selva Brasil. Editora Draco, 2010. E 1.ª edição eletrônica, 2012. Novela.

Duplo Cyberpunk: O Consertador de Bicicletas/Vale-Tudo (com Bruce Sterling). Devir Livraria, 2010.

Duplo Fantasia Heroica: O Encontro Fortuito de van Oost e Oludara/A Travessia (com Christopher Kastensmidt). Devir Livraria, 2010.

As Melhores Novelas Brasileiras de Ficção Científica (organizador). Devir Livraria, 2011. Antologia.

Duplo Fantasia Heroica 2: A Batalha Temerária contra o Capelobo/Encontros de Sangue (com Christopher Kastensmidt). Devir Livraria, 2011.

Parada 93. Editora Draco, 1.ª edição eletrônica, 2013. Novela.

Déjà-vu: O Forte. Editora Estronho, 1.ª edição eletrônica, 2013. Conto.

Glória Sombria: A Primeira Missão do Matador. Devir Livraria, 2013. Romance.

Brinquedos Mortais: Um Herói para Afrodite, conto de fantasia contemporânea. Editora Draco, 1.ª edição eletrônica. 2013. Conto.

Space Opera: A Alma de um Mundo. Editora Draco, 1.ª edição eletrônica, 2013. Novela.

Órbitas Mortais. Navras Digital Editora, 1.ª edição eletrônica, 2013. Contos.

Terra Verde. Editora Draco, 2013. E 1.ª edição eletrônica, 2013. Novela.

Voo Sobre o Mar da Loucura. Editora Draco, 1.ª edição eletrônica, 2014. Novela.

Encontro no Vigésimo-Oitavo Andar. Editora Draco, 1.ª edição eletrônica, 2014. Novela.

Viagens de Papel: Contos e Crônicas de Temática Livre (organizador). Andross Editora, 2015. Antologia.

Shiroma, Matadora Ciborgue. Devir Livraria, 2015. Contos.

Excalibur: A Memória da Espada. Editora Draco, 1.ª edição eletrônica, 2016. Conto.

Mistério de Deus. Devir Livraria, 2017. Romance.

Tasmânia. Free Books Editora Virtual, 1.ª edição eletrônica, 2017. Conto.

MESTRE DAS MARÉS

ROBERTO DE SOUSA CAUSO

DEVIR

Copyright © 2018 by Roberto de Sousa Causo
Copyright da ilustração da capa © 2018 by Vagner Vargas
Copyright da ilustração da quarta capa © 2018 by Bruno Werneck
Ilustração de frontispício: R. S. Causo

1ª Edição: publicada em agosto/2018

DEVIR
devir.com.br

Editorial
Coordenador Editorial Brasil: Paulo Roberto Silva Jr.
Revisão: Ivana Mattiazzo Casella
Diagramador: Tino Chagas
ISBN / Código de Barras: 978-85-7532-668-8

Publicado por **Devir Livraria Ltda.**

Código Devir: DEV333130

Atendimento
Assessoria de Imprensa
imprensa@devir.com.br
SAC: sac@devir.com.br

Eventos: Marcelo Meletti
eventos@devir.com.br

Brasil
Rua Teodureto Souto, 624
Cambuci – CEP 01539-000
São Paulo – SP – Brasil
Telefone: (55) 11 2127 8787
Site: www.devir.com.br

Portugal
Pólo Industrial Brejos
de Carreteiros Arm. 3, Esc. 2
Olhos de Água
2950-554 – Palmela – Portugal
Telefone: (351) 212 139 440
E-mail: editora.pt@devir.com
Site: www.devir.pt

Dados Internacionais de Catalogação na Publicação (CIP)
(Câmara Brasileira do Livro, SP, Brasil)

Causo, Roberto de Sousa.
    Mestre das marés / Roberto de Sousa Causo. — São
Paulo : Devir, 2017.

    ISBN 978-85-7532-668-8

    1. Ficção científica brasileira I. Título

17-07013   CDD-869.308762

Índices para catálogo sistemático:

1. Ficção científica : Literatura Brasileira   **869.308762**

Mestre das Marés

Copyright © 2017 by Roberto de Sousa Causo. Todos os direitos desta edição reservados. *Copyright* da ilustração de capa © 2017 by Vagner Vargas. *Copyright* da arte da quarta capa © 2017 by Bruno Werneck Os eventos, instituições e personagens apresentados neste livro são fictícios. Qualquer semelhança com pessoas reais vivas ou mortas é mera coincidência. Nenhuma parte desta publicação pode ser reproduzida, por quaisquer meios, sem a autorização expressa por escrito dos detentores dos direitos autorais. Todos os direitos para a língua Portuguesa reservados à Devir Livraria Ltda. Todos os direitos reservados e protegidos pela Lei 9610 de 19/02/1998.

—*Para Pierluigi Piazzi (1943-2015) e Douglas Quinta Reis (1954-2017): editores e físicos.*

SUMÁRIO

Prólogo: Missão Abortada — 11

PRIMEIRA PARTE
1. O Mestre das Marés — 27
2. Queda Orbital — 47
3. Cadáver Planetário — 81

SEGUNDA PARTE
4. Bloqueio — 125
5. Jornada ao Inferno — 165
6. O Último Círculo — 195
7. Purgatório — 211
8. Ascensão — 231
9. Hálito de Fogo — 257

Epílogo: Despertar — 267

Anexos — 271

Agradecimentos — 283

O mal é tão assustador, alienígena e inescrutável quanto um buraco negro a mundos de distância.
—Susan Neiman

PRÓLOGO:
Missão Abortada

Depois de conferenciar uma segunda vez por ansível com o meu editor, Bolívar Conejo, resolvi não dar trégua alguma ao Capitão Jonas Peregrino. A desconfiança que sentia a seu respeito só havia crescido desde meu primeiro encontro com ele e o Almirante Túlio Ferreira, ainda no Quartel General da Esquadra Latinoamericana da Esfera, em um deserto qualquer na superfície do planeta Cantares. Eu tinha em mente antecipar a conclusão do perfil dele, para não ter de acompanhá-lo na missão sem importância que ele iria comandar em um ponto obscuro da Esfera, num planeta com o nome de Iemanjá. Nem queria ser baixada à superfície de Cantares, preferindo ficar em órbita. Nada em Cantares ou no QG justificaria um "ângulo local" — quem viu um "planeta vila militar", como diziam na Terra, já viu todos. Quanto mais cedo eu voltasse para casa, melhor — o pior era todo o trânsito em velocidades próximas à da luz, que só faria prolongar a minha ausência junto a amigos e parentes, esticando para meses o que eu sentiria como semanas. Mas Conejo insistiu que eu acompanhasse Peregrino em uma operação, para contrabalançar a narrativa heroica produzida por Marcos Vilela e Suzane Costa, repórteres d'*A Voz da Esfera*, após a Batalha da Ciranda Sombria.

Bastava para mim, portanto, ser transferida em uma nave auxiliar da estação orbital de recepção, para a nave em que ele se encontrava. Mas durante a arremetida do 28.º Grupo Armado de Reconhecimento Profundo, comandado por Peregrino, meu contato com ele havia sido esporádico, e isso me surpreendeu. A razão dada foi que o tempo era curto, as naves se lançavam à Zona de Simetria Rompida sem os costumeiros testes e períodos alternados de aceleração calculada e plena. Fui forçada a me concentrar numa panorâmica dos procedimentos do GARP, sem qualquer interesse político. A bordo da nave *Balam*, eu tentava obter dos subordinados de Peregrino opiniões sobre seu comandante, e nisso sabia que era melhor também ser rápida e precisa. O que consegui alimentou minha opinião de que havia algo de estranho a respeito desse novo "herói" da Latinoamérica. Conejo estava certo em me prevenir contra a imagem construída que Túlio Ferreira tentaria me vender.

Alguns oficiais e praças da *Balam* que entrevistei relataram a forma incomum com que Peregrino havia sido transferido para a Esfera, cercado de segredos, apresentado ao oficialato só depois que a nova unidade tinha sido estruturada em tempo recorde, com uma base segregada num continente gelado de Cantares, e com orçamento sigiloso. É verdade que muitos elogiaram as qualidades de liderança de Peregrino e suas habilidades táticas durante a Batalha da Ciranda Sombria, mas consideram ter sido um exagero disparar contra um destróier avariado da própria ELAE, para obrigá-lo a retornar ao combate. Um exagero *criminoso*, segundo pelo menos uma das tripulantes a quem entrevistei.

Por outro lado, outros tinham apenas elogios a fazer, mas eu suponho que estes estejam sob a influência do Almirante Túlio Ferreira e seu projeto de fabricar um herói que cative os povos da Diáspora Estelar e alavanque uma carreira política, quando Túlio pendurar o uniforme. O objetivo final pode ser o de vender à opinião pública a imagem de que a esquadra comandada por ele conquista vitórias reais na Esfera, enquanto a maioria acredita que a presença da Latinoamérica nesta região da galáxia não representa nada além de uma extravagância política e militar.

A própria Batalha da Ciranda Sombria parece ter sido um grande desperdício de recursos e de vidas. Mais de quinhentos militares mortos. Para quê? Para defender alienígenas e para destruir naves robôs que em nada ameaçavam a Terra ou nossas colônias nas zonas de expansão consolidadas. Mas eu reconheço que, especialmente nas Zonas 2 e 3, os tadais causam apreensão. Os

Mestre das Marés

colonos mais distantes da Terra não gostam nada da ideia de uma civilização de robôs supostamente predisposta a arrasar formas de vida inteligentes, que é a imagem que se faz dos tadais nas colônias. Para o *background* da matéria, entrevistei, antes de embarcar para a Esfera, os analistas do Almirantado Estelar — sob o comando de Gervásio Henriques da Fonseca. A maioria deles, felizes em serem entrevistados por uma repórter do *Infinitus*, foram quase unânimes em concluir que a imagem de máquinas genocidas sem controle é um engano. As raças alienígenas instaladas na Esfera estão ali há muito mais tempo do que os humanos, e as razões do conflito delas com os tadais devem ser complexas mas compreensíveis, o que se comprovaria se tivéssemos acesso irrestrito a elas.

Há a justificativa do Almirante Túlio, de que a ELAE tinha obrigações firmadas por tratado, para com os alienígenas mukbukmabaksai na Esfera. Os analistas que consultei esclarecem (em sigilo, para não provocar embaraços diplomáticos) que a praxe entre os militares — não apenas os da ELAE, mas também os dos outros blocos políticos humanos envolvidos com a Esfera — é atender a essas obrigações apenas em circunstâncias em que a perda de pessoal ou material seja desprezível; e as perdas da ELAE na dita batalha foram sem precedentes. Tal entendimento é tão disseminado, que as unidades da Aliança Transatlântico-Pacífica e da Euro-Rússia que também participaram da batalha em momento algum se envolveram no combate a ponto de sofrerem perdas significativas. As próprias autoridades mukbukmabaksai, dizia-se, não esperavam que sua colônia em Tukmaibakro fosse salva, e já haviam dado como perdida parte de sua força de operários.

Por que então Túlio Ferreira e Jonas Peregrino não foram repreendidos, mas sim vistos como heróis da Diáspora? Conejo me fez ler a maior parte das declarações oficiais dos alienígenas da Esfera, elogiando a atuação da ELAE e do 28.º GARP, e saudando a nova disposição da Esquadra em cumprir os tratados firmados no passado. Sobre isso, também colhi opiniões de analistas (prometendo não revelar suas identidades) do Almirantado — e também da Chancelaria. Os primeiros reconhecem que o serviço diplomático da Latinoamérica foi bastante dinâmico e eficiente na obtenção de um número de tratados que, no médio prazo, trouxeram enormes vantagens para nós na Esfera. Sem isso, a presença latinoamericana na região seria irrelevante, e grandes oportunidades comerciais e tecnológicas teriam sido perdidas. Mas os diplomatas teriam se excedido quanto às obrigações militares firmadas naquele momento. A Diáspora Estelar não está preparada para realizar os investimentos necessários ao cumprimento das missões descritas nos tratados, nem existia clima político no Parlamento Conjugado Latinoamérica-Diáspora Latina para tamanho nível de comprometimento em benefício de civilizações alienígenas que, em grande parte, mal compreendemos e com as quais temos contatos apenas superficiais. E novamente, levando em conta que os blocos rivais da Latinoamérica na Esfera também não apresentam nível semelhante de comprometimento, tal *status quo* relaxado manteria as nossas autoridades em situação confortável nessa área da galáxia, já que não precisaríamos competir com os outros blocos por mais apreço da parte dos alienígenas.

Isso tudo mudou, em alguma medida. A vitória na Batalha da Ciranda Sombria e a quase unânime reação positiva dos alienígenas da Esfera impuseram um novo estado de coisas. Seria esse o plano de Túlio Ferreira — criar um fato consumado que o favorecesse? Com certeza, sua situação política como comandante da ELAE foi imensamente reforçada.

O pessoal do serviço diplomático com quem falei foi bastante cauteloso, porém. O embaixador Silvano Vieira de Mello, um dos arquitetos dos principais tratados em questão (ou de suas revisões, já que ele estava no início de sua carreira, quando a maioria deles foi firmada), concordou em ser citado: "Nossos tratados não foram escritos na areia da praia. As ações determinantes da Esquadra da Esfera representam um passo importantíssimo na maneira como lidamos com os nossos compromissos interespécies. Tenho certeza de que os nossos aliados na Esfera irão reagir proporcionalmente, e que grandes vantagens advirão dessa nova conjuntura, tanto para a Latinoamérica propriamente dita, quanto para a paz nessa área tão conturbada." Em contraste, alguns de seus colegas (que exigiram anonimato) declararam que, para lidar com a Esfera, é preciso uma boa dose de pragmatismo. "Nossos interesses lá ainda não estão suficientemente consolidados para um engajamento pleno", um deles declarou. Outro afirmou que "as coisas na Esfera são muito complexas, especialmente quanto à ameaça representada pelos tadais. Enquanto não tivermos informações substanciais a respeito deles, a cautela deve falar mais alto."

Mestre das Marés

Aparentemente, porém, o que falou mais alto foram as representações diplomáticas alienígenas. E do lado humano, há uma indisfarçável euforia por toda a Diáspora (e na Zona 3 em especial). Túlio e o seu protegido são os novos heróis da expansão da espécie humana pela galáxia.

Peregrino e um dos repórteres da *Voz da Esfera*, Marcos Vilela, aguardavam-me no acanhado camarote do oficial comandante da *Balam*, para minha segunda entrevista com o comandante do GARP. Aliás, *tudo* no vaso de guerra da classe Jaguar era estreito e acanhado.

Vilela esteve no sistema Tukmaibakro, acompanhando os combates durante a Batalha da Ciranda Sombria. Tinha me deixado livre para falar com a tripulação, e até facilitara meu trabalho me apresentando ao pessoal de bordo, oficiais e praças. Aparentemente, com a concordância de Peregrino.

Quando entramos no camarote, o Capitão-de-Ar-e-Espaço ouvia uma antiquada música instrumental, talvez típica de sua terra — o Mato Grosso, no Brasil. Ofereceu refrescos de um refrigerador ridiculamente pequeno. Ele mesmo bebia um chá gelado, muito escuro e de cheiro forte. Teve o bom senso de não oferecê-lo a mim ou a Marcos Vilela.

Eu já estivera ali antes, para uma rápida conversa, também acompanhada de Vilela. Havia apenas duas fotos de familiares nas paredes, e uma prateleira de livros, feita de plástico e no mesmo tom de "cinza naval" das paredes e de tudo o mais dentro da nave. Entre os livros de uma série popular de aventuras espaciais — incongruentes em luxuosas encadernações —, havia títulos clássicos de Camões e Alighieri, as obras completas de Shakespeare num único volume, e as memórias de dois grandes aventureiros latinos do século XXIII e XXIV, Pablo Villarubia Mauso e Henrique Villibor Flory.

Há algo de juvenil em Peregrino, apesar do rosto talhado e os olhos apertados, escuros e penetrantes. Parte da sua pose? Ele vestia apenas a bermuda de interface, além da sapatilha que todos usavam tendo em mente entrar num traje espacial de um instante para outro. Até eu era obrigada a usar a reveladora combinação. Para as tripulantes regulares, devia ser mais fácil: seus trajes de interface eram feitos sob medida e tinham costuras e discretos enchimentos que sustentavam o busto e outras áreas da anatomia feminina — quase como maiôs modeladores. Eu não tinha esse benefício. A medida representava excesso de zelo da parte de Peregrino? Ao viajar da Terra para a Esfera em um transporte militar, não precisei de nada disso.

O destino do 28.º GARP era esse planeta localizado dentro da Esfera. Iemanjá. Naves tadais tinham sido vistas nele ou perto dele, poucos dias depois da grande batalha. Evidentemente, eu não tinha todos os detalhes, mas essa me parecia uma missão de interesse duvidoso. Uma hipótese plausível era a de que Túlio Ferreira tivesse enviado Peregrino para longe do Quartel-General da ELAE a fim de afastá-lo das atenções da imprensa. Cheguei a ouvir isso dos meus colegas na estação orbital de trânsito em Cantares. Um escrutínio verdadeiro revelaria as fragilidades do novo "herói" — que Túlio tivesse concordado com minha presença na *Balam* ia contra essa ideia, eu admito. Mas sugeria que o oficial talvez não me levasse a sério como jornalista, provavelmente por eu não me especializar em assuntos militares. Estava disposta a fazê-lo se arrepender.

— Temos pouco tempo, senhorita Lopes — Peregrino disse, depois que me sentei. — Em vinte minutos, vamos vestir os trajes de combate e nos preparar para o tunelamento.

— Serei breve — garanti, sorrindo. E disparei, assim que ele calou a música e também sentou-se: — Por que o senhor sentiu necessidade de abrir fogo contra o destróier *Patagônia*, Capitão Peregrino?

Uma sombra passou diante do rosto dele, mas sua hesitação foi mínima.

— Há um inquérito em andamento — ele disse. — Prefiro não me manifestar enquanto não for concluído.

— O inquérito não impediu o Capitão Hernán Cuvallo, do *Patagônia*, de declarar que durante a batalha ele estava se retirando em obediência a normas estabelecidas dentro da Esquadra — eu disse —, e que o senhor não lhe deu oportunidade de esclarecer a posição dele ou de informar como ele enxergava a situação tática naquele momento.

Ele tomava seu chá de um recipiente de metal, chupando com um canudo metálico e de ponta chata. O recipiente era prateado, e trazia a insígnia do 28.º GARP com a onça e o disco da galáxia,

Mestre das Marés

em linhas verde-escuras. Ele ocupou-se em beber um longo gole, antes de responder:

— Interessante que você tenha tido acesso às declarações dele. Eu mesmo não tive esse privilégio.

"É importante que o Capitão Cuvallo tenha todas as oportunidades de defesa. Ele tem familiares na Zona Um, amigos na Zona Dois, do tempo em que serviu lá, e qualquer opinião que não a oficial sobre o que aconteceu com o *Patagônia* naquele dia só lhes causaria angústia desnecessária..."

— E quanto à angústia das famílias dos tripulantes mortos pelo seu disparo? — perguntei, sem o menor vacilo.

Ele fechou momentaneamente os olhos, no que me pareceu uma falsa demonstração de pesar, e disse:

— Não passa um dia em que eu não pense neles. Mas não tenho palavra possível de consolo, que esteja a par com a dor que seus familiares devem estar sentindo. É um fato especialmente trágico que os espaçonautas Ênio Silvino e Marisa Lins Penna tenham sido mortos pelas mãos de seus companheiros de armas. O fratricídio é um tipo de incidente difícil de ser digerido, por todos os envolvidos. Mas também neste caso, o inquérito deverá esclarecer as circunstâncias exatas dessas mortes.

— O que há para esclarecer? — perguntei. — O senhor ordenou que suas naves atirassem contra o *Patagônia* para obrigar o destróier a voltar à sua posição anterior. As mortes de... Ênio e Marisa foram o resultado direto desses disparos.

Vilela remexeu-se na cadeira ao meu lado. Fez menção de dizer alguma coisa, mas Peregrino o calou com um gesto e um meio sorriso. O militar respondeu, impassível:

— É verdade. Mas os disparos foram calculados pra atingir uma seção do *Patagônia* que, durante uma situação de combate, não deveria conter nenhum tripulante. Por que o compartimento estava ocupado por três pessoas, é uma das circunstâncias que o inquérito deve abordar.

Fui pega de surpresa.

— Como assim, não deveria conter tripulantes?

— Perto do casco há compartimentos da nave que são despressurizados durante uma batalha, para minimizar danos se ela for atingida. Os tripulantes que normalmente estariam neles são desviados pra postos de combate. Mas, apesar de ser esse o procedimento, Silvino, Penna e um terceiro tripulante chamado Manoel

Morales estavam lá, em compartimentos pressurizados e sem que seus trajes espaciais estivessem lacrados. Violações muito graves dos procedimentos de combate. Mas a razão disso ainda vai ser determinada.

Eu me reagrupei, perguntando:

— E por que o tal inquérito está demorando tanto? Os consultores militares e jurídicos da minha revista disseram que não costumam levar tanto tempo assim...

— Porque, pra esse incidente em particular, o departamento jurídico da ELAE decidiu acionar investigadores e supervisores independentes, não militares, vindos de fora da Esfera — ele respondeu. — Da Zona Três, na verdade, e é difícil encontrar pessoas experientes e isentas que aceitem se deslocar de lá até aqui nas condições de sigilo em vigência na Esfera. O Almirante tem sondado ONGS e institutos jurídicos há algumas semanas, com sucesso apenas parcial. A maior dificuldade parece ser a agenda de compromissos dessas pessoas. Se a investigação demorar muito e for preciso muitos deslocamentos na ZSR, de Cantares até algum mundo dos mukbukmabaksai, por exemplo, a dilatação temporal se torna um fator a ser considerado...

— Você disse para esse "incidente em particular". É comum que seja trazido pessoal de fora nesses casos?

— Não, não é.

— E por que então, neste caso? — perguntei, farejando algo.

Os militares são muito zelosos quanto à sua jurisdição e ao que acontece em suas fileiras, e raramente aceitam bem interferências civis. Por que Túlio ia autorizar a vinda de investigadores independentes?

— Pedi ao Almirante Túlio que o inquérito fosse o mais aberto e transparente possível — Peregrino respondeu. — E essa foi a melhor solução encontrada.

Sem entender o que havia por trás desse suposto desejo de transparência de Peregrino, tentei um outro ângulo:

— O Capitão Cuvallo foi afastado de seu comando — apontei —, e aguarda o fim do inquérito sem poder deixar o Quartel-General da Esquadra em Cantares. Mas o senhor, o autor dos disparos, tem autorização expressa do CECZARE para realizar outras missões.

Mestre das Marés

— O Almirante não gosta de ser chamado assim — Vilela disse. — Acha esse acrônimo que ele herdou do seu antecessor ridículo.

— Mas é a denominação oficial dele, não é? — eu disparei contra o colega. — Comandante-em-Chefe da Zona de Atuação Regional da Esfera.

— A investigação preliminar determinou que eu agi dentro das minhas atribuições e dentro dos parâmetros daquela operação — Peregrino disse, calando a nós dois. E então, com outro sorriso discreto, diante do meu bate-boca com Vilela, ou como se reconhecesse que eu não estava do lado dele, concedeu: — Essa conclusão pode mudar, é claro, dependendo do resultado do inquérito. Enquanto isso, tenho que cumprir as ordens que me são dadas.

— O que está acontecendo nesse planeta Iemanjá? — perguntei.

— Naves tadais foram vistas no sistema. Sua presença foi relatada por técnicos da Agência de Controle de Biosfera que trabalham lá. Instalações orbitais foram atacadas, e depois disso não tivemos mais nenhum contato com a gente do lugar. Existe uma operação comercial no planeta, alguns milhares de trabalhadores. Nossa missão é descobrir o que aconteceu, determinar se os tadais ainda representam perigo, coletar possíveis dados de inteligência e prestar qualquer assistência que seja necessária.

— Por que o senhor foi escolhido para essa missão em particular? — perguntei. — Não lhe parece que qualquer outra... — para meu embaraço, tive de procurar a palavra — *unidade* poderia fazer isso? Por que enviar o herói da Batalha da Ciranda Sombria em uma missão que parece tão... menor?

— Depois que o Almirante Túlio Ferreira assumiu a ELAE — ele disse, no mesmo tom, negando reconhecer a ironia em minhas palavras —, nada que se refira aos tadais é considerado "menor". E operações do tipo reconhecimento profundo como esta são a especialidade do Vigésimo Oitavo GARP. A Batalha da Ciranda Sombria é passado, e eu não sou um garoto-propaganda da ELAE, e sim um oficial de linha de frente. Vou com as minhas tropas pra onde for mandado.

Então ele tinha intuído quais eram as minhas suspeitas.

— Pode definir que tipo de operação é essa? — perguntei.

— Nós já discutimos as atribuições do Vigésimo Oitavo — Vilela interpôs.

Roberto de Sousa Causo

— É verdade — reconheci. — Mas eu queria ouvir do Capitão Peregrino, saber como ele enxerga o papel da sua unidade.

Peregrino aquiesceu.

— No reconhecimento profundo, uma unidade ou seção dela geralmente opera sem suporte, quer dizer, longe de bases de apoio imediato, ou desvinculada de uma flotilha ou segmento maior da Esquadra. Sua missão é obter de modo rápido e eficiente dados táticos ou de inteligência, entrando e saindo da área de reconhecimento também com rapidez. Mas mesmo assim, ela deve ser capaz de se defender das surpresas desagradáveis que apareçam. "Não é exatamente o caso desta operação em Iemanjá. O Almirante quer, pra esta missão, que tenhamos a capacidade de realizar operações extensivas na superfície, se elas forem necessárias, e por isso disponibilizou um vaso de transporte e desembarque de veículos, a NTDV–Treze *Cuenca del Plata*, e três corvetas pra escoltá-la. Neste momento, eles estão em outra localização dentro da Esfera, também se preparando pra tunelar e se juntar ao Vigésimo Oitavo direto no sistema de Iemanjá."

— Por que os tadais são tão importantes? — perguntei, numa nova guinada.

Ele conferiu as horas no multiuso em seu pulso. Então disse:

— A Esfera conta com a presença de muitos povos alienígenas avançados, que estão instalados aqui há bastante tempo, e por isso é uma região que oferece um potencial muito interessante de intercâmbio cultural, comercial e militar. Maior do que na Zona Três, na verdade. Também possui uma concentração mais elevada de planetas colonizáveis. A única coisa que impede que a Esfera seja ainda mais receptiva a uma presença maior e mais proveitosa da humanidade, são os tadais. Os ataques constantes das naves robôs tadais representam um fator de grande instabilidade. Se pudermos contribuir pra uma diminuição da atividade deles aqui, isso vai significar um passo importante pra o futuro da Latinoamérica na região. E também dos outros blocos. . .

— O que faz você e Túlio — questionei — pensarem que podem se sair melhor do que esses outros povos alienígenas avançados, que enfrentam os tadais há muito mais tempo?

Desta vez Peregrino sorriu abertamente, antes de levantar-se.

— Enfrentar os tadais com disposição verdadeira significa mostrar aos nossos aliados que levamos a sério os compromissos

Mestre das Marés

assumidos — ele declarou. — Terrasséculos de escaramuças com os tadais os têm desgastado, eles precisam de todo apoio que puderem conseguir, e nós somos o sangue novo, o fator de renovação. Foi essa necessidade que o nosso serviço diplomático detectou, e por isso é que os tratados firmados com os povos da Esfera foram tão mais vantajosos à Latinoamérica, do que aos outros blocos humanos, que na época dos primeiros contatos escolheram ser mais cautelosos. O fato é que se perdermos a confiança dos alienígenas, no médio prazo também perderemos as vantagens obtidas.

"A outra coisa é que, se hoje as atividades dos tadais estão restritas à Esfera e a alguns outros pontos no Braço de Crux, nada implica que eles não possam levar seus ataques às Zonas Três e Dois, talvez até mesmo ao Sistema Solar. A Esfera fica a milhares de anos-luz da Terra, mas a distância é ilusória. Descobrir o máximo possível sobre eles aqui pode ser crucial, se no futuro precisarmos defender nossas colônias."

— Mas não sabemos nada sobre o relacionamento deles com os outros alienígenas da Esfera — eu argumentei, sem me levantar. — Não conhecemos as razões do conflito, quem o iniciou e por quê.

Peregrino foi até a porta. Vilela acompanhou-o, olhando para mim por cima do ombro.

— Todos os outros povos afirmam que eles não dialogam, apenas *atacam* — Peregrino disse, de maneira bem definitiva. — As razões são desconhecidas. Todos os analistas das nossas forças, das de outros blocos humanos, *e* dos alienígenas aliados apontam que sua tendência ao xenocídio é patente. Túlio costuma dizer que lá na Zona Um o consenso em torno disso é outro, o que é difícil de acreditar, porque aqui não há dúvidas. Eles não lutam pra conquistar território nem pra forçar soluções diplomáticas. Lutam visando o *extermínio* do outro. Estão um passo além da "continuação da política por outros meios". Ou *aquém*.

Ele estacou, como se lembrando de algo. Da prateleira de livros, retirou rapidamente o seu volume encadernado da *Divina Comédia*. Arrancou uma tira de papel de algas de entre as páginas e a estendeu a mim, dizendo, com um meio-sorriso:

— Distribuir poesia é um hábito do Almirante Túlio que eu estou pegando.

Eu li:

*Nenhuma fama deles o mundo permite ficar;
Misericórdia e Justiça, ambas desprezam-nos.
Não falemos deles, apenas olhemos, e passemos.*

Então a porta se abriu. Peregrino pareceu surpreso.

— O que é, Helena? — ele disse.

Eu me levantei e vi a oficial chamada Helena Borguese parada diante de Peregrino. Ela estava metida num traje espacial de combate, o capacete blindado debaixo do braço. Com a mão livre, estendeu uma pasta a Peregrino.

— Novas ordens de Túlio — anunciou. — A missão foi abortada.

Apanhando a pasta, Peregrino perguntou rapidamente:

— A situação em Iemanjá se alterou?

Os olhos castanhos de Borguese estavam arregalados.

— Há um ataque tadai em andamento — ela disse. — Túlio quer que rumemos para o local do ataque imediatamente. Vai enviar aquelas três corvetas pra reconhecer a situação em Iemanjá, enquanto isso. Já passei as novas coordenadas para a navegação. Eles vão transmitir às outras unidades.

— Onde ocorreu esse ataque? — ele perguntou, abrindo a pasta.

Então levantou os olhos. Borguese demorava a responder. Quando ela refez o contato com os olhos de Peregrino, disse:

— *Fora* da Esfera.

> Anotações de Camila Lopes, 6 de setembro de 2420, a partir de seu implante mnemônico.

PRIMEIRA PARTE

No início havia o sol e o gelo, e não havia sombra. No fim, quando estivermos acabados, o sol devorará a si mesmo e a sombra comerá a luz, e nada mais restará além do gelo e da escuridão.
—Ursula K. Le Guin, *A Mão Esquerda das Trevas*

Ao decolarmos para o céu
Invencíveis e tão vivos
Três metros de altura e à prova de balas
A insanidade se instala
A realidade se esgarça
O universo começa a ir devagar
Mas subitamente estamos viajando

A um milhão de milhas por hora
—Chad Kroger (Nickelback), "A Million Miles an Hour"

"Agora vá, pois uma única vontade está em nós dois,
Teu Líder, e teu Senhor, e o Mestre teu."
Assim disse-lhe eu; e quando ele foi,

Eu adentrei o profundo e selvagem caminho.
—Dante Alighieri, *A Divina Comédia* ("Inferno", canto II)

PRIMEIRA PARTE

1 O MESTRE DAS MARÉS

Posicionado um pouco abaixo do plano galáctico central e a dezenas de milhares de anos-luz da Esfera — no vasto braço da Via Láctea chamado Scutum-Centaurus — havia um buraco negro.

Para os cientistas humanos, essa estrela desmoronada sobre si mesma e com altíssima densidade não tinha nome, apenas uma extensa nomenclatura composta de letras e números, inscrita no Catálogo Geral. Mas os alienígenas conhecidos na Esfera como o Povo de Riv tinham um nome para ele: Agu-Du'svarah. "O Mestre das Marés."

Os exploradores do Povo de Riv foram os primeiros a localizá-lo. Agu-Du'svarah era um buraco negro supermassivo, com mais de um milhão de massas solares. Sobre sua existência ali, dizia o Povo de Riv que há dezenas de milhões de anos uma galáxia-anã havia posicionado Agu-Du'svarah em sua trajetória relativa ao plano da Via Láctea, quando o aglomerado atravessou a espessura do Braço Scutum-Centaurus, seguindo um filamento de matéria escura que cruzava o disco galáctico e formava um discreto braço de maré como uma longa trança de pérolas desalinhadas, e que havia escapado, até pouco tempo, da detecção humana. Era a mesma galáxia-anã que — vinda do halo galáctico e trazendo com ela muita matéria escura — se dizia ter contribuído para formações peculiares dentro da Esfera, milhares de anos-luz dali, em algum ponto do Braço de Crux...

Nos séculos de observação humana do universo para além da abóbada celeste da Terra, Agu-Du'svarah havia passado despercebido — até começar a engolir um sistema estelar trinário que teve a má sorte de se ver no seu caminho ou de ser atraído por ele. Assim que o buraco negro fez em pedaços os primeiros corpos subplanetários no cinturão de Kuiper do sistema, dissolvendo-os em um disco de acreção e começando a engolir a sua matéria retalhada, as descargas de raio–x resultantes foram detectadas e uma expedição científica foi montada às pressas. No ínterim, um dos três sóis foi capturado pelo buraco negro. Tornado instável pelo canibalismo cósmico, o astro explodiu em uma nova. Sete Terraanos mais tarde, o esforço científico conjunto de vários blocos políticos humanos resultou no posicionamento de uma sofisticada estação de pesquisas a uma distância segura de Agu--Du'svarah. O Capitão-de-Ar-e-Espaço Jonas Peregrino imaginava que, considerando que as distâncias médias entre um sistema e outro fizessem um buraco negro jejuar até centenas de milhares de anos entre uma refeição e outra, a proximidade de três fontes de alimentação tão próximas tornava Agu-Du'svarah um sítio privilegiado de pesquisas.

Foi justamente a estação científica o alvo do ataque tadai.

Peregrino não conseguira terminar o tereré que vinha tomando durante a entrevista com Camila Lopes. Depois que Helena Borguese trouxe as notícias, ele tinha posto todo mundo para fora e ordenado que vestissem os trajes espaciais. Ele mesmo saltara para dentro do traje que ficava guardado no armário do seu camarote, e correra até o passadiço da *Balam*. O alerta de combate foi dado com ele já sentado no assento de comando, enquanto lia as novas ordens do Almirante Túlio Ferreira. Não importava o que havia dito a Lopes sobre o papel do 28.º GARP na estrutura da ELAE, a verdade era que sua unidade fora concebida para, além das eventuais tarefas de reconhecimento profundo, realizar operações especiais de alto risco e complexidade — embora não estivesse integrada ao Comando de Operações Especiais, mas recebesse ordens exclusiva e diretamente do CECZARE. E foi como unidade de OpEs que tinham funcionado em Tukmaibakro, testando o novo emprego de um antigo armamento que lhes permitira servir a concentração tadai de belonaves de bandeja ao corpo principal

Mestre das Marés

da Esquadra, sob o comando do Almirante Túlio. De fato, a missão a Iemanjá seria a sua primeira na função de reconhecimento — e possivelmente, de operações de superfície.

Reconhecer uma área da galáxia não significava simplesmente aparecer e dar uma espiada. Havia preparações envolvidas. Não tanto quanto em uma operação especial, é verdade, mas ainda assim eles tinham reunido o máximo de inteligência e de equipamento necessário, visando a expedição até Iemanjá. As novas ordens de Túlio, porém, apanhavam-nos completamente de calças curtas. Além do histórico e das coordenadas, contavam apenas com dados rudimentares sobre a estação — chamada Roger Penrose, em homenagem a um antigo matemático inglês — e os nomes das autoridades que a dirigiam. Tinham também algumas fotos em 3D parcial, mostrando uma elegante estrutura em forma de disco com uma larga saliência no topo, misto de torre de serviços e superestrutura de antenas para sensores e instrumentos, com outra saliência na parte inferior — claramente um projetor de campo defensivo para filtrar as emanações bolométricas radioativas do disco de fótons e de acreção do buraco negro. A Roger Penrose não era um conjunto de peças pré-fabricadas — era um caro e específico projeto astroarquitetônico que incluía uma área vazada na seção superior, em leque duplo protegido por ultraplexi–G transparente revelando, como uma gigantesca claraboia, o que parecia ser espaços de lazer e convivência. Nada havia, porém, sobre suas capacidades e competências tecnicocientíficas.

Sabiam menos ainda a respeito do buraco negro e das suas vizinhanças. Apenas chegar ali já representava um risco. Se tunelassem perto demais de Agu-Du'svarah, poderiam ser apanhados em seu monstruoso abraço gravitacional de tamanduá, ou entrar no caminho dos seus jatos de raios–x — a energia presente neles era tão poderosa, que os escudos energéticos das naves estourariam como bolhas de sabão. Além disso, com a explosão de um dos seus três sóis o sistema estelar estava em frangalhos, e o giro e a monstruosa emissão de energia do buraco negro, repercutindo no gás resultante da explosão solar, pregaria peças nos instrumentos. Peregrino partilhou o que sabia com a tripulação da *Balam*, da maneira mais rápida e sintética que conseguiu, poucos minutos antes do tunelamento.

Quando estava já instalado no assento de comando da *Balam*, que funcionava como Seção de Comando da unidade, chegou

Roberto de Sousa Causo

uma mensagem expressa do CECZARE — "Um presente dos nossos amigos seguidores de Riv", dizia. Eram dados sobre Agu-Du'svarah, incluindo sua massa relativa, seu alcance de maré e o melhor ponto de chegada do tunelamento, visando usar a massa e o arrasto de referência do buraco negro para enganar os sensores gravíticos tadais e afogar parte das emissões neutrino-taquiônicas de entrada na radiação do disco de fótons. Peregrino respirou aliviado, depois teve um momento de dúvida, antes de repetir os dados a todas as subunidades. O ponto de chegada não vinha como sugestão ou hipótese, e estava a apenas uma unidade astronômica de um buraco negro com pouco menos de meia UA de alcance de maré e, pouco além, o fatal Raio de Schwartzschild do qual só podia escapar aquilo que viajasse à velocidade da luz. . . Túlio às vezes parecia confiar cegamente nos seus aliados junto ao Povo de Riv. Assim como Peregrino era obrigado a confiar cegamento no Almirante. Não. Até onde sabia, Túlio não era *obrigado* a confiar nos alienígenas. Simplesmente aprendera a fazê-lo por alguma razão que ainda não havia partilhado com ele.

"Estou saindo com o capacete debaixo do braço", o Almirante dizia. Ele informava que estava colocando algumas flotilhas da ELAE em alerta e enviando pelo menos uma para a ZSR. Talvez ele viesse com ela, talvez num grupo maior, mais tarde. O 28.º GARP era composto de nove vasos da nova classe "Jaguar", de efetivos completos: a *Balam*, a *Jaguarundi*, a *Maracajá*, a *Onça Pintada*, a *Lince Vermelho*, a *Gato dos Pampas*, a *Suçuarana*, a *Jaguatirica* e a *Gato Preto*. Havia ainda um Grupo de Observação-e-Comunicações, o 101.º GOEC, reforçando a unidade. Era composto de dois caças RAE-–428R Olho de Carcará, e uma nave operadora de comunicações modelo E–71C Albatroz — o cérebro e o coração do grupo. Uma dúzia de naves talvez não representasse muita coisa, dependendo da quantidade de vasos tadais que encontrassem. O reforço representado pelo grupo de reação que Túlio montava seria mais do que bem-vindo.

Já sob as novas ordens e com novas coordenadas de tunelamento em seus computadores, a flotilha completou a entrada na "Zona de Simetria Rompida", a faixa dentro das velocidades relativísticas, próxima ao limite luminal, na qual as leis da física se retorciam e sua semântica contaminava-se com a de outra linguagem cosmológica. Conforme a matéria complexa era solicitada ao máximo pela aceleração, aproximando-a da energia, suas

Mestre das Marés

estruturas mais íntimas enrijeciam-se cada vez mais em seus relacionamentos quânticos. A tensão entre esgarçamento e enrijecimento forçava a matéria das espaçonaves e seus tripulantes e tudo o mais em seu interior a um estado simultâneo de altíssima energia — e de hipercomplexidade quântica de informação. Desse estado surgiam as fantasmagóricas condições necessárias ao tunelamento, em que toda a matéria complexa assumia o comportamento errático de micropartículas subatômicas e se desvanecia em pleno voo — para ressurgir dezenas, centenas ou milhares de anos-luz de distância e para todos os efeitos no mesmo instante, porém mantendo, dada a hipercomplexidade informacional, a sua integridade — uma flutuação quântica estável e permanente. Contudo, mais de três minutos na zona de simetria rompida eram necessários para a obtenção das condições para o salto. Dependendo da massa dos objetos e se estavam ou não em voo de formação, esperando tunelarem-se no mesmo instante, eram necessários de quinze minutos a uma hora nessa dimensão espectral de existência. Saindo do limbo quântico, as naves surgiam no ponto de chegada conservando a velocidade relativística adquirida durante a aceleração até a ZSR — ou uma fração significativa dela.

A essa velocidade, todos os processos luminosos e eletromagnéticos estavam sujeitos às distorções relativísticas, e o tempo de reação de tripulantes e sistemas a qualquer surpresa que surgisse era reduzido — a partir do ponto de vista de quem já estivesse no sistema — pela dilatação temporal. Por isso, Peregrino havia ordenado que uma frenagem de emergência fosse realizada assim que surgissem nas imediações de Agu-Du'svarah, para que pudessem fazer a avaliação tática mais completa possível. A frenagem ainda estava em andamento, os compensadores inerciais funcionando a toda força para impedir que os tripulantes fossem esmagados em seus trajes de combate, quando Peregrino pediu comunicação de ansível com o Primeiro-Tenente Paulo Soriano, o comandante do 101.º GOEC.

— Precisamos dos seus olhos, Albatroz — disse. — Seus instrumentos vão funcionar direito neste ambiente, com as informações do Povo de Riv?

— Sim, senhor. Mas é de se esperar que existam variações em alguns dos dados — Soriano respondeu. — Precisamos atualizar e comparar, e então reajustar os instrumentos. Estimativa: de vinte minutos a meia hora para o ajuste. Mas há sondagens preliminares sendo feitas, já a partir do que podemos realizar com alguma segurança. Um momento, senhor...

Soriano fez uma pausa, Peregrino aguardou.

— Albatroz aqui — o tenente disse. — As primeiras sondagens já apresentam resultados, Águia-Cinzenta. — Outra pausa. — Hã, desculpe, Águia-Cinzenta. Temos a direção provável de um sinal de socorro em rádio. E a localização de um grupo de vasos tadais. São preliminares, mas teríamos poucas chances de localizá-los, não fossem as informações enviadas pelo Povo de Riv. O sinal de socorro está todo quebrado, mas é uma repetição daquele enviado antes por ansível aberto, e cujo texto o senhor já conhece. Estamos transmitindo as coordenadas dos vasos tadais a todas as subunidades, e monitorando o comportamento das naves. Há uma considerável margem de erro, três milhões de quilômetros. Por enquanto, eles não parecem estar reagindo à nossa presença. Também temos dados da cosmografia local e do giro e campo magnético do buraco negro. — Ele pigarreou. — Mas me dê alguns minutos pra conferi-los, Águia. O cenário é mais complicado do que o esperado...

Peregrino agradeceu o envio dos dados disponíveis, e desfez o contato. Imediatamente, pediu à navegação que traçasse um curso para as coordenadas prováveis do sinal de socorro, mas não deu a ordem de partida. Ainda viajavam a grande velocidade, e, além disso, preferia dar a ordem quando tivesse uma localização precisa do ponto de origem. Era um *mayday* genérico, altamente comprimido e sem informações ou qualquer relato do suposto ataque tadai, e ele queria saber mais, antes de se comprometer. Relanceou o olhar para o tanque tático ainda vazio, aguardando o influxo de imagens luminosas em sua depressão circular diante do assento de comando, e em seguida mirou de olhos cerrados as vigias frontais. Então o presente do Povo de Riv lhes dera uma vantagem inicial. Mas ele sabia que a encrenca havia apenas começado. Em poucos minutos, como que atendendo às suas ansiedades, a *Balam* deixou a faixa relativística.

O efeito *searchlight* associado à velocidade da luz desapareceu, e Peregrino pôde apreciar a primeira vista de Agu-Du'svarah.

*

Mestre das Marés

Com a ajuda de Marcos Vilela, eu tinha vestido um traje espacial. Os alto-falantes da *Balam*, no silêncio seguido ao primeiro alerta, exigiram que todos os tripulantes menos os pilotos (ou "timoneiros") comparecessem ao convés de observação — também chamado de "praça d'armas", na antiquada linguagem militar. É claro, eu não fazia parte da tripulação, mas me encaminhei para lá assim mesmo. Vilela seguia junto de mim com um ar ao mesmo tempo preocupado e curioso, tropeçando em meus pés nos corredores estreitos, escuros, quase sem painéis e com dutos e nichos expostos.

Diante dos seus comandados aglomerados no pequeno espaço, Peregrino rapidamente rascunhou a nova situação. A unidade estava abandonando a operação em Iemanjá, para atender a uma emergência envolvendo naves tadais num local da galáxia longe da Esfera, uma área dominada por um buraco negro. Seguiu-se uma série de recomendações em linguagem altamente técnica, de como o 28.º GARP devia operar sob o "regime energético e gravitacional" nas vizinhanças do buraco negro, incluindo formação das naves em voo, parâmetros dos escudos de energia e dos sistemas de vigilância, monitoração médica, orientação e comunicações.

— Como não temos dados precisos sobre o regime energético do buraco negro — Peregrino disse —, estes dados são bastante especulativos. Chegando ao sistema, faremos um levantamento das condições reais e nos adaptaremos a elas. Ao mesmo tempo, devemos manter sempre um olho aberto para os tadais. A prioridade, porém, é determinar o que houve com a Estação Internacional de Pesquisa Roger Penrose.

Fitando um *palmer*, ele então apresentou um novo cronograma, que incluía a retirada dos jornalistas da nave:

— Sargento Barrios, a senhora Camila Lopes e o senhor Marcos Vilela devem ser evacuados imediatamente, num casulo de escape inflável — ele disse. — Um dos vasos de segurança que nos acompanham na ZSR vai apanhá-los.

Imediatamente, tentei interceptar Peregrino, antes que ele deixasse o recinto. Para minha surpresa, Vilela lançou-se adiante de mim e alcançou o oficial primeiro.

— Mande Lopes embora sozinha, Peregrino! — ele pediu, a mão direita aferrada ao braço esquerdo de Peregrino. — Eu quero cobrir a missão nova! Especialmente se vai haver combates com os tadais. Ninguém nunca cobriu combates nas proximidades de um buraco negro antes.

Essa foi a minha deixa.

— Ninguém vai me colocar para fora desta nave — eu disse.

— Eu vou aonde você for, Peregrino, até terminar o meu perfil. O Almirante Túlio Ferreira me deu garantias de que eu teria acesso livre a você, durante uma operação do seu grupo. Não faz diferença qual.

Peregrino suspirou, deu uma olhadela no seu multifuncional de pulso, e disse:

— Está bem. Eu podia tentar convencer vocês de que nesta operação voamos às cegas, sob parâmetros desconhecidos e perigosos, mas Iemanjá também não tinha parâmetros claros. — Ele apontou um dedo enluvado para mim. — Só que, já que a missão agora é outra, Marcos vai elaborar um novo termo de isenção de responsabilidade pr'a senhorita assinar. Vocês têm oito minutos pra mostrar isso a mim na entrada do passadiço, e não tirem os trajes espaciais. Qualquer atraso e os dois estão fora desta nave. Vá com os dois, Barrios. Se eles se atrasarem, você vai ter só uns cinco minutos pra colocá-los no bote salva-vidas e apertar o botão.

Ele nos deu as costas e saiu.

Fizemos conforme Peregrino ordenou, e logo subíamos os degraus até o passadiço da *Balam*, acompanhados do Sargento Barrios. E com folga, embora sem fôlego (menos o militar). O capitão examinou o texto no *palmer* de Vilela, e disse a ele:

— Vamos dar o fora daqui em três minutos. — Dirigindo-se a nós dois, disse: — Vocês sabem onde ficar. — E finalmente, virando-se para o sargento: — Obrigado, Barrios. Pode voltar pr'o seu posto.

O sargento da infantaria embarcada anuiu com a cabeça e um meio-sorriso, e deu meia-volta. Vilela apontou um assento para mim e sentou-se ao meu lado. Ele e eu trocamos um olhar. Foi medo o que vi, nos olhos escuros do colega?

Era como se um corpo tentasse se materializar a partir de densas nuvens de ectoplasma que se estendiam por toda a volta, convergindo vertiginosamente para um ponto de luz dominante que, Peregrino custou a entender, devia partir do disco de acreção e do fulgurante anel de fótons de Agu-Du'svarah. Ele sabia que a

Mestre das Marés

emissão de energia provocada pela matéria desfeita em suas partículas elementares pela brutal atração gravitacional e o efeito de maré do buraco negro podia — devido à energia térmica gerada no anel, quando as partículas atingiam velocidades próximas da luz — chegar a ser até cinquenta vezes mais intensa do que o da fusão nuclear normal de hidrogênio em hélio ocorrida nos núcleos solares. Seus olhos foram para o gráfico em uma de suas telas, mostrando o desempenho seguro dos escudos defensivos da *Balam*, modulados para deter não apenas projéteis e descargas brutais de energia, mas também formas de radiação que seriam fatais para os tripulantes a bordo. Ele então voltou mais uma vez os olhos para as vigias, para o que havia lá fora. Estavam, claro, mais perto do centro galáctico e sua maciça concentração de estrelas, mas a explosão de um dos sóis criara um casulo de gás em torno do sistema, obstruindo uma boa parte do brilho. Era no conjunto uma linda imagem, comovente até, como a maioria das paisagens espaciais que Peregrino havia encontrado em sua vida de espaçonauta. Não obstante, ele sentiu uma sensação estranha, um traço de náusea e a impressão de estar sendo observado, medido, avaliado por uma presença invisível e ameaçadora que pesava em sua nuca e em seus ombros. Como se fossem eles mesmos atraídos pela gravidade de Agu-Du'svarah, seus olhos procuraram o disco de acreção que marcava os limites do buraco negro. Havia muita luz, mas também ela tão bloqueada por gases e detritos lançados pela explosão estelar, que não compunha exatamente um brilho solar, mas uma chama enrubescida e sombria, como um manto ou cortina a ocultar aquela presença ameaçadora. . . Ele sacudiu a cabeça para espantar as imagens pouco realistas que assombravam sua mente.

Os analistas táticos no passadiço começaram a ampliar imagens e medições apareceram nas telas. Agu-Du'svarah tinha mais de 500 mil massas solares, diâmetro de três milhões de quilômetros — umas duas vezes o diâmetro do Sol da Terra. E eles o viam de metade da distância em que o Sol era visto do planeta-mãe da humanidade. . . Ou melhor, viam o disco ardente de matéria acelerada ao seu redor. Do ângulo em que se encontravam, o círculo negro, de onde a luz não escapava, não estava claramente visível, nem a reflexão tipo "capacete de conquistador" lançada pelo efeito de lente gravitacional. Milhões de vezes menor que o

Sagittarius A* existente no cento da Via Láctea, Agu-Du'svarah era, apesar disso, uma monstruosidade.

Desta vez, Peregrino sentiu um aperto no peito e um desejo claro de dar o fora dali, dar as costas ao monstro, afastar Agu-Du'svarah de suas vistas. Mas obrigou-se a encará-lo. Era como se o objeto astronômico o desafiasse. Peregrino não o queria ali, não o queria *na sua galáxia*. O buraco negro deixaria o plano galáctico, milhares ou milhões de anos no futuro, ou a massa superior da Via Láctea o manteria ali? A Via Láctea tinha dezenas de buracos negros, alguns mais antigos do que a própria galáxia, mas eram raros os que alcançavam tais proporções. Bem, até onde ele sabia, podia haver ainda mais objetos semelhantes, dormentes em outros pontos do vasto continente estelar...

Desgrudou o olhar de Agu-Du'svarah e o dirigiu ao passadiço da *Balam*. Peregrino comandava o 28.º GARP, mas Mirian Vera era a comandante da *Balam*. Ela se sentava entre quatro analistas táticos e artilheiros, tendo à sua frente apenas os dois timoneiros. Do lado esquerdo de Peregrino, sentavam-se Marcos Vilela e Camila Lopes; do lado direito, Helena Borguese, que nessa missão funcionava como oficial tática e operacional da unidade toda. Peregrino sentiu afeição por todos — até por Borguese, com quem não tinha começado com o pé direito. Eram seus companheiros de armas, tinham lutado juntos em Tukmaibakro, a batalha os tinha forjado em uma equipe, uma unidade afinada, um protegendo o outro. Antes da batalha eles eram apenas um apanhado de gente vinda de diversas unidades e seções da Esquadra — depois da batalha, eles eram os Jaguares. Mas Peregrino sentia-se agora sozinho e indefeso. Alguém mais ali estaria sentindo algo semelhante ao que ele sentia? Pareciam incomumente quietos, a maioria com os olhos grudados em suas telas... evitando a visão do buraco negro? Ou era impressão dele e eles apenas aguardavam os dados que viriam do Albatroz? Alguns deles sentiam a presença, a sensação de ameaça... a?...

Subitamente, ouviu a voz de Vera:

— O que foi que disse, senhor?

Peregrino compreendeu que havia dito algo, deixado escapar uma sílaba, talvez o ar dos pulmões... ou um gemido. Limpou a garganta.

— Condição de combate alfa. Conveses secundários, condição de segurança echo.

Mestre das Marés

— Sim, senhor.

Os Jaguares tinham ingressado no sistema em alerta anteci-pado de combate. Agora os sistemas defensivos e de armas esta-vam sendo acionados, postos de combate ocupados por toda a nave, e capacetes sendo fechados. Ao lado dele, Vilela ajudava Lopes a baixar a viseira do capacete e checar seu comunicador e então o arreio de segurança do assento. Do lado oposto, Helena não tirava os olhos de Peregrino. Respirando fundo e sem fechar a viseira do próprio capacete, ele piscou para ela.

Pensou em pedir novo contato com Soriano no Albatroz, mas decidiu esperar. Ainda não confiava na firmeza da própria voz. Seus olhos retornaram para a imagem nebulosa de Agu-Du'svarah, por trás da brilhante cortina de gás e os pontos escuros coagula-dos de detrito. O brilho do anel de fótons havia se alterado de algum modo, ou era só mais uma impressão da sua subjetividade excitada? Balançando a cabeça, decidiu pelo contato.

— Albatroz para Águia-Cinzenta — ouviu, dali a alguns segundos. — Nada ainda sobre os vasos tadais, mas detectamos uma alteração nas emissões de energia do buraco negro e na con-formação do seu campo magnético.

— Obrigado, Albatroz. Continue a observação e relate novas alterações. — Fez uma pausa, e então disse, acionando o comuni-cador do canal duplo, por ansível para as outras naves, e para den-tro dos corredores da *Balam:* — Atenção todas as subunidades e todos os tripulantes, Águia-Cinzenta aqui. Preparar pra interfe-rência eletromagnética grau um, urgência urgentíssima.

Nesse momento, sentiu-se melhor. Agia como o comandante, sua voz saíra firme e ele sabia que a medida era correta. Um minuto depois veio a confirmação do fenômeno pelo Primeiro-Tenente Paulo Soriano no Albatroz. Três minutos depois — já que estavam a meia unidade astronômica de Agu-Du'svarah — eles viram o *flare* nascer por trás da cortina nebulosa, e então o jato relativístico de elétrons e prótons acelerados brotar. Quando se certificou de sua orientação no espaço, Peregrino recorreu ao console do assento de comando e mudou o ângulo do posiciona-mento da *Balam* em relação ao jato, de modo que ele iria percor-rer as vigias do passadiço. O *taquiolink* da Seção de Comando para as outras naves estava acionado, mantendo-as em forma-ção, de modo que todos os vasos Jaguar assumiram a mesma posi-ção no espaço. E no centro de comando da *Balam*, todos pareciam

Roberto de Sousa Causo

observar intensamente o jato crescer e avançar segundo a segundo vencendo os segundos-luz, e então os minutos e os milhões de quilômetros e as unidades astronômicas, refletido no gás e nas nuvens de poeira e transformando tudo em plasma aquecido. O rasgão ofuscante lentamente viajou das vigias de estibordo para as de bombordo — e nas telas era possível ver por entre o anel de acreção o jato gêmeo disparado do outro polo magnético de Agu-Du'svarah, embora deformado pelo marcante efeito de lente gravitacional.

Alguém disse:

— Aquilo é um cometa? — A voz da Tenente Elvira Barroso, de um dos consoles de Armas.

— Tela? — Mirian Vera exigiu.

Barroso esclareceu e Peregrino também buscou a ampliação. Era uma imagem colhida por instrumentos puramente ópticos.

— Medição — Peregrino pediu.

Alguns segundos se passaram, e um dos analistas táticos, Adriano França, limpou a garganta antes de dizer:

— Diâmetro, apenas sete por cento menor que o diâmetro da Terra. Onze mil, duzentos e cinquenta e seis quilômetros.

Era um planeta.

Sua cauda então, iluminada pela radiância mortal do jato de elétrons, prótons e raios-x viajando quase à velocidade da luz, era *o quê?* Peregrino engoliu em seco e pediu mais uma ampliação — que veio com dados espectrográficos da absurda cauda de gases que se lançava para longe, num leque ou cone de expansão que se abria em distâncias astronômicas, centenas de milhares ou milhões de quilômetros do corpo rochoso. Hidrogênio, hélio, metano, carbono, vapor d'água e amônia em quantidades absurdas — milhões de trilhões de toneladas.

Os dados lhe deram a resposta. O planeta não poderia ter sido atingido pelo jato relativístico uma única vez. O que restava dele tinha na face visível duas marcas circulares e sangrentas de lava, como se tivesse matado no peito duas pequenas luas arrancadas de suas órbitas e atiradas contra ele. Densas nuvens ainda se projetavam de crateras e fendas geológicas em sua superfície, entre as quais lampejos dolorosos espocavam como relâmpagos mastodônticos, parecendo marcar as linhas de força de campos magnéticos que se projetavam para longe no vácuo do espaço.

Mestre das Marés

Peregrino sentiu a náusea se expandir em seu plexo — o jato relativístico seria poderoso o bastante não só para soprar para longe trilhões de toneladas da atmosfera de um gigante gasoso, produzindo a cauda projetada, mas também para empurrar contra ele corpos asteroidais até então firmes em suas órbitas?

Finalmente eu estava no passadiço da principal nave dos Jaguares, observando como Peregrino comandava. Seu pessoal tinha aquele tenso ar profissional de quem pressupõe que cada menor gesto tinha uma importância de vida ou morte, mesmo quando não estavam guerreando. Depois de todos assumirem seus lugares e acontecer o estranho salto do tunelamento com seus segundos de vertigem e desorientação, o cenário mudou nas janelas da estreita cabine de paredes abauladas. Os assentos que Marcos Vilela e eu ocupávamos não tinham nada dos complexos consoles de telas e botões dos outros, mas o rapaz havia me conseguido uma tela repetidora com as imagens que apareciam nos consoles deles, com a possibilidade de se escolher uma ou um par delas por toque, e também de se fazer anotações numa janela lateral da tela, usando um teclado básico preso à parte de baixo do *tablet*. Eu me ocupei de observar essas imagens durante os momentos mais tediosos da entrada no sistema com o buraco negro, enquanto Peregrino, passivamente, aguardava dados e medições.

Meu pensamento fugia para os minutos anteriores, antes do tunelamento, antes mesmo de eu me ver firmemente instalada no meu assento. Marcos Vilela tinha me levado ao seu camarote — surpreendentemente mais espaçoso que o do Capitão Jonas Peregrino, as paredes atulhadas de anotações visuais e gráficos impressos. Lá ele havia se sentado e começado a digitar emendas no meu termo de isenção de responsabilidade. Eu deveria deixá-lo em paz, mas a presença do Sargento Barrios atrás de mim, enorme em seu traje espacial e olhando por cima do meu ombro, me deixava nervosa e eu não segurei a língua.

— Então, como você veio parar na Esfera, Marcos? — perguntei, observando algumas fotos dele fixadas nas paredes. Aparecia acompanhado de alguns jornalistas e políticos importantes da Zona 3.

Não tínhamos ainda, em nosso contato pessoal, chegado a levantar essa questão, embora *ele* tivesse me questionado quanto

Roberto de Sousa Causo

à minha vinda e os meus conhecimentos de assuntos militares. Diante da pergunta, ele tinha encolhido os ombros, mas respondido, sem diminuir a estonteante velocidade com que digitava e sem tirar os olhos do seu editor de texto, um moderno ScriptaLion v:

— Na verdade — ele começou —, há uns três Terraanos eu tinha um bom emprego na *Expansão Três*, a terceira revista semanal em distribuição ansívica pra toda a Diáspora na Zona Três, cobrindo assuntos políticos e econômicos. A redação fica em Plancius, na constelação de Musca. Aí, pra variar, me propuseram um perfil do Almirante Túlio, e eu fui a Cantares entrevistá-lo. Há muito interesse pela Esfera em Plancius e na região, por causa da proximidade, o receio dos tadais e tudo mais... O sistema fica só a trezentos anos-luz da Esfera, já quase na zona de exclusão. Túlio foi mais franco e aberto do que eu esperava de um comandante de operações especiais, que era o que ele fazia na época. Contou como era a Esfera e que importância ela teria para a humanidade. E isso me cativou.

Concluí que Vilela era um dos convertidos de Túlio Ferreira, um verdadeiro crente no projeto do Almirante para a Latinoamérica na Esfera. "Uma atitude mais agressiva, pró-ativa, no cumprimento dos nossos compromissos e no emprego dos nossos recursos militares", ouvi na minha cabeça, nas palavras do Almirante. Será que essa adesão havia contribuído para inflar a reportagem de Vilela, sobre a Batalha da Ciranda Sombria? Vilela é um cara bonitão, de pele só um pouco mais clara que a minha, mas traços mais africanos; enquanto conversávamos, ele tinha suas tranças presas por uma tiara de plástico, para caberem no capacete. Eu passei a mão enluvada por elas, e disse:

— O seu cabelo está fora do padrão militar.

Ele riu, sem tirar os olhos do teclado e da tela.

— É porque eu *não* sou militar — disse.

— Mas você não tem o posto de tenente?

Ele olhou para o alto, como se tivesse se esquecido desse detalhe, e deu de ombros.

— Segundo-tenente — disse. — Do corpo auxiliar de oficiais. Túlio me convenceu. Pra me garantir seguro e cobertura de saúde total, e pensão a familiares em caso de morte... Também pra eu não ser esnobado pelos praças e ter um acesso maior junto aos oficiais, acho. Tive até de fazer quatro semanas de instrução e treinamento básico. Disparar um detonador foi bem bacana. Mas ele me deu uma licença especial pra eu usar o cabelo como bem entender.

— Parece muito trabalho, só para mudar de emprego.

Vilela sorriu e apontou para a janela do seu camarote, dando para o espaço lá fora.

— Valeu cada minuto — disse.

— Ainda assim...

— Túlio gosta de integrar visões diversificadas — ele me interrompeu, consultando o seu multifuncional de pulso. — Falou com o editor da *Voz da Esfera* e eles me convidaram pra trabalhar lá justamente pelo fato de eu ter experiência com assuntos políticos.

"Terminei aqui. É só você conferir e concordar, e a gente imprime pra você assinar."

Exatamente o que eu fiz.

Uma vez no passadiço, e após o tunelamento, depois de vários minutos sem nada acontecer, houve um curto diálogo e o Capitão Peregrino deu uma ordem num estranho tom de voz.

— Condição de combate alfa. Conveses secundários, condição de segurança echo.

Mirian Vera, a capitã da nave *Balam*, respondeu com um seco "sim, senhor", e então todos se puseram a fechar as viseiras dos capacetes, e a conferir em silêncio os sistemas dos trajes espaciais e pregar cabos e plugues retráteis dos seus assentos nos trajes. Ao mesmo tempo, o murmúrio onipresente na nave mudou para um ronco abafado, e a iluminação mudou de intensidade e tom, e o passadiço mergulhou num tipo de penumbra crepuscular. Um efeito imediato disso, notei, foi que as imagens nas telas nos consoles se tornaram imediatamente mais claras e vivas.

— Deixe eu ajudar você, Camila — Vilela ofereceu, e rapidamente me explicou o que ia aonde e por quê. — Este aqui — ele disse, mostrando um cabo em particular, azul, diante dos meus olhos — me liga a você e vice-versa. A gente não tem permissão para participar das comunicações gerais do passadiço durante um combate, só para ouvir. Mas enquanto estivermos ligados por este cabo, vamos poder conversar entre nós.

Roberto de Sousa Causo

— Vamos entrar em combate? — perguntei a ele diretamente, antes de fechar o capacete.

Vilela enfiou uma extremidade do cabo azul em algum ponto do meu traje e baixou a minha viseira, apertando um botão no capacete.

— Ainda não — ouvi sua voz nos fones internos. — Mas estamos em prontidão máxima.

— Onde estão as tais naves-robôs? — perguntei. — Eu não vi em nenhuma das telas...

— Não foram detectadas ainda — ele disse. — Ou melhor, não temos aqui na *Balam* os dados da posição delas nem o seu número. Dependemos de outra nave pra isso. Ela tem instrumentos especializados e computadores melhores pra análise de dados, e sabe operar de modo mais discreto, de maneira que uma sondagem nossa não venha alertar os tadais.

— Então para que o alarme? — insisti.

O microfone no capacete de Vilela captou o seu suspiro.

— Essa medida serve pra entrarmos em condição de combate, é um alerta e uma ordem pra realizar todos os procedimentos em...

Ele foi interrompido por um estalo nos meus ouvidos, e então:

— Albatroz para Águia-Cinzenta — disse uma voz que eu não conhecia. — Nada ainda sobre os vasos tadais, mas detectamos uma alteração na emissão de energia do buraco negro e outra bastante abrupta na conformação do seu campo magnético. Envio os dados para o seu console.

E em seguida, a voz de Peregrino:

— Obrigado, Albatroz. Continue a observação e relate novas alterações. — Houve uma pausa, mais estalidos, e novamente a voz de Peregrino, assustadora em sua calma: — Atenção todas as subunidades e todos os tripulantes, Águia-Cinzenta aqui. Prepararem-se para interferência eletromagnética grau dez, urgência urgentíssima.

— O que é isso? — perguntei a Vilela, notando o imediato alvoroço entre os outros militares.

— Uma descarga de energia do buraco negro vai chegar até nós — ele disse, depois de um instante. — Normalmente ela vem com uma grande atividade do campo magnético projetado pelo buraco negro. Isso pode afetar todos os sistemas de bordo, as comunicações que não forem por ansível, os sensores, tudo. — E

Mestre das Marés

ele acrescentou: — O grau dez está perto do máximo que nossas medidas de segurança suportam. "Urgência urgentíssima" quer dizer que a ordem tem prioridade e é pra ser executada imediatamente.

Pensei em perguntar se ele achava que a descarga de energia eletromagnética ou sei lá, seria maior que o grau dez, mas fiquei quieta — em parte porque, sabendo que eu podia ouvir as comunicações, entendi que todos estavam estranhamente quietos no passadiço. Mas Vilela, como se antecipasse minha ansiedade, e ainda assim sem abrir a boca, tocou a sua própria tela repetidora, mostrando-a diante dos meus olhos encobertos pela viseira do capacete. Ele selecionava uma tela em particular. Entendendo o que ele queria, eu fiz o mesmo. Mas, olhando pelas janelas frontais da nave, vi uma nebulosidade brilhante que crescia. Senti que a nave se movia, mudando o ângulo de observação que as janelas ofereciam da nebulosa lá fora. E então foi como se uma ponta de lança feita de luz brotasse dela. Na minha tela repetidora o enquadramento recuou e continuou recuando — a distância devia ser grande, supus — e entendi que aos poucos a lança de luz se projetava para fora em uma haste cada vez mais longa. Demorei a entender que não era luz propriamente, mas gases e matéria iluminada em uma espécie de linha reta. E então alguém quebrou o silêncio:

— Aquilo é um cometa?

— Tela? — Mirian Vera disse.

— Sete B, um de nossos telescópios ópticos de proa — disse a primeira voz, também de uma mulher.

— Medição — a voz de Peregrino.

Uma outra voz masculina informou:

— Diâmetro, apenas onze por cento menor que o diâmetro da Terra. Em torno de dez mil e duzentos quilômetros.

E então, silêncio novamente. Ao meu lado, Vilela indicava uma outra tela.

— É esta aqui — ele me disse.

Eu a acionei e contemplei o que havia sido indicado no seco diálogo dos militares. Parecia realmente ser um cometa, como os muitos que eu tinha visto em voos turísticos pelo Sistema Solar. Mas nesse estouravam relâmpagos e havia uma paleta de cores estranhas na cauda e em torno da cabeça. . . E a cauda parecia não acabar nunca e se expandir de um jeito diferente da cauda dos cometas. . .

Roberto de Sousa Causo

— O que é isso? — perguntei a Vilela, olhando para ele.

Ele não me devolveu o olhar e não disse nada. Olhava para as janelas, então para a tela portátil no seu colo, a testa franzida atrás da viseira larga do capacete. Repeti a pergunta.

— O que a gente viu antes foi um jato de energia emitido pelo buraco negro — ele respondeu. E então: — Isto que estamos vendo agora é o que restou de um planeta, Camila. Um planeta que foi destruído, *varrido*, por um jato semelhante, emitido antes.

Foi minha vez de olhar para a tela repetidora e para as janelas. Uma, duas, três vezes.

— Isso não pode ser... — murmurei.

Jonas Peregrino não saberia dizer quantos minutos se passaram, enquanto ele contemplava, pelas telas e vigias, o jato de partículas aceleradas atingir o agora desnudado planeta joviano. A ampliação visual, tratada pelo computador, exibia as cores reais da incandescência de sua superfície. Era possível ver os gases acumulados em fissuras transformados em plasma brilhante pelo bombardeio de partículas, e então soprados para longe, escorrendo pela esfera do núcleo rochoso do planeta quase que literalmente por suas bordas, para se unir entre monstruosos relâmpagos à tempestuosa cauda projetada para longe.

E então o jato desligou-se, pelo esgotamento de algum processo do disco de acreção de Agu-Du'svarah, como que ao apertar de um botão. O planeta incinerado passou a liberar os gases ainda retidos, sob a forma de gêiseres leitosos, de tamanha pressão que agora pareciam lançados diretamente ao espaço, como que sugados para o vácuo, já que não havia mais uma atmosfera para afetar a sua força nem mantê-los presos ao núcleo calcinado. A cauda continuava iluminada pelos relâmpagos e pelo plasma que ainda demoraria muito para dissipar seu calor. De fato, a face posterior do globo parecia mais iluminada do que a face bombardeada pelo jato relativístico...

Peregrino olhou para Agu-Du'svarah como um soldado caído olha impotente para o inimigo que vem dar-lhe o golpe de misericórdia. Nesse momento, para ele, o buraco negro era o grande devorador, o faminto boitatá de olhos de fogo, e sua presença marcava com uma aura de degradação e morte todo o sistema estelar. E com uma pressão latejante, as paredes do crânio de Peregrino.

Mestre das Marés

Ele piscou seguidamente, sentindo o suor escorrer pelos lados do seu rosto, apesar das silenciosas ventoinhas já estarem funcionando no capacete e da rede de refrigeração superficial estar circulando pela sua bermuda de interface. "Um motor eterno da destruição. . ." ele quase balbuciou, ainda de olhos de pálpebras semicerradas voltados para Agu-Du'svarah.

O jovem Sargento Élcio Machado, no console de Comunicações, anunciou uma transmissão do 101.º GOEC.

— Albatroz para Águia-Cinzenta — disse o Primeiro-Tenente Paulo Soriano, numa voz distante e apagada. — Completamos a análise da primeira aquisição de dados. Enviando agora, e recomendando atenção plena.

Finalmente, o holotanque acendeu-se diante de Peregrino. Examinando ícones e vetores tridimensionais, ele pôde reconhecer com calma as posições do 28.º e a dos vasos tadais que Paulo Soriano e o GOEC tinham conseguido localizar, nos limites do sistema, como ele havia antecipado, além de um ponto assinalado pelo inconfundível ícone piscante padrão de um sinal de *mayday*. "Muito bem", ele pensou. "O quadro está completo. Já posso pôr a unidade em movimento."

Mas foi só então que Peregrino se deu conta dos rostos voltados para ele, por trás das viseiras.

E só então percebeu aquilo que os outros tripulantes no passadiço já haviam concluído.

O sinal de *mayday* fora enviado do planeta varrido pelo jato relativístico.

Emitido diretamente dos portões flamejantes do inferno.

2 QUEDA ORBITAL

A iluminação de combate no estreito interior do passadiço parecia opressiva a Jonas Peregrino. Era como estar em uma espelunca de má fama num dos espaçoportos mercantis da Zona 3, aguardando um encontro com o Diabo, e ele sentia como se o ar lhe faltasse e houvesse uma sombra sobre os seus olhos. Concentrou-se na imagem luminosa flutuando no holotanque. No que tinha à mão, no que precisava ser feito.

Ordenou que Helena Borguese preparasse uma mensagem de ansível, compacta e como um feixe direcionado, em resposta ao pedido de socorro dos cientistas da Roger Penrose. Imune a qualquer influência da matéria, o feixe chegaria ao aparelho receptor mesmo que os sobreviventes estivessem do outro lado do planeta. A mensagem deveria identificar os Jaguares e inquirir os cientistas quanto às condições em que estavam e como o resgate poderia ser realizado.

— Leme — Peregrino pediu em seguida, no canal do passadiço —, quero uma atualização de curso até o planeta de onde provém o sinal, deslocamento de combate com aceleração e frenagem correspondentes. Tudo pronto em dez minutos e partilhado com todas as subunidades.

Ele então acionou o canal que levava as suas ordens a todos os passadiços de todas as naves do 28.º GARP e do 101.º GOEC. Limpando a garganta, disse:

Roberto de Sousa Causo

— Águia-Cinzenta, aqui. Quero cada vaso. . . incluindo o Albatroz e seus colegas, em regime de localização passiva das naves tadais no sistema. Se os sobreviventes estão no planeta atingido, talvez os tadais tenham enviado um grupo de robôs de infantaria pra captura ou extermínio. Em casos semelhantes, a maioria das suas naves teria partido para a orla do sistema, como costuma ser o seu procedimento-padrão, e como já vimos pela localização feita pelo Albatroz. Quero números exatos e dados sobre seus movimentos. . . se estão indo ou vindo, se estão concentrando forças. — Tornou a limpar a garganta. — Relatórios de situações semelhantes também dizem que duas ou três naves tadais talvez tenham ficado nas cercanias do planeta para apoio direto. Eu não vejo essas naves no meu holotanque. . . Vamos trabalhar com a hipótese de que esses dois ou três vasos tadais tenham escapado do jato relativístico que nós testemunhamos e que também tenham escapado da nossa varredura. Seria bênção demais esperar que tivessem sido vaporizados. . . Confirmem as ordens com a Planejadora de Operações. — Fez uma pausa, na qual teria coçado o queixo e esfregado os olhos, se pudesse. Então voltou a falar: — Albatroz, precisamos saber quando a dinâmica do disco de acreção vai produzir outro jato relativístico. Você tem os dados fornecidos pelo Povo de Riv, mais aquilo que já registrou depois que chegamos. Faça uns cálculos ou, se achar mais seguro, envie todos os dados que tiver num ansível direto para o compquântico do *Gloriosa*, com urgência urgentíssima. Quanto maior a precisão, melhor.

Túlio Ferreira havia facultado o uso prioritário do computador quântico da nau capitânia da ELAE para ele e o 28.º GARP. Nas condições ideais, Peregrino tinha certeza de que uma nave de pesquisa científica do tipo Condor CE daria conta de fazer esses cálculos, mas na falta de uma, os instrumentos do Albatroz e o compquântico teriam de lhe fornecer alguma estimativa, uma possível janela para coordenar as ações.

— Afirmativo, Águia-Cinzenta — Soriano respondeu no Albatroz. — Deixe-me só fazer mais algumas observações do momento angular do disco. Trinta minutos?. . .

— Trinta minutos, confirmado. Não vejo a gente fazendo algum movimento antes disso. Águia-Cinzenta: fim. — Voltou-se para Borguese. — Helena, o comando da unidade é seu.

Mestre das Marés

Peregrino levantou-se do assento e foi até o minúsculo anexo do passadiço em que ficavam o café e os lanches, ao lado do compartimento em que era possível remover e higienizar o capacete e o traje de combate. Ele retirou seu capacete com um esgar e um suspiro. Já tinha desligado o comunicador do traje. Suas mãos tremiam enquanto ele borrifava detergente e depois pendurava o capacete e passava uma toalha úmida no rosto e no pescoço — e mais tarde enquanto enchia uma caneca com chá e muito açúcar.

Precisava recuperar o autocontrole antes que alguém notas--se... Mas ao mesmo tempo... a imagem do planeta desnudado, ardendo como uma brasa... como conseguiria ir até lá sabendo que um outro disparo de Agu-Du'svarah podia estar sendo cozinhado em seu disco de acreção nesse mesmo instante?... As telas mostravam uma nuvem de gases já assumindo aquela conformação de tromba, presa no punho de ferro de Agu-Du'svarah e começando a alimentar o seu disco... Mas o pessoal da Roger Penrose havia sobrevivido ao jato relativístico — talvez a mais de um disparo, já que Peregrino não acreditava que a atmosfera do planeta tivesse sido soprada para longe por um único jato — e tinha dado uma boa olhada no vetor orbital no holotanque antes de se levantar: o planeta ainda não estava livre de ser alvejado novamente, dependendo do tempo que demoraria para o próximo jato ser formado pelo momento angular no disco... Ele orbitava a uma grande distância do centro do sistema e sua velocidade orbital era pequena, ficaria na mira de um dos polos do buraco negro por algum tempo... Se Peregrino não precisasse ir até lá... talvez, talvez pudesse apenas descer um grupo de terra e supervisioná-lo da órbita do planeta...

Suspirou de novo, esvaziou a caneca e se serviu de uma segunda. "Talvez eu possa cair num canto, cobrir a cabeça com os braços e chorar", pensou, sentindo raiva de si mesmo. Tentou lembrar-se de outro momento em sua carreira — em sua *vida* — em que sentira tanto medo. Não conseguiu... Nem nas suas numerosas operações de resgate e policiamento na Esquadra Colonial, nem durante a complexa Batalha da Ciranda Sombria... Era como se a qualquer instante uma fera invisível fosse abrir suas costas, afastar-lhe as costelas e expor seus pulmões ao frio, momentos antes de ele emitir o último suspiro.

Percebeu um movimento na entrada do acesso. Voltou-se e viu Camila Lopes parada na entrada, vestindo seu traje de combate emprestado, uma das mãos na antepara da escotilha corta-fogo. Reprimiu o susto que quase o balançou. A mulher fez um gesto vago com a mão livre.

— Pois não? — Peregrino disse.

Lopes começou a mexer no lacre do capacete. Peregrino rapidamente gesticulou para que parasse. Ele estendeu a mão e apertou a tecla que fazia subir o visor blindado.

— Fale — disse.

— Eu...

Nesse instante, Borguese entrou no anexo, passando por Lopes com um esbarrão. Ela mesma tinha a viseira do seu capacete recolhido.

— Já temos a resposta dos sobreviventes, Capitão — ela disse.

— Rápida...

— Eles pelo jeito já tinham tudo preparado, para quando o socorro chegasse — Borguese explicou. — É uma mensagem bem longa e veio com uma compressão adequada, num feixe direcionado e de boa pontaria. — Ela deu uma olhadinha para Camila Lopes. — Está no seu console.

Peregrino esboçou um gesto cansado, dirigido à jornalista.

— Pode resumir, Helena, para o benefício da senhorita Lopes?

Disse isso e respirou fundo, para clarear a mente e memorizar o máximo do que Borguese iria dizer. Enquanto ela falava, ele terminou sua segunda dose de chá e colocou a caneca no limpador molecular. Em seguida, ainda ouvindo o resumo, foi reaver seu capacete.

Quando Helena Borguese terminou, ele soube que, pronto ou não, teria de ir até a superfície do planeta.

O recesso na sala de comando era minúsculo, com uma espécie de *closet* à esquerda, e uma copa com café, chá e sanduíches fornecidos por máquinas com muitos botões e alavancas, do outro lado. Eu tinha seguido Peregrino até lá assim que o vi levantar-se e tão logo me livrei da parafernália de cabos e plugues que prendiam meu traje ao assento. Vilela tentou me deter, mas não dei atenção aos seus apelos.

Quando finalmente alcancei Peregrino, no recinto estreito e de iluminação também baça, ele havia terminado de beber alguma coisa fumegante em uma caneca de plástico azul-escura salpicada

Mestre das Marés

de pintas negras como as de uma onça, e a insígnia do GARP gravada no centro. Agora a oficial chamada Helena Borguese falava, sem tirar os olhos dele:

— São vinte e nove sobreviventes, contando com sete elementos de segurança, todos em um abrigo inflável e pressurizado instalado na galeria natural de um depósito antes ocupado por. . . — ela fechou os olhos castanhos, como se fizesse força para lembrar as palavras certas — hidrogênio metálico líquido. "Não se assustem com a sublimação do hidrogênio metálico líquido", diz a mensagem, porque parece que grandes quantidades desse elemento ainda estão escapando para o vácuo, agora que o planeta não tem mais pressão atmosférica suficiente para mantê-lo no subsolo. . . Nesse abrigo, localizado do outro lado do planeta, os sobreviventes estão a salvo da radiação do jato relativístico, e nós temos as coordenadas. Só que o texto diz que eles vão manter um blipe direcional de ansível para nos guiar.

— Isso é uma boa ideia? — Peregrino perguntou, de cenho franzido. Ele havia colocado a caneca num compartimento que borrifava o desfazedor molecular, a forma preferida de limpeza entre os militares em todo lugar que eu tinha ido. E depois apanhado seu capacete, enquanto a mulher falava. — O que isso vai fazer, obrigar a gente a deixar um repetidor neste ponto do sistema? Amarrar o grupo num curso sem flexibilidade tática?

Borguese estava muito quieta, observando Peregrino sem tirar os olhos dele, que recolocava o capacete e abria a viseira. A mulher tinha orelhas muito grandes e alongadas; quase sempre, como agora, usava uma faixa de tecido cobrindo as pontas, para facilitar o encaixe do capacete. E olhos castanhos suaves e de longos cílios — ainda fixos em Peregrino com um ar preocupado —, e sobrancelhas densas. Seu rosto largo e de maçãs bem delineadas dava a ela um quê de menina. Mas eu já vira aqueles olhos vivazes adquirirem um brilho duro e as sobrancelhas assumirem uma expressão irada e quase violenta, em uma fração de segundo.

— Eles são cientistas — ela disse. — Foram muito espertos até aqui, fizeram um ótimo trabalho encontrando abrigo e recursos eficientes de comunicação. Mas é claro que não conhecem todas as implicações táticas. Querem, antes de qualquer coisa, garantir que entendemos tudo e que vamos agir para chegar até eles com presteza.

Roberto de Sousa Causo

— Você tem razão, Helena — Peregrino admitiu. — O pior é que nós também não conhecemos todas as implicações.

Ele assentiu com a cabeça, como se estivesse pronto para reassumir o comando, mas a mulher não saiu do lugar.

— Mais alguma coisa? — Peregrino perguntou.

Borguese me olhou de soslaio, e depois se voltou de novo para ele.

— Pode falar — Peregrino disse.

— Segundo a mensagem, há robôs tadais na superfície, como o senhor previu...

— Sim, é o caso de organizar uma equipe de contenção e outra de resgate.

— Receio que será preciso mais do que isso, Capitão. — Borguese fez uma pausa dramática. — Eles dizem que *não* querem sair. Ou não imediatamente... Há uma *coisa* no planeta, uma coisa da qual eles querem se assenhorar, antes do resgate propriamente dito. E precisam de nossa ajuda.

Peregrino baixou a cabeça e a balançou, claramente contrariado. Cruzou os braços no peito e disse:

— Uma coisa que os tadais também desejam, eu imagino.

— Ao que parece...

— Deixa eu adivinhar — ele disse, numa voz cansada. — Os cientistas sobreviventes da estação de pesquisa tropeçaram, enquanto fugiam pra um planeta aniquilado pela maior força natural do universo, em um artefato tadai.

De onde eu estava, pude ouvir Borguese emitir um som de surpresa, alto o bastante para superar os barulhos sussurrantes do sistema de circulação de ar da nave.

— Sim, senhor.

Os dois ficaram se encarando em silêncio, por tanto tempo que eu não me contive.

— O que isso quer dizer?

Peregrino se virou para mim.

— Quer dizer que a presença de qualquer objeto tadai lá muda tudo. A prioridade desses cientistas passa também a ser nossa. O objetivo principal agora é garantir a posse do artefato.

Eu não consegui entender como podia passar pela cabeça desses dois nos levar até o planeta destruído. Marcos Vilela havia me

Mestre das Marés

explicado, em duas dúzias de palavras, o que eu tinha visto. Um mundo inteiro varrido por um jato de energia...

A imagem do globo ardendo sob o bombardeio cósmico retornou à minha mente, enquanto eu seguia os passos de Borguese e Peregrino, e retornava ao meu assento ao lado de Vilela. Sentei-me pesadamente. O colega já tinha cabos e plugues nas mãos, e no mesmo instante e como um passe de mágica, me reconectou e me fixou ao assento.

— O que vocês conversaram? — ele quis saber.

Tentei dar de ombros, dentro do pesado traje espacial. Então limpei a garganta e, aos poucos, recuperei as palavras. Expliquei o que pude, recorrendo ao implante mnemônico para reproduzir o diálogo entre os dois militares. Enquanto ouvia, Vilela pareceu inchar dentro do seu traje.

— Incrível! — ele gritou no meu capacete. — Você sabe o que isso significa, Camila? Isto tudo só faz ficar cada vez *melhor*. Provavelmente entraremos em combate na órbita de um buraco negro, já tivemos a chance de testemunhar um fenômeno de proporções cósmicas, raramente estudado... um planeta sendo atingido por um jato relativístico, tendo a atmosfera arrancada. E agora existe a possibilidade de descobrirmos uma peça de tecnologia da espécie alienígena mais misteriosa e perigosa que encontramos até o momento na galáxia...

— Você acha que eles *sabem* o que estão fazendo? — eu o interrompi, com raiva e medo.

— Eles?...

— Peregrino e os outros. Eles *sabem* o que estão fazendo? Têm recursos contra esse tipo de coisa? — Apontei com as mãos enluvadas para as janelas do passadiço, querendo indicar o buraco negro lá fora, e a força incrivelmente destrutiva que eu havia testemunhado. — É seguro a gente estar aqui, no caminho daquela coisa?

Alguns segundo de silêncio, e então ele respondeu, com a voz irritantemente calma:

— Isto é jornalismo de combate, Camila. "Segurança" é um termo muito relativo. — Ele caiu em silêncio, parecendo refletir, e então disse: — Contra o jato relativístico, imagino que baste sair do caminho dele, quer dizer, evitar ficarmos de frente pr'a região polar do buraco negro...

— Mas estamos indo para *aquele* planeta! — gritei.

Roberto de Sousa Causo

— Certo — ele disse, com a mesma tranquilidade na voz. — E o planeta está voltado para a região polar do buraco negro... Mas deve haver um meio de calcular quando o próximo jato vai ser disparado. Os cientistas na superfície sabem disso, e provavelmente os nossos analistas e técnicos também. Mas entenda, podemos escapar do jato e sermos destruídos pelos tadais. — Ele apontou para a holografia no centro do passadiço. A imagem agora estava dividida em dois campos. Um deles mostrava um esquema do sistema solar ou de parte dele, já que esse era originalmente um sistema triplo, o outro mostrava as vizinhanças do planeta destruído. — Nossas naves de observação já detectaram os vasos tadais no sistema — Vilela disse. — A concentração na orla, e duas naves nas vizinhanças do planeta. Veja que essas duas estão se encaminhando pr'a órbita dele. Isso significa que os tadais sabem que um novo jato não virá tão cedo.

— As naves inimigas... — balbuciei.

— As que estiverem em órbita do planeta vão tentar bloquear nossa aproximação — disse ele, sem alterar seu tom de voz —, e talvez reforçar os robôs na superfície. As da orla do sistema vão se precipitar pra dentro, pra nos interceptar durante a aproximação ou pinçar a gente quando estivermos entre elas e as outras duas. "Mas Peregrino vai dividir nossas forças pra enfrentar a ameaça dupla. Uma parte dos Jaguares vai engajar a concentração tadai, a outra vai tentar furar o bloqueio e fazer um grupo descer até o planeta. Esse grupo vai ter de contar com o pessoal da infantaria embarcada, se o objetivo é tomar o artefato dos robôs tadais na superfície.

"Peregrino é muito consciencioso e costuma planejar e ensaiar uma operação com muito cuidado. Mas quando é preciso, ele improvisa com muita criatividade e eficiência. Observe tudo com muita atenção. Pode ser que a gente testemunhe mais coisas que nunca imaginou que seriam possíveis, táticas nunca vistas num ambiente..."

— Você fala como se ele fosse dar um espetáculo de entretenimento.

— Eu estou falando de *nós* dando notícias inéditas e dramáticas — ele disse, desta vez com mais ênfase na voz. — Notícias de importância militar e científica talvez sem precedentes. *Eles* — apontou para os militares — vão cuidar daquilo que diz respeito ao combate e à nossa sobrevivência. Nós temos que fazer a *nossa*

Mestre das Marés

parte e cuidar do material jornalístico que foi colocado na nossa frente. Não é pra isso que estamos aqui?
Eu sinceramente já não sabia mais.

O primeiro encontro face a face de Peregrino com os alienígenas conhecidos como "o Povo de Riv" aconteceu pouco depois da Batalha da Ciranda Sombria. Ele já havia feito o *de-briefing* da operação em Tukmaibakro com o Almirante, e revia os procedimentos táticos com os oficiais do GARP na base da unidade, instalada no continente antártico de Cantares, quando Túlio exigiu sua presença no QG. O encontro com as emissárias do Povo de Riv se dera nos arredores de Chorinho, a maior cidade do planeta, em um clube de campo erguido pelo antecessor de Túlio Ferreira, o Almirante Pandolfo Alamino, às margens do Rio Paraná Norte. Túlio considerava a propriedade uma extravagância, mas não tinha problemas em usá-la sempre que achasse útil. A nave das emissárias estava lá, pairando sobre um descampado ao lado da casa principal. As alienígenas eram fisicamente grandes, e seu elegante veículo de desembarque atmosférico, proporcional. As fêmeas do Povo de Riv, em pé na campina, já se abrigavam à sua sombra.

Dionísio, o gigante gasoso em torno do qual Cantares orbitava, ficava na borda anterior da Linha de Gelo do sistema iluminado pelo sol G3 Maestro. Contudo, o clima de Cantares era predominantemente temperado e frio. A brisa vinda do rio já se fazia sentir, e, à sombra da nave, devia gelar os membros nus das duas emissárias. Peregrino achou que elas viriam para o sol, ao encontro deles, mas não saíram do lugar. Túlio, por sua vez, não diminuiu o passo, arrastando-o para junto delas. Peregrino olhou para cima, para a superfície polida do casco do VDA pairando sobre eles, uma quebra de segurança que ele não conseguia entender. Por que Túlio se expunha tanto? Sua equipe de segurança pessoal, a propósito, ficara na Torre 2 do QG, assim como as armas de serviço — e ele não tinha ninguém do corpo diplomático para acompanhá-los em sua conversa com as emissárias. . .

O Almirante também se negara a explicitar a Peregrino a razão do encontro.

As alienígenas tinham mais de dois metros de altura, a pele muito escura onde seus reduzidos trajes a deixavam descoberta, e

Roberto de Sousa Causo

apresentavam uma densa e crespa cabeleira crescendo não apenas na cabeça, mas nos ombros e na parte interna dos braços, como franjas. O Povo de Riv era composto de xenomamíferos quadrúpedes com um par de membros superiores terminando em mãos muito destras de quatro dedos. A parte inferior lembrava o ângulo que a espinha de uma girafa fazia, mas o par de pernas menores se movia por dentro do par de pernas maiores, resultando em um avanço lento como o de um chimpanzé ou gorila apoiado nos braços. Mas não havia sugestão de comicidade ou deselegância em seu andar — talvez por conta do tronco empertigado e do pescoço longo sempre reto. As quatro pernas terminavam em botas sem salto. As emissárias traziam poucas vestimentas e adornos — embora colares coloridos dançassem em seus colos, marcados pelos dois pares de mamas expostas, um acima do outro, muito firmes mas apequenadas no tórax amplo. Peregrino achou-as muito bonitas, à sua maneira alienígena. Os olhos grandes e afastados das emissárias o examinaram com o que parecia ser um interesse aberto e, quem sabe, um tanto divertido.

— Senhoras — o Almirante disse, apontando Peregrino —, eis aqui o jovem de que lhes falei. Rapaz, estas são as Emissárias do Povo de Riv — ele apontou uma, depois a outra —, Ahgssim-Dahla e Mehra-Ibsso.

As duas se aproximaram de Peregrino, que recuou um passo, mas foi seguro firmemente pela mão direita de Túlio em seu cotovelo. Elas se alternaram flexionando com muito cuidado os seus muitos joelhos diante dele, para que os colares não chovessem sobre o seu rosto. Tocavam os seus ombros e, ao mesmo tempo, o lado da cabeça, e com as duas mãos muito firmes mas sem agressividade fechadas sobre os seus deltoides. Devia ser o cumprimento formal da sua cultura. Peregrino notou um cheiro indefinido, silvestre e agradável partindo delas — e também que entre os colares havia um aparelho tradutor.

— Saudações. Jovem Jonas. Peregrino — disse uma delas . . . a segunda, Mehra-Ibsso. A voz do tradutor era masculina, mas soava como a voz sintetizada de uma criança. — Honradas estamos. Em conhecer você.

Elas então se puseram ao lado dele.

— Caminhar. Por favor — disse a primeira, Ahgssim-Dahla.

— Bela campina.

Mestre das Marés

Os quatro começaram a caminhar pela campina que margeava o rio, algo mais fácil para as duas e a sua vasta altura, do que para os dois homens forçados a enfrentar o capim alto. Felizmente, as duas não faziam valer a vantagem das quatro pernas, e davam passos curtos e vagarosos.

— De um relatório. Da batalha — disse Mehra-Ibsso, pelo titubeante tradutor. — Não há necessidade. Túlio nos enviou. Vários. Muito completos. Conhecer emoções. Mais importante. Saber que medos sentiu. Jovem Jonas Peregrino. Durante a luta. Viajamos de muito. Longe. Para ouvi-lo.

Ele ficou tão surpreso, que não soube o que dizer.

— Por favor, responda, rapaz — o Almirante pediu, em voz baixa.

Túlio não dizia "por favor" com frequência.

Peregrino limpou a garganta. Agora ele evitava olhar para as alienígenas. Ao longe, mesmo à luz do sol, a curva de Dionísio assomava o horizonte como uma pálida imagem vaporosa, espremida pela sombra do casco da nave e escoltada pelos pontos brilhantes de outros corpos celestes da sua coleção de satélites naturais.

— Medo do fracasso — contou-lhes. — E do julgamento moral dos meus pares.

Discutir temores sentidos durante a batalha era algo que ele não havia feito com ninguém, nem mesmo com o Almirante. Algo muito pessoal; porém, por que não confessar-se com seres alienígenas? Melhor do que com os seus pares... exceto pela expressão curiosa no rosto de Túlio, bem a seu lado.

— Não medo. Da Morte? Da Perda? — Mehra-Ibsso perguntou.

— Suponho que sim. Mas soldados aprendem a abafar esses temores antes da batalha. Durante a luta, não há tempo pra essas coisas. E *depois*, quem sobreviver terá muito tempo pra... lamentar a morte dos companheiros.

— Mas. Não fez a batalha? No transcorrer? Apresentar outros medos? A você?

— Eu não entendo...

— O Povo de Riv acredita que certos eventos muito complexos — Túlio interveio —, como uma batalha espacial, podem, digamos, estar acessíveis às nossas consciências como uma intuição que funcionaria como mensagem, mas... simplificada.

Ele fez um muxoxo, insatisfeito com a sua explicação.

— Mensagem de quem, senhor?

Roberto de Sousa Causo

— Dos próprios processos complexos envolvidos no evento em questão — Túlio disse, com impaciência, e calou-se.

O tradutor de Mehra-Ibsso se fez ouvir, com sua voz de garoto: — Mensagens de várias. Formas. Medos em particular. Não fez a batalha? No transcorrer? Apresentar outros medos? A você? — ela repetiu.

Peregrino meditou a respeito. Os quatro haviam deixado a sombra da nave. O sol brilhando no céu de Cantares era brando e a menor gravidade superficial também facilitava as coisas, mas Peregrino suava. Ele não havia antecipado nada disso, quando o Almirante lhe contara que iriam ter com as emissárias. Procurou possíveis respostas. Mas não sabia exatamente o que iria dizer ao abrir a boca.

— Tive medo, em algum momento dos combates, de testemunhar uma destruição tão grande, que ela não caberia em minha mente. Mas nunca soube exatamente o quê.

As emissárias trocaram um olhar, e fizeram um movimento irmanado de colunas e omoplatas, alguma linguagem corporal do Povo de Riv que ele, é claro, desconhecia. Confuso, Peregrino olhou para Túlio Ferreira — o Almirante, que havia detido o seu passo, tinha a boca entreaberta e os olhos fixos nas alienígenas.

— O que foi, senhor?. . .

— Um momento — Túlio o deteve com a mão espalmada. — Vamos ouvi-las.

Dessa vez, Ahgssim-Dahla foi quem falou. Seu tradutor tinha uma voz sintetizada um pouco mais grave, mais "adolescente".

— A Filosofia de Riv — ela começou. — Baseada na importância do. Não Saber. Apenas. O Não Saber conduz. Até a verdadeira. Sabedoria. Emana ela da humildade. De quem toma as situações. A vida. Sem certezas. Totais. Mas o Povo de Riv busca sempre. Conhecimento. Resolução de mistérios. Mas entendendo sempre. Que conduzem eles. A mistérios. Mais profundos.

Ela fez uma pausa, e as duas retomaram a caminhada, seguidas por Peregrino e o Almirante. Pequenos insetos saltavam ou voavam para sair do seu caminho, e agora, à direita deles, um bando numeroso de aves sobrevoou as águas do Rio Paraná com uma curva ascendente, para evitar a forma flutuante da nave de desembarque atmosférico.

— Não há — Ahgssim-Dahla voltou a falar. — Em nossa língua. Palavra para "explorador". Como na sua. Palavra mais

Mestre das Marés

próxima. Única. É "professor". Professor. Quem descobre e entrega. Ao Povo. A si mesmo. Novos conhecimentos. Novos mistérios. Lições. "Túlio nos diz. Que jovem. Jonas Peregrino na Esfera. Pode ser um professor. Para todos nós. Do Povo. E para os seus."

Peregrino deteve-se. As duas alienígenas continuaram caminhando no mesmo passo, sem olhar para baixo ou para trás. Peregrino imaginou que, se elas gostavam tanto de caminhar, aí estava a razão de seu escaler de desembarque ser tão grande. Ele sentiu a mão larga de Túlio Ferreira em seu braço, puxando-o, mas não se mexeu.

— O que significa tudo isso, senhor?

Túlio largou seu braço, passou os dedos pelo bigode grisalho, e cruzou as mãos atrás das costas.

— Elas têm um modo enigmático de se comunicar — o Almirante disse —, mas não se trata realmente de um grande mistério. No fim das contas, está tudo dentro da nova doutrina que estabeleci pra você e os Jaguares.

"O Povo de Riv está na Esfera há milhares de anos. Uma variante da civilização deles testemunhou a chegada dos tadais à região. Houve choques, é claro, mas o que importa é que o Povo de Riv na Esfera sobreviveu e formulou, ao longo do tempo, uma teoria das movimentações dos tadais por aqui. Essa teoria... ou talvez fosse melhor dizer, *hipótese*, gira em torno de artefatos tadais dispostos intencionalmente em vários pontos da Esfera. Há muitas lendas a respeito, e até mesmo um punhado dessas coisas resgatadas pelo Povo de Riv, mas infelizmente, nada além de uma sucata da qual pouco se conseguiu extrair.

"Não se trata dos escombros de naves que nós encontramos à deriva de tempos em tempos, e que dão testemunho de antigas batalhas. Trata-se de instrumentos misteriosos de funções e capacidades desconhecidas instalados em planetas ou outros corpos espaciais. E talvez *ainda* em funcionamento.

"Os tadais são a variante mais crítica de toda a dinâmica na Esfera. Não sabemos nada das suas intenções, nem das suas verdadeiras capacidades, e ninguém jamais estabeleceu qualquer tipo de comunicação com eles. Obter dados sobre eles e suas capacidades bélicas, mas também tecnológicas e científicas, pode ser determinante pra o futuro da região.

"É difícil convencer nossos superiores no Almirantado Estelar e nossos supervisores civis no Parlamento sobre a importância desse tipo de coisa. Eles não pensam tão longe, não enxergam o interesse de se solucionar mistérios mais antigos do que a chegada da humanidade ao espaço, nem são sensíveis às necessidades dos nossos aliados locais, como o Povo de Riv."

— Isso significa que elas. . . quero dizer, as autoridades do Povo de Riv colocam uma importância especial na recuperação desses artefatos? — Peregrino perguntou.

— "Importância especial" seria um eufemismo — Túlio disse.

— Até pouco tempo atrás, eles não tinham partilhado muito a respeito dessa questão. Alguns memorandos encaminhados a Pandolfo e ignorados por ele já tratavam do assunto, mas sem grande ênfase, e nunca houve nem sequer um encontro informal como este, em que o assunto tenha sido discutido.

"A Batalha da Ciranda Sombria mudou o modo como o Povo de Riv entende a nossa presença aqui, e aparentemente os hoplitas. . . os militares deles, ficaram de olho em você durante o combate, e enviaram relatórios muito elogiosos a seus superiores. E preciso admitir que também fiz seu cartaz junto às enviadas. Você vai concordar, os Jaguares possuem a flexibilidade necessária pra alterar parâmetros de missão e priorizar a recuperação de qualquer artefato tadai que apareça no caminho, e eu confio em você pra fazer isso. O Vinte e Oito ficaria de sobreaviso pra rumar a qualquer ponto em que algo for encontrado, ou exista a suspeita de haver alguma coisa lá."

Peregrino refletiu sobre o que ouvia. A brisa vinda do rio aumentara de intensidade e tocava seu rosto como um beijo frio, mas agora ele se sentia bem, parado ali no meio da grama, observando as duas alienígenas e, acima delas, o passeio das nuvens.

Limpou a garganta e perguntou:

— Devo então dar prioridade absoluta a isso, em detrimento de outros objetivos nas operações em que estiver envolvido, Almirante?

— "Absoluta" é um termo absoluto demais, filho — Túlio disse. — As senhoras — apontou as alienígenas, caminhando devagar a uns trinta metros, conversando animadamente com os tradutores desligados, e começando a voltar na direção deles

Mestre das Marés

— sabem disso, faz até parte da filosofia de Riv. Caberá a você determinar o quanto pode sacrificar das suas missões, ou até que ponto vai arriscar o seu pessoal por esse tipo de coisa. Eu confio que vai tomar as decisões certas, e ninguém vai *cobrar* você se decidir por abrir mão da oportunidade de recuperar uma dessas coisas, se e quando essa oportunidade aparecer.

Peregrino o olhou de soslaio.

— Com todo o respeito, Almirante, é difícil acreditar que o *senhor* não vai me cobrar, se acontecer alguma coisa assim.

Túlio deu de ombros, e acenou para Ahgssim-Dahla e Mehra-Ibsso.

— Também faz parte da filosofia delas, rapaz. E esse é um jogo do Povo de Riv, afinal. O jogo é deles, as regras também. Não vai haver cobrança nem pressão.

"E no fim das contas, a Esfera é uma área bem grande. Pode ser que você, mesmo que envelheça aqui, nunca tenha a chance de topar com um desses mistérios."

Por via das dúvidas, o Almirante havia passado a ele — e no mesmo dia — tudo o que as autoridades do Povo de Riv se deram ao trabalho de entregar a Túlio, acerca dos misteriosos artefatos. Peregrino dedicara quase um dia inteiro a examinar, num canto dos escritórios do Almirantado da ELAE, a documentação. Não havia muita coisa, mas o pouco que havia — e mesmo considerando que parte significativa era composta de hipóteses e conjecturas — despertou seu interesse.

Todos os artefatos — alguns deles bastante grandes — recuperados haviam sido desencavados do subsolo de planetas, do núcleo de planetesimais ou de sistemas planetários em formação. Peregrino tinha balançado a cabeça. Não se via como um xenoarqueólogo. . . As hipóteses de funcionamento dos artefatos lhes pareceram mais interessantes: sensores quânticos de função desconhecida, e instrumentos de medição gravítica ou de simulação ou projeção de campos gravitacionais. Muito bem, sabia-se que os tadais eram fortes em tecnologia gravitacional. Mas outras hipóteses falavam de manipulação inercial e de massa, e aí chocavam-se contra as observações — as naves tadais, operadas exclusivamente por robôs, não usavam compensadores inerciais. Por outro

Roberto de Sousa Causo

lado... como podia haver uma manipulação da gravidade sem que se agregasse massa às considerações?...

Jonas Peregrino havia arquivado tudo em sua mente, acostumada desde cedo ao exercício do estudo e da memorização, e disciplinada a não rejeitar nada que fosse alienígena. Não havia muito, e isso facilitava as coisas, mas agora, na missão a Agu-Du'svarah, tudo precisava ser pesado e avaliado. Havia um artefato na superfície de um planeta — "não", ele retificou, "há *provavelmente* um artefato tadai em algum ponto dos subterrâneos do núcleo rochoso de um ex-mundo joviano, um artefato esperando para ser recuperado por seus legítimos donos, ou por nós". Seu trabalho agora era garantir que fossem eles — os Jaguares — a pôr as mãos no dispositivo.

Peregrino deixou escapar um bocejo mudo, jogou os braços para trás e arqueou as costas contra o encosto do sólido assento de comando. Suas vértebras estalaram abafadas dentro do traje espacial. Ainda evitava olhar pelas vigias. Era como se o olho ciclópico de Agu-Du'svarah espreitasse lá fora, não importasse que as naves tivessem mudado o curso e voltado suas proas para longe do monstro espacial. A luz forte e cintilante projetada pelo disco de acreção ainda entrava pelas vigias em ângulos fechados, quebrando a iluminação de combate. Peregrino respirou fundo várias vezes para clarear a mente, então voltou-se para Borguese.

— Helena, peça ao Capitão Duran que prepare o pessoal dele e um escaler pr'a descida. Equipamento completo contra uma oposição de robôs de infantaria tadai colocada no terreno, e... *quatro* baterias autônomas de alta energia M-cinquenta e três. Ah, diga a ele que vou descer junto, assim como a nossa especialista em recuperação de dados tadais, hã... — Ele custou a lembrar-se do nome. — A Tenente Angélica Waira, certo?

— Sim, senhor — Helena disse, levantando-se.

Desde os eventos em Tukmaikbakro, Borguese se tornara mais solícita e consciensiosa. Iria pessoalmente até os alojamentos do pessoal da infantaria embarcada avisar Duran e trazer um relatório de progresso dos seus preparativos. Mas ela hesitou junto ao seu assento, o rosto fixo em Peregrino por trás do visor do capacete.

— O que foi? — ele perguntou, já sabendo do que se tratava.

Mestre das Marés

— Você disse que vai descer com eles...

Peregrino tinha conseguido pesar as diversas demandas da situação. Helena Borguese seria uma opção melhor para a tarefa de bloqueio orbital. O que ele sabia desse tipo de coisa eram os rudimentos. "Bloqueio é uma operação beligerante", a definição lhe veio com clareza, "para evitar que vasos de qualquer nação, inimigas ou neutras, entrem ou saiam de espaçoportos ou áreas orbitais específicas, pertencentes a, ocupadas por ou sob o controle de uma nação inimiga". Envolvia camadas de formações de naves no poço gravitacional, e o posicionamento de satélites e *drones* como engodos e/ou retransmissores de sensoriamento, para multiplicar ou esticar a tela de bloqueio. Mas na Esquadra Colonial, especialmente no período em que serviu no destroier *Noronha* sob o comando de Margarida Bonadeo, nunca testemunhara um bloqueio a partir do passadiço de onde as decisões eram tomadas e as táticas elaboradas. Na Esfera, apenas repassara as teorias e lera uns poucos relatórios de bloqueios executados pela ELAE. É claro, em Tukmaibakro eles haviam bloqueado o acesso tadai ao planeta binário Kro — mas fora para evitar um ataque suicida em velocidade relativística, algo bem diferente do que os tadais tentariam fazer agora. Em todo caso, Peregrino sabia pela ficha de Borguese que ela excedia no planejamento e articulação de operações desse tipo. Disse isso a ela.

— Enquanto estivermos lá embaixo, você fica no comando do Vigésimo Oitavo, Helena. Sua principal missão é estabelecer o bloqueio e garantir que possamos ser inseridos e mais tarde extraídos do planeta. Quando chegar o reforço, vai coordenar com eles. Mas não vai permitir que os Jaguares banquem isca pr'os tadais. Assuma uma postura dinâmica, e se for preciso abandonar a órbita, não hesite contanto que isso não faculte aos tadais nos bombardear ou baixar mais robôs de combate. Você também vai assumir a comunicação com o Almirante. Se os tadais irrigarem o sistema com reforços, Túlio precisa estar informado pra poder tirar a gente daqui.

— Como você espera descer até lá em segurança — ela perguntou —, se os tadais nos interceptarem? Não é possível fazer a inserção de um simples escaler de desembarque no meio de uma batalha orbital.

— É claro que é — ele disse, e então se voltou para Mirian Vera:

— Mirian, peça aos seus analistas uma avaliação da capacidade

Roberto de Sousa Causo

combinada do campo secundário do casco energético de um vaso Jaguar somado ao nosso Grupo de Observação-e-Comunicações.

— O grupo todo, senhor? — Mirian exclamou, surpresa.

— O Albatroz e os seus caças. Vamos precisar da agilidade deles e dos seus cascos energéticos de potência extra. Quando dois ou mais campos defensivos emitidos em uma mesma frequência e no mesmo quociente energético se tocavam, eles projetavam um campo sobreposto, no dobro da distância porém com uma fração da potência combinada. Bastaria, de qualquer modo, para deter um ataque de mísseis ou de armas de alta energia dos tadais, protegendo o frágil escaler de desembarque em seu voo até a superfície. Especialmente com os escudos dos caças RAE−428R Olho de Carcará, concebidos para suportar uma carga dobrada de disparos, em relação à tonelagem dos aparelhos. Quando os números vieram, eles pareceram surpreender a todos menos a Peregrino.

— Quem diria que esses passarinhos teriam uma defesa quase tão forte quanto duas naves da classe Jaguar? — Mirian balbuciou.

— Vamos perder o Albatroz na função de observação e orientação — alertou Borguese, que ainda não havia deixado o passadiço.

— Com sorte, o reforço já terá chegado e o GOEC deles vai assumir — Mirian disse.

— A ideia é essa — Peregrino disse, e apontou para Borguese. — Temos um plano. Agora cabe a você colocá-lo em prática.

Helena assentiu. Ela não tinha muito com que trabalhar. Contava apenas com um tenente e dois analistas instalados fora do passadiço, em uma sala secundária de comando cercados de monitores e computadores de alta capacidade. Uma inovação sugerida por ele a Túlio, que o atendeu prontamente designando pessoal e equipamento. Teria de bastar.

A Tenente Angélica Waira era uma jovem de baixa estatura, ossatura e tez andinas, olhos escuros e penetrantes. Fazia parte dos quadros complementares das Forças Armadas Integradas, o que significava que havia sido recrutada especificamente para a função que exercia: técnica de recuperação de dados da tecnologia tadai. E isso, por sua vez, podia significar que ela não tivera todo o treinamento possível a alguém que desceria até a superfície de

Mestre das Marés

um planeta desconhecido para ficar na mira de robôs assassinos. Peregrino explicou isso a Camila Lopes, que insistira em acompanhá-lo, deixando Vilela sozinho para registrar a preleção de Helena Borguese dirigida a todo o 28.º GARP e à recém-chegada flotilha de reforço comandada pela Capitã-de-Ar-e-Espaço Leocádia Cambochi, a partir da fragata *Artigas*. Era uma atitude estranha, a da jornalista, que supostamente deveria estar mais interessada nas manobras dos Jaguares como um todo. Mas Peregrino não tinha tempo para matutar sobre o que ela tinha ou não tinha em mente, ao ir com ele ver se Waira precisava de ajuda.

— Não é imprudente o comandante da unidade abandoná-la à própria sorte — Lopes perguntou, enquanto os dois trilhavam os corredores da *Balam* — e descer à superfície radioativa de um planeta desconhecido, em busca do Santo Graal ou o que quer que seja?

Peregrino riu.

— Metáfora interessante — disse. — Mas você me ouviu justificando minha decisão à Capitã Helena Borguese. Ela e a Capitã Cambochi vão fazer um trabalho melhor do que eu faria. E não quer dizer que eu vá descer ao planeta por diversão. Pode haver mais gente atrás do "Santo Graal" lá embaixo, se você me entende. E não falo só dos robôs tadais.

Cientistas não eram militares nem diplomatas, mas talvez, se pusessem as mãos em um dispositivo alienígena operante, não o deixariam partir alegremente com o galante oficial latinoamericano que os vinha resgatar. Ele era a maior autoridade da ELAE no sistema, teria mais chances de lidar com uma eventual oposição, do que um oficial júnior que fosse destacado para descer à superfície. Ou era essa a ideia. Peregrino só não conseguia ainda imaginar que tipo de artefato tadai poderia interessar aos cientistas a ponto de se oporem a ele.

Encontraram Angélica Waira no alojamento coletivo do pessoal do corpo auxiliar. Estava sozinha, já que no estado de alerta todos os outros já haviam se encaminhado para os seus postos de prontidão. Ela estava ajoelhada no piso do alojamento, tentando retirar uma armadura Kirkincho do seu estojo plástico, com um misto de tristeza e frustração no seu rosto largo e de olhos puxados.

— Alguém da infantaria embarcada deixou isto comigo e foi embora — disse. — Não sei o que fazer com ela.

Roberto de Sousa Causo

— Por isso estou aqui.

— O comandante da *unidade*, pra ajudar a me vestir?... — ela exclamou, com um sorrisinho tímido.

— Você e eu vamos descer juntos até a superfície do planeta. Tivemos pouco tempo de convivência, então esta é a oportunidade de nos conhecermos melhor, já que provavelmente não vamos sair do lado um do outro, depois que chegarmos lá.

— O que quer dizer, Capitão? — ela perguntou, apagando o sorriso.

— Que os eventos desta missão determinaram que agora *você* é a pessoa mais importante de todo o Vigésimo Oitavo GARP — ele disse, mudando de tom. — Não vai sair do meu lado e vai cumprir todas as minhas ordens à risca.

— Sim, senhor — ela balbuciou.

— Agora vamos colocar você dentro dessa coisa.

Ele havia trazido a sua própria armadura no estojo que mantinha em seu camarote, amparando uma pilha de livros. A armadura Kirkincho K-3 era basicamente um traje espacial com revestimento blindado de refletores e absorsores de calor, pintado em cinza naval escuro com detalhes em verde, vermelho e preto. As placas protetoras em ombros, braços, antebraços e coxas eram discretas, mais semelhantes às dos antigos trajes táticos policiais e de controle de distúrbios civis, do que de armaduras medievais. Além dessa proteção, possuía instalados no peito e nas costas os projetores miniaturizados do escudo defensivo que envolvia a pessoa em uma invisível bolha de energia. A tropa mantinha distâncias de segurança para que elas se tocassem apenas quando fosse aconselhável levantar um escudo coletivo — o processo era idêntico ao do "efeito de campo secundário" formado pela combinação de dois ou mais campos defensivos emitidos pelas naves espaciais. Ao se tocarem, projetavam um único campo sobreposto. Peregrino despiu-se do seu traje espacial e vestiu, lenta e deliberadamente, a sua armadura Kirkincho num passo a passo acompanhado por Angélica Waira, e pelo olhar impaciente de Lopes. Depois que faltava a ela apenas colocar o capacete, ele explicou como acionar a armadura e como se relacionar com o computador de bordo. Eles faziam um esforço consciente para ignorar a voz de Helena Borguese nos autofalantes da *Balam*.

O escudo defensivo individual podia suportar só um pequeno número de disparos de alta energia, mas em situações dinâmicas

Mestre das Marés

de combate, na maior parte das vezes isso bastava. O escudo também interagia discretamente com a matéria sólida e fixa que encontrassem durante os deslocamentos e as manobras — os soldados sofriam leves empurrões, como os sentidos quando alguém é atingido por rajadas de vento forte. Não tinha uma durabilidade muito grande, mas era possível fazer a troca dos geradores durante o combate. A Kirkincho κ-3 também era um traje autopropulsado — os movimentos do soldado eram captados por sensores internos que acionavam servomecanismos de controle computadorizado, multiplicando a força do combatente. Peregrino também a ensinou como acionar essa faculdade do traje.

— Só use quando for ordenado — admoestou. — Do contrário, não estando acostumada, pode causar danos aos equipamentos em torno ou ferir alguém.

— Madre de Dios...

— A armadura funciona em dois modos, eletrônico com o processador integrado a ela, e puramente mecânico, sem nenhuma interface, pr'o caso de estar num ambiente de interdição eletrônica. Quando você colocar o capacete, o computador da armadura vai te guiar num *tutorial* de todos os recursos que o traje dispõe. Faça isso com tempo e tranquilidade.

— Obrigada, Capitão.

Ele em seguida mostrou como o ar era regenerado e como ela poderia reabastecer-se dele plugando uma mangueira retrátil a reservatórios instalados na lateral do assento do escaler de desembarque Aguirre м-33.

— Ao contrário do que acontece com os trajes espaciais costumeiros — explicou —, depois de meia hora de uso contínuo as sondas líquidas uretral e retal são acionadas automaticamente, estendidas a partir do traje e pela bermuda de interface. Não vá se assustar. Especialmente depois que elas se solidificarem e se expandirem.

Angélica Waira não disse nada, mas tinha os olhos arregalados no seu rosto largo de inca. "Não há como dourar esse tipo de pílula", Peregrino pensou, reprimindo um sorriso. Ele indicou Camila, ainda no seu traje espacial, e disse:

— Já li sua ficha, Angélica, mas pr'o benefício da jornalista Camila Lopes, você poderia falar rapidamente sobre a sua formação e quais são as questões centrais na recuperação de dados dos computadores tadais?

Roberto de Sousa Causo

A técnica assentiu com a cabeça, voltando-se para Lopes.

— Eu me formei em Sistemas Xenocibernéticos na Universidade Cruzeiro do Sul das Brasilianas — ela começou —, com bolsa de estudos da Chancelaria, em Epsilon Crucis na Zona Três. O QG do Sexto Distrito Espacial fica nas Brasilianas, e enquanto cursava a faculdade já fiz o CPOR de lá. Fazia parte das exigências da bolsa.

"Os tadais usam uma espécie de linguagem ternária balanceada nos seus computadores. É diferente da nossa por não usar elementos ópticos, e por isso se aproxima mais da 'proposta de Josephson'. Usa elementos de memória de multiestados e redundância tipo tecido celular complexo, mas, segundo as experiências prévias de resgate de dados, não emprega quantumcriptação e por isso seus bloqueios são vulneráveis aos nossos computadores quânticos."

No que pareceu a Peregrino ser um raro momento de bom-humor, Lopes tocou o alto do seu capacete e disse:

— Não estou entendendo nada, mas gravo tudo no meu *chip* de memória.

— Normalmente, os processadores dos tadais — Waira continuou, como se ninguém tivesse dito nada —, do tipo circuito múltiplo de lógica, não têm o silício por base e são muito bem blindados contra o ambiente. . . Imagino que num ambiente tão poluído em termos eletromagnéticos quanto este, se conseguirmos recuperar alguma coisa, vai ser por conta de uma blindagem eficiente. Experiências anteriores indicam que a coleta de dados não os torna perecíveis, quer dizer, eles não são destruídos durante a captura, e podem ser enviados normalmente por qualquer forma de transmissão à distância, do campo para as naves ou computadores que farão a decodificação. O segredo é remover os dados dos circuitos tadais para a nossa armazenagem blindada. — Ela fez uma pausa, e exibiu um pequeno dispositivo, em sua mão enluvada. — É por isso que este nanoplugue universal custa tanto quanto o reator de uma corveta. Seu ajuste molecular é instantâneo e fornece a interface perfeita, independente de qual porta de entrada os tadais estiverem usando no tal artefato que vamos buscar.

— Você faz soar fácil — Lopes disse. — Como se só precisasse descer até lá, assinar um formulário e trazer a coisa para cima.

Mestre das Marés

Angélica Waira não respondeu por um instante, então se voltou para Peregrino.

— Capitão?

— Provavelmente vamos derreter o cano das nossas armas só pra tirar os robôs tadais do caminho do artefato. E como não sabemos que tamanho e massa ele tem, existe grande possibilidade de você ter de fazer a recuperação dos dados *in loco*, Tenente. Sob fogo e enquanto aguardamos um novo bafo do buraco negro.

As duas mulheres olharam para ele com rostos eloquentemente neutros. Peregrino não segurou um sorriso. Era estranho, mas ele se sentia bem. O combate com certeza seria melhor do que aquilo que ele suportava no momento — ou acreditava que, uma vez na superfície do planeta e enfrentando os robôs de infantaria tadai, não teria como continuar pensando na presença opressiva de Agu-Du'svarah lá em cima. De fato, desde que formulara um plano de ação, e que deixara o passadiço com Lopes, sentia certo alívio. Estava claro que ainda era funcional como um comandante de combate, e se movimentava no sentido de se colocar na situação em que seria mais necessário.

— Você já fez recuperações de dados tadais, em situações como essa? — Lopes perguntou a Waira, para quebrar o silêncio.

— Nunca — a mulher respondeu, prontamente. — Na verdade, nunca fiz uma recuperação de campo, só revisei procedimentos feitos anteriormente, alguns antes de eu ter nascido, e até por gente de outras potências humanas na Esfera. — Ela tentou dar de ombros, dentro da Kirkincho k-3. — A oferta de computadores tadais disponíveis pra isso não é exatamente aquela que gostaríamos. Mas temos um certo trunfo, que eu nunca imaginei que teríamos. O Capitão Peregrino me forneceu descrições detalhadas, algumas em três-D, de uma série de artefatos tadais recuperados por alienígenas ativos na esfera. Supostamente, são objetos semelhantes àquele que se encontra no planeta ao qual nos dirigimos. Eu já os estudei e tenho certeza de que serão extremamente úteis, na hora de determinar que conformação o meu nanoplugue universal vai precisar assumir.

— *Se* vocês conseguirem pôr as mãos nessa coisa lá — Lopes disse.

Nesse instante, os alarmes soaram pelos autofalantes da *Balam*.

— O que é? — Lopes perguntou.

Roberto de Sousa Causo

— O combate vai começar — Peregrino disse, antes de voltar-se para Angélica Waira. — Você e eu vamos pr'o convés de voo inferior, com o resto do pessoal. Já tem tudo do que precisa, Tenente?

— Sim, senhor — ela disse, apanhando um estojo de campo.

— Eu carrego isso pra você.

Assim como tudo o mais nas naves Jaguar, o hangar do convés de voo inferior também era acanhado. Mal havia espaço para os dois escaleres pousados sobre a porta de descarga, e para o grupo de combate reforçado que representava metade do Pelotão de Operações Especiais anexado ao 28.º GARP — doze homens e mulheres comandados por uma segundo-tenente chamada Danila Oleandras, e pelo Capitão-Tenente Inácio Duran, que descia com eles para garantir que o figurino de infantaria sairia conforme o esperado.

Peregrino notou que o pessoal do PELOPES havia pintado a versão estêncil da insígnia dos Jaguares — a cara da onça vazada de lado a lado na altura dos olhos — na frente das suas Kirkinchos, de modo que a testa do bicho cobria a placa do peito, e a mandíbula as placas do abdômen. As cores variavam de acordo com o código da hierarquia, com vermelho para Duran, laranja para Oleandras, verde para os suboficiais, e azul desbotado para o resto da tropa. Peregrino imediatamente quis ter o mesmo padrão na frente da sua armadura, mas que cor lhe restaria?...

De pronto, ele também notou que os robôs de dotação do hangar, todos não antropomórficos, acabavam de embarcar as baterias autônomas M-53. Enquanto isso, o Sargento Barrios começava a fazer o pessoal subir a rampa lateral do escaler. Barrios, parte da sargenteação do PELOPES, ficaria na *Balam*. Junto à rampa, Duran conferia alguma coisa em seu *palmer*, mas levantou os olhos para Peregrino, Angélica Waira e Camila Lopes — que insistira em ir até o convés de voo — quando eles entraram.

Peregrino e as mulheres haviam passado antes na armaria do PELOPES, onde ele apanhara uma carabina de alta energia M-23 para ele e outra para a Tenente Waira, e mais alguns equipamentos de combate. O olhar de Duran, pousado sobre as armas, traía o seu descontentamento.

Mestre das Marés

O primeiro contato entre os dois, há vários Terrameses, havia sido frustrante. Duran era um oficial veterano na Esfera, e Peregrino, um misterioso recém-chegado. Uma consulta para o estabelecimento de um curso-relâmpago de ações de infantaria, visando a formação do espírito de corpo dos Jaguares, revelara certa má vontade da parte de Duran. Mas após a Batalha da Ciranda Sombria, ele fora definitivamente incorporado ao 28.º GARP, e parecia ter colocado sua arrogância inicial de lado. "Só que agora eu apareço na sua área de atuação, vestindo armadura de combate e armado até os dentes, e isso provavelmente vai despertar algum sentimento de territorialidade", Peregrino pensou. Resolveu tomar a iniciativa.

— Você fica atrás com o seu pessoal, Duran. A especialista Waira e eu vamos com o piloto. — Os aparelhos de comunicação com as naves Jaguar ficavam na cabine de pilotagem. — Vou precisar de acesso direto com a *Balam* durante a descida.

— Sim, senhor.

Peregrino voltou-se para Lopes.

— Hora da despedida — disse, estendendo-lhe a mão enluvada. — Tenho certeza de que a Capitã Borguese vai cuidar bem da senhora, e de que Vilela vai guiá-la com total competência, com respeito às manobras de combate. Com sorte, tudo vai dar certo.

Lopes fez menção de dizer alguma coisa, mas respondeu apenas com um fraco aperto de mão.

Peregrino deu-lhe as costas e foi com Angélica Waira até a escotilha lateral do escaler Aguirre M–33. Na fuselagem do aparelho, o estêncil do 28.º GARP aparecia num azul profundo, as metades superior e inferior da silhueta da onça sugerindo o escaler se desprendendo do vaso principal. Na cabine, Peregrino cumprimentou o piloto, o Segundo-Tenente Perúvio deMarco, chamando-o pelo nome, e perguntou se eles já tinham a contagem regressiva.

— Ainda não, senhor — deMarco disse. — Ainda não alcançamos a órbita. Tem acompanhado as atualizações de combate? A Capitã Borguese enviou o grupo de Montoro para usar a arma especial contra a concentração tadai que vem nos interceptar. A maior preocupação são os dois vasos inimigos que ficaram nas proximidades do planeta. . .

Em resposta, Peregrino brandiu o seu *palmer*, que apresentava os gráficos do holotanque e o que os analistas de combate

Roberto de Sousa Causo

previam para a primeira fase da batalha — Hassid Montoro levava três naves na direção do grupamento tadai. Sua missão era vetorar os mísseis MPDL–108 até a concentração tadai. O armamento produzia uma nuvem de plasma de dispersão lenta no caminho das naves. O plasma afetaria o *taquiolink* que mantinha a coesão entre as naves-robôs, instaurando o caos em suas fileiras, enquanto os Jaguares de Montoro iriam engajá-las frontalmente, e parte da flotilha de Leocádia Cambochi fechava a manobra em pinça pela retaguarda.

— Eles vão abrir a nossa janela, deMarco. Se você já conferiu seus sistemas, pergunte ao controle de despacho se eles têm um ETA.

Nesse instante, Helena Borguese chamou no rádio do seu capacete.

— Chegou um cálculo do computador quântico do *Gloriosa*, para o próximo disparo de jato relativístico — ela disse. — Aproximadamente quarenta e três horas. O cronômetro com as balizas relativísticas já está rodando. Vou lançá-lo nos computadores de bordo do seu Kirkincho e nos de toda a equipe de desembarque, e mantê-lo atualizado.

— Excelente, Helena. Não se esqueça de nos dar a distância em minutos-luz do planeta em relação ao buraco negro, e de lançar tudo *também* no computador do escaler... Mas restrinja o cronômetro aos trajes dos oficiais e suboficiais.

Silêncio do outro lado, e então Borguese perguntou:

— Entendido. Mas o que acha desse prazo, Peregrino?

— Pode ser pouco pra nós na superfície do planeta, e demais pra vocês envolvidos com o bloqueio. Imagino que o elemento crítico seja o quanto de reforços os tadais vão enviar. E se Túlio vai conseguir equilibrá-los.

— Você quer dizer que vai depender das perdas que sofrermos — Borguese disse. E em seguida: — Chega uma hora em que os objetivos deixam de valer a pena...

— É verdade. Aí empacotamos os cientistas, metemos todos na *Balam* ou noutra nave Jaguar e damos o fora daqui. Com ou sem artefato tadai. — Ele fez uma pausa, no silêncio de Borguese do outro lado, e completou: — O Almirante vai dizer.

Ouviu-a limpando a garganta.

72

Mestre das Marés

— Túlio já se comunicou, Peregrino — ela disse —, *minutos* depois do meu relatório ser enviado. Afirmou expressamente que *você* é quem tem a última palavra sobre qualquer desengajamento.

— Hum!

— Ele me mandou dizer que isso também faz parte da *filosofia*.

Peregrino riu brevemente, dentro do capacete.

— O que isso significa? — Borguese perguntou.

— É um recado de duas emissárias do Povo de Riv.

— Como é que elas souberam que você está aqui?

— Longa história.

Borguese fez nova pausa demorada. Então disse, em outro tom de voz:

— Promete que vai me contar, quando estiver de volta?

Peregrino hesitou. Foi preocupação que sentiu na voz dela? Decidiu que não, ou que era melhor não aceitar essa hipótese.

— Não posso prometer — disse. — Teria de pedir a autorização do Almirante antes.

— Muito bem. — Ela reassumiu o seu tom objetivo de sempre. — Relatório: a flotilha da Capitã Cambochi foi integrada com sucesso, e o GOEC dela, o Octagésimo Nono, está em operação. Um segmento da flotilha composto de uma fragata e uma corveta acompanha Montoro agora no engajamento da concentração tadai principal. A *Artigas*, de Cambochi, e duas outras fragatas estão incorporadas ao bloqueio, sob meu comando. Uma delas, a *Porto Velho*, vai acompanhar a escolta do seu escaler até a órbita baixa. Soriano completou o estudo da sua ideia, e concorda que de fato as condições da nuvem ionizada, na seção mais rarefeita, serão mais favoráveis a nós do que aos vasos tadais. É para esse ponto que estamos rumando, visando colocar vocês em posição para a queda orbital. Estou comunicando o início da contagem regressiva ao deMarco.

— Obrigado, Helena.

— Boa sorte — ela disse, antes de cortar a comunicação.

Enquanto Peregrino, Waira, o Capitão Duran, a Tenente Oleandras e os outros se preparavam para a sua ida ao planeta, eu buscava o meu ângulo: o herói patrocinado pelo Almirante Túlio Ferreira abandonava seus comandados à própria sorte no que seria um acirrado combate espacial, para perseguir uma miragem na relativa segurança de instalações subterrâneas no planeta. Abandonava a *mim* à própria sorte. . . . Esse último pensamento reacendeu na minha mente um começo de pânico — o pânico que eu havia sentido ao saber o que o buraco negro tinha feito àquele mundo, o planeta no qual Peregrino insistia em meter os pés. E que poderia receber outra gigantesca descarga de raios ou sei lá. . . Então talvez ele não fosse realmente um covarde.

Poderia haver algo então, na busca pelo tal artefato alienígena? Que importância isso poderia ter, eu me perguntava. . . Não apenas que Peregrino e os Jaguares se arriscassem por ele, mas que os cientistas de diversas procedências refugiados no planeta também se arriscassem, postergando seu resgate para garantir a posse da coisa. . . o Santo Graal. . . Nada disso batia com o modo como os associados do Almirante Estelar Gervásio Henriques da Fonseca e os diplomatas da Chancelaria haviam descrito o papel dos tadais na Esfera ou no resto da galáxia.

Enquanto eu refletia, podia ouvir ao meu lado — no interior do meu capacete, na verdade —, o relato sucinto de Marcos Vilela, traduzindo o que acontecia em torno de nós. . . o combate que começava a se desenrolar, sob a forma de anotações verbais que eu tinha o azar ou a sorte de partilhar. E de inscrever de modo indelével, no meu *chip* mnemônico.

— O grupo de ataque dos Jaguares — Vilela recitava —, liderado pelo Capitão Hassid Montoro, saiu agora da faixa relativística pra disparar os mísseis de dispersão de plasma, juntamente com os engodos infláveis que imitam o sinal de resposta dos vasos da classe Jaguar nos sensores tadais. Enquanto isso, o grupo de segurança, comandado pela Capitã Helena Borguese, encaminha-se em velocidade relativística pra uma posição entre o planeta calcinado pelo jato relativístico e a faixa mais rarefeita, mais *recente*, da sua atmosfera ionizada, lançada ao espaço. Nessa posição, as nossas naves ficarão *atrás* da face em que o planeta foi atingido da última vez, e já *acima* do ponto na superfície em que Peregrino e a equipe de terra sob o comando do Capitão Inácio Duran deverão desembarcar.

"Segundo Borguese, a ideia de ficar entre o planeta e a nuvem foi de Peregrino. Ele achou que a atividade eletromagnética da nuvem gigante, aquecida e ionizada pelo jato relativístico e pelas emissões constantes de raios-x do buraco negro, poderia camuflar momentaneamente o grupo de segurança, dos mecanismos-guia

Mestre das Marés

dos armamentos tadais, ao menos durante parte da aproximação para o desembarque. Os analistas com o Grupo-de-Observação-e-Controle de Soriano determinaram que, de fato, também os sensores tadais de aquisição de alvos — no interior das naves que conseguirem escapar da interferência da cortina de plasma lançada por Montoro, é claro — provavelmente serão afetados moderadamente, enquanto as nossas comunicações *laser* subluz, em formação cerrada, seriam pouco prejudicadas. Borguese e a Capitã Mirian Vera conceberam uma série de três manobras pra mudar a formação das nossas naves, pra confundir ainda mais os sensores do inimigo.

"Agora chega a notícia, da parte do novo GOEC, o Octagésimo Nono, de que três vasos tadais destacaram-se do grupo principal e rumam velozmente para o planeta. E agora... alerta da parte de Montoro, de que num primeiro momento serão essas naves com as quais vamos ter que lidar na operação de bloqueio."

Olhei para a figura de Helena Borguese, agora sentada no assento antes ocupado por Peregrino. Tinha as mãos enluvadas, cerradas e pousadas sobre os joelhos, e olhava atentamente para o tanque holográfico.

— Etapa de frenagem, Leme? — eu a ouvi perguntar.

— Em menos doze, menos onze, menos dez, menos nove, menos... — foi recitando um dos pilotos... ou *timoneiros*.

As telas reproduzidas no meu repetidor exibiam a cauda enrubescida de gases lançados pelo planeta. Ao fim da contagem regressiva, alguma coisa mudou na imagem emoldurada pelas janelas. Reconheci a mancha escura, com um dos lados iluminado, e adiante dela a cauda comprida — uma coluna de gases que parecia se perder no espaço, e ao longo da qual pálidos relâmpagos explodiam em intensidade maior quanto mais próximo do planeta, e menor conforme se afastavam. A imagem crescia velozmente, como se milhões de quilômetros fossem percorridos em segundos. O planeta ficou à esquerda, a coluna monstruosa de gases passou a agigantar-se ainda mais à direita. A frenagem reduziu o movimento visto pelas janelas e nas telas. Parecia que estávamos dentro de uma área pouco densa...

— Nossas naves estão em velocidade de combate agora — Vilela disse, retomando suas anotações verbais. — Borguese ordena que os consoles de Armas de todos os vasos comecem a adquirir os seus alvos. Agora as confirmações... a começar pela

Roberto de Sousa Causo

fragata *Artigas*, que se encontra mais a estibordo, na formação. Mas antes, a *Jaguarundi* vai se destacar da formação pra disparar uma salva de mísseis MPDL–cento e oito F, vetorados pelo Octagésimo Nono. Os mísseis devem ser lançados de uma zona um pouco mais densa da coluna de gases, eu imagino.

Eu sabia que tudo acontecia a distâncias literalmente astronômicas, mísseis lançados contra alvos que apenas instrumentos de longo alcance conseguiam detectar. Mas assim que ouvi as ordens de Borguese para os operadores de armamentos — e com o relato de Vilela formando um quadro em minha mente —, não consegui evitar um calafrio de apreensão e medo. Admito que o relato de Vilela só fazia aumentar minha angústia — talvez fosse preferível ouvir apenas a linguagem cifrada militar e me esconder atrás da ignorância. Eu me dei conta de que podia *morrer* ali, tão longe de casa e por motivo nenhum, e pela primeira vez, amaldiçoei Bolívar Conejo por ter me mandado para a Esfera.

Sentado ao lado de Angélica Waira e atrás de Perúvio deMarco na cabine de pilotagem, Peregrino registrou quando o escaler recebeu autorização para se separar da *Balam*. O convés de voo já havia sido despressurizado e rapidamente a comporta dupla se abriu embaixo do escaler. Uma contagem regressiva apitava seus números dentro da cabine e Peregrino sentiu o esgar sombrio e familiar fechar-se sobre o seu rosto — o estranho misto de tristeza e surda exaltação que o dominava logo antes de entrar em combate, como se o tempo diminuísse de velocidade e ele estivesse prestes a ser disparado a um milhão de quilômetros por segundo.

Com uma detonação metálica sentida por toda a estrutura do escaler, os pilones de suporte do veículo foram retraídos. O Aguirre despencou pela comporta aberta. O interior do convés de voo desapareceu das vistas de Peregrino, substituído meio segundo depois pela linha do casco inferior da *Balam* — o abaulamento do convés de voo, os canhões ventrais, os casulos à meia-nau contendo os mísseis MPDL–108F e as antenas totalmente estendidas e contra as normas de combate talvez num excesso de zelo de Borguese e Vera quanto ao acompanhamento do escaler no ambiente ionizado — tudo subindo em um segundo e ao longe para além da posição da *Balam* ele pôde ver a silhueta alongada de um caça Olho de Carcará e mais longe ainda o contorno gêmeo da

Mestre das Marés

Maracajá que desceria com eles reforçando o campo secundário mas com uma vertigem apenas visual — os compensadores inerciais do escaler limitavam os solavancos da endolinfa dentro do labirinto membranáceo no ouvido interno — e então tudo explodiu em luz cegante filtrada na maior parte pelas vigias do escaler e pelo visor do capacete de Peregrino — que entendeu que um míssil nuclear tadai havia passado pela tela defensiva para ser detonado no campo secundário projetado pela *Balam* e os outros vasos principais brilhando como um sol enquanto eles saíam do ventre da nave e criando uma geografia celestial no cone de gases da atmosfera soprada para o vácuo do espaço — a nova e explosiva ionização repercutiu nos gases com uma sequência de relâmpagos e muito ao longe milhares e milhões de quilômetros na forma de uma espiral raiada como uma aurora boreal.

Peregrino reconheceu então traços brilhantes cortando a névoa — as armas de alta energia disparadas dentro da coluna de gases e os raios ionizando tudo pelo caminho à velocidade da luz tornando-se visíveis ao contrário do que acontecia no vácuo total — e olhando para o outro lado, para bombordo para o planeta lá embaixo Peregrino viu o Albatroz de Paulo Soriano e seus dois outros caças e a fragata *Porto Velho* — sua pintura cinza-naval quase branca e ofuscante ainda refletindo o brilho solar da explosão e então o campo estelar atrás dela começou um rodopio conforme a atitude do grupo todo em rede *transponder* comandada por um único caça pilotado por um espaçonauta experiente nesse tipo de manobra e agora todos os aparelhos do grupo de descida o escaler inclusive pareciam encurtar suas distâncias e Peregrino teve a sensação momentânea de pertencer a um organismo múltiplo girando lentamente em um único pensamento até que a curva do planeta surgisse nas vigias — um segundo antes de nova explosão agora claramente ofuscante no campo secundário do grupo de descida absorvida e dissipada mas dando por um segundo e a todos os veículos uma trêmula aura de arco voltaico quando o casco externo de cada uma absorveu o excedente energético.

Orientado pelas telas táticas e inclinando-se e buscando as vigias frontais, Peregrino reconheceu duas formas como traços em movimento refletindo a tempestade de raios a estibordo precipitando-se em tangente como bólidos em hipervelocidade mas já em frenagem para as lentas mudanças de cursos das naves tadais e uma delas acendeu-se como um pavio pelas armas principais da *Balam* e das outras naves e consumiu-se antes que o giro combinado do grupo de descida as tirasse da moldura das vigias.

Agora era a esfera calva do planeta que se apresentava a seus olhos semelhante a uma bola de metal martelada durante bilhões de Terraanos pela gravidade e pela pressão atmosférica de dezenas de milhões de bars para assumir um contorno quase perfeito, lustroso e metálico de formas plúmbeas castigadas à luz agora espectral da coluna de gases ionizados. No ângulo em que estavam, ainda era possível ver o encolhido disco vibrante do anel de fótons de Agu-Du'svarah — um olho monstruoso grudado neles enquanto não era eclipsado pela curvatura do planeta.

Peregrino então recordou-se do recado de Túlio Ferreira passado a ele por Helena Borguese, a alusão a Ahgssim-Dahla e Mehra-Ibsso. Mas por que se lembrava delas agora, enquanto seu coração batia com tanta força que parecia repicar não só contra sua caixa torácica mas contra a parede interna da armadura?...

Ah sim, é claro — a primeira pergunta das emissárias do Povo de Riv voltou à sua mente, e pareceu-lhe que a conversa toda naquela manhã fria nas campinas de Cantares não tinha sido sobre outra coisa além dos medos que ele sentira.

Dos novos medos que viria a sentir.

3 CADÁVER PLANETÁRIO

Eu mesma ouvi Helena Borguese informar que o grupo de descida com Jonas Peregrino a bordo estava em segurança na órbita baixa do planeta, e que agora as naves que armariam o bloqueio deveriam assumir uma nova formação. As duas naves grandes que desceram com eles subiram e se colocaram em uma órbita intermediária. Não haviam sofrido qualquer baixa até o momento e as cinco naves tadais que vieram inicialmente nos interceptar já não representavam mais ameaça. Borguese optou por enviar parte das naves de Cambochi como reforço ao grupo de Montoro, na tarefa de enfrentamento da concentração e naves inimigas.

Depois de discutir com vários técnicos e comandantes, Borguese fez um pronunciamento geral:

— Águia-Cinzenta interina para todos os vasos. Nossa carga foi entregue e quatro naves tadais foram destruídas no poço gravitacional do planeta. Uma nave inimiga escapou, assumindo um curso oposto ao da concentração tadai. — Ela comunicou a posição da nave tadai no sistema de coordenadas da eclíptica do buraco negro, aquele que aparecia cortando o tanque holográfico. — Talvez esteja avariada e incapaz de se unir às outras. Decidi não persegui-la, para concentrar os recursos no bloqueio e para garantir o apoio à equipe em terra. Reportem baixas e danos diretamente para Águia-Cinzenta interina. Todos os vasos que não estejam em

Roberto de Sousa Causo

combate direto devem ter seus sensores neutrino-taquiônicos ativados em busca ativa. Qualquer entrada de reforços tadais no sistema deve ser reportada como prioridade geral um.

— O que foi, Camila? — ouvi Marcos Vilela perguntando no
meu capacete.

— O que foi o quê? — perguntei.

— Você está ofegante. . .

— Estou?. . .

— O pior já passou — ele disse.

— Mentira — respondi. — Você só acha que vai me acalmar
falando assim. Mas a verdade é que vamos ficar plantados aqui em
cima desse planeta morto por mais de quarenta horas, e em quarenta horas tudo pode acontecer. Eu sei.

— Bem, vamos ver — ele disse, num tom de leve divertimento
que me deixou ainda mais enraivecida. — Mas não vá por mim.
Consulte as telas no seu repetidor. Veja que de duas dezenas de
naves tadais originalmente no sistema, agora só restam *seis*, e
mesmo essas, é só uma questão de tempo até Montoro e os outros
darem cabo delas.

— De vinte, para seis. . . — balbuciei.

— O problema são os reforços — ele explicou. — Na Esfera,
os tadais costumavam realimentar as suas forças aparentemente
sem se importarem com as perdas. Isso mudou depois da Batalha
da Ciranda Sombria. Os recursos deles praticamente se esgota-
ram na Esfera. . . ou é essa a interpretação mais repetida dentro da
ELAE. Supõe-se que estejam recompondo suas forças, da maneira
mais discreta e fracionada possível, pra não chamar a atenção. É
por isso, inclusive, que estávamos indo ao planeta Iemanjá, depois
que naves tadais foram vistas lá. Pra saber se era isso o que eles
faziam e como.

— "Como" o quê?

— Como eles *procedem* — Vilela disse. — Em que pontos ou
locais eles estocam as suas reservas, se as naves deles pousam em
algum planeta ou se elas se escondem em cinturões de asteroides
ou se ficam orbitando sistemas solares em velocidades quase relativísticas em prontidão total, na borda da ZSR, aguardando apenas
a ordem pra entrarem em ação. . . Esse tipo de coisa.

Minha mente parecia uma tela vazia. Tinha de admitir que
não entendia que tipo de interesse essas coisas poderiam ter.
Naves robôs escondidas na vastidão da galáxia. . . Era assim que

Mestre das Marés

elas agiam, uma ameaça constante a tudo e a todos, aguardando apenas a ordem de um comandante desconhecido para agir — agir contra nós, contra *mim*. . . Por quê?. . . Ninguém me disse que seria assim — nem Conejo, nem o pessoal de Gervásio ou os engravatados da Chancelaria. Que só por estar no lugar errado e na hora errada, eu seria o alvo de máquina assassinas. . .

Quase perguntei a Vilela por que não íamos embora. Se os tadais queriam este lugar renegado por Deus, por que não sair dali e deixá-los ficar com ele?. . . Afinal, era como exércitos lutando por um terreno baldio. Mas é claro, havia os malditos cientistas lá embaixo, e Peregrino que descera para se unir a eles na busca de alguma coisa misteriosa e provavelmente sem a menor relevância para os assuntos humanos, ao invés de arrancá-los de lá para que eu pudesse voltar para casa. . .

— Os operadores do Octagésimo Nono GOEC relatam a entrada de quatro vasos tadais no sistema — disse alguém, me fazendo dar um pulo no assento. — Coordenadas nas telas de localização e no holotanque.

— Confirmações? — ouvi Helena Borguese pedir.

— Sim, senhora. Múltiplas confirmações do grupo de Montoro e nossas também.

Houve então uma sucessão de falas sobre quais espaçonaves deveriam ir a quais segmentos da eclíptica em quais ângulos a quais velocidades com quais armas para atender a quais elementos orbitais e em prontidão para atuar assim que essas novas naves inimigas se posicionassem para o ataque. Eu só não entendi por que o nosso. . . nosso *grupo* não mudaria de posição. Inquiri Vilela quanto à razão disso.

— Nós somos a *isca* — ele disse. — O objetivo dos tadais é chegar ao planeta, passando por nós. Ficamos aqui e eles vão se mexer contra nós e aí as nossas outras naves vão fazer um movimento de interceptação contra eles, usando a arma especial. Repete-se o processo, então. Corta-se a árvore, depois cortam- -se os ramos em pedaços, e depois os galhos, até sobrar só palitos de dente.

Engoli em seco. Mas então refleti que não parecia tão ruim assim.

— Bem, são só meia dúzia de naves, não é? — eu disse. — Não tivemos problemas para destruir aquelas vinte, antes. . .

Vilela riu brevemente, os ombros balançando dentro do traje espacial.

— O que foi?

— Essas quatro são só o *começo*, Camila — ele respondeu. — Podemos esperar o número delas crescer pra oito ou doze, e só aí vão realizar um novo ataque. Ou tem sido assim na Esfera. Não há razão pra ser diferente fora dela.

Jonas Peregrino recordou-se de um verso de Browning: "Eu contemplo abaixo o feroz canteiro do Inferno."

O grupo de descida tinha sobrevivido a mais um míssil nuclear tadai. As malditas naves robôs não se distraíam. Estavam seguras de qual era o seu alvo — as naves do grupo de descida, que no momento estavam baixo o bastante para reconhecerem a atormentada geografia daquilo que era o núcleo de um planeta de proporções entre as de Netuno e Saturno. Um planeta que teve sua atmosfera de hidrogênio e hélio, metano e amônia soprada por sucessivas rajadas de jatos relativísticos, deixando exposto um núcleo rochoso pouco menor que a Terra. Com a sua capa atmosférica, o núcleo alcançava temperaturas de quase 18 mil graus centígrados. Livre dela, era como se os demônios do inferno tivessem sido libertados.

Peregrino podia ver o testemunho dessa terrível dinâmica lá embaixo. Em várias regiões da superfície, era possível ver a rocha fundida escapando em rios de lava que formavam grandes bacias como redes rubras rasgando a superfície, em alguns pontos tão finas quanto o craquelado em uma velha pintura monotonal feita de bruscas pinceladas de vermelho cádmio e siena queimada. . . Peregrino lembrou-se então do Canto XIV da *Divina Comédia*, no qual o poeta Virgílio, guia de Dante Alighieri no submundo, descreve em cores sanguíneas a formação dos rios e pântanos infernais vislumbrados por entre uma chuva de fogo: Aqueronte, Cócito, Flegetonte, Erídano, Estige e Lete. . .

> Por todo o deserto de areia, com uma queda gradual
> Choviam dilatados flocos de fogo,
> Como aqueles da neve nos Alpes sem vento.

Mestre das Marés

"Assim descia o calor eterno..." completou mentalmente, pois algo chovia sobre a paisagem desolada. Na altitude em que voavam, os tributários de lava eram mais parecidos com a descrição de Flegetonte — o rio de sangue de Hades —, mas eram fios finos e de uma ardência distante e fraca. O vermelho da lava era uma cor de baixa frequência de vibração, pouco visível a grandes distâncias. O que chovia, porém, eram flocos que desciam em hipervelocidade no caminho das naves como partículas aceleradas, acendendo o escudo secundário e visíveis ao longe como um chuvisco cinza-azulado. Apenas na linha da curvatura do planeta é que era possível ver a sua fonte — titânicos jatos de hidrogênio metálico líquido irrompendo de depósitos na crosta fraturada, chegando em forma gasosa até alturas quase orbitais, carregando com eles partículas de outras substâncias e tudo interagindo com surdas detonações de relâmpagos... Os gêiseres brilhavam à luz espectral da coluna de gases ionizados — ou fulguravam quando iluminados pela luz do seus relâmpagos ou do anel de fótons do agora oculto buraco negro.

O grupo de descida diminuiu rapidamente a altitude. As naves guiavam-se pelo *ping* ansívico transmitido pelos cientistas refugiados lá embaixo e devolvido ao escaler e às outras naves via feixes taquiônicos enviados pelos Jaguares na órbita mais elevada, completando a triangulação. Peregrino deu-se conta de que outra forma de guiagem não funcionaria. Sobre uma dinâmica térmica tão intensa e tanta pressão atmosférica presente num mundo Joviano, o gás de hidrogênio assumia, a partir de quatro milhões de bars de pressão, o estado de hidrogênio metálico líquido, com propriedades de supercondutor elétrico. A sua tumultuosa sublimação em gás praticamente significava o fim do antes gigantesco campo magnético do planeta, mas ainda havia o suficiente do material em depósitos subterrâneos para pregar peças nos sensores e na comunicação eletromagnética. Peregrino sentiu-se diminuído perante o fenômeno e a paisagem agonizante lá embaixo...

Ele conferiu pela primeira vez o cronômetro da missão. Mais de uma hora das quarenta e três que dispunham antes de novo disparo do jato mortal de Agu-Du'svarah já haviam se passado nessa primeira fase da operação. Algo afundou em seu peito. Respirando compassadamente, ele conferiu outra vez o relatório de progresso da batalha em curso no sistema devassado por Agu-Du'svarah, e repassou o seu conteúdo a todas as tripulações do grupo de descida. Ressaltou que o 28.º GARP, sob o comando de Helena Borguese e de Hassid Montoro, estava se saindo muito bem. Solicitou a Paulo Soriano uma avaliação da descida até ali, se ele tinha problemas de orientação quanto ao destino ou de contato com os Jaguares em órbita.

— Quatorze minutos até o destino, senhor — Soriano disse.

— Ainda nenhum sinal de robôs tadais na superfície. Não voamos em velocidade de combate. Os Jaguares estão nos dando boa cobertura, então desenvolvemos o nosso trabalho de reconhecimento do terreno abaixo, imagético, rádio, infravermelho. . . o pacote completo. Também de avaliação de interferência eletromagnética e calibragem dos nossos instrumentos.

"O problema é que o quadro é muito dinâmico. Lá embaixo temos uma geografia em transformação contínua, e as irrupções de hidrogênio metálico líquido afetam nossas leituras. Estamos aproveitando o voo para alimentar os computadores e então encontrar os parâmetros operacionais mais eficientes."

Peregrino teve uma ideia.

— Entendido. Mas nós sabemos algo sobre o modo como os robôs de infantaria dos tadais operam — disse. — Se for possível, tente uma análise de como eles estariam lidando com essas perturbações. Talvez possamos agir nas brechas das situações em que eles já se encontram.

Silêncio do outro lado, e então:

— É uma hipótese interessante, senhor — Soriano disse. — Vamos trabalhar nela visando CME, eu suponho?

— Positivo, Albatroz — confirmou.

Contramedidas eletrônicas talvez lhes dessem alguma vantagem, se realmente chegassem a choque direto com os robôs de infantaria. Peregrino desfez a comunicação com Soriano e se concentrou nas telas e vigias.

— Capitão. . . — Angélica Waira disse, sentada ao seu lado.

Peregrino voltou-se para ela, e notou que ela tremia visivelmente mesmo envolta pela armadura.

— O que foi, Waira?

— O que aconteceria se fôssemos atingidos por um desses gêiseres? — ela perguntou, com voz rouca.

— Nossos escudos nos protegeriam, Waira. Os jatos podem estar sendo projetados a hipervelocidades, mas sua energia total é bem inferior àquela da explosão nuclear a que nós resistimos.

Mestre das Marés

— Eu imagino a que temperaturas eles deixam os depósitos subterrâneos. . .

— Muito elevadas, mas ainda assim, não teriam grande efeito. Fique tranquila.

— Obrigada, Capitão. — Ela hesitou. Peregrino percebeu que Waira passara a tremer menos. A jovem respirou fundo algumas vezes, e depois de um tempo, disse: — Engraçado como daqui o planeta parece até mais ativo do que o normal. Há uma sugestão de alegria nos gêiseres, como se estivesse na sua infância. . . Mas na verdade, é como os estertores finais antes da morte, não é?

— Imagino que sim.

— Acha que o mundo Joviano tinha vida, Capitão?

— É possível. Muitos têm. — Ele se lembrou rapidamente das representações e fotografias de bolas biológicas de gás e gigantescos seres alados mais parecidos com balões dirigíveis do que com criaturas vivas, flagrados em planetas jovianos. — Este está muito longe na linha do gelo do sistema, mas seu calor interno pode ter amparado o surgimento de vida.

— Mas quantos bilhões ou trilhões de toneladas do hidrogênio pode haver lá embaixo? — ela disse. — A ejeção pode durar muito tempo, milhares de anos. . . E se o planeta deixar de ser atingido por outros jatos relativísticos, parte desse hidrogênio vai retornar pela força da gravidade do planeta, e formar uma atmosfera junto com os gases quentes que escapam de todo esse vulcanismo lá embaixo. . .

Peregrino mirou pela vigia mais próxima. Estavam voando tão baixo agora, que a bombordo ele podia ver o ponto de saída de um gêiser, subindo como um fluxo ininterrupto semelhante a uma coluna de gás translúcido — junto com o hidrogênio metálico líquido ele conseguia ver também algum material rochoso sólido arrastado junto e expelido para o alto em hipervelocidade como se aquilo fosse o canhão orbital de Jules Verne. . .

— É uma hipótese interessante, de um *renascimento* — disse.

— O planeta não pode ficar eternamente na posição orbital voltada para o polo do buraco negro, então talvez você esteja certa e ele teria tempo pra de algum modo se recompor. . .

Nesse momento, uma luminosidade fulgurante cresceu no horizonte à frente, iluminando a paisagem desolada com fios brancos muito nítidos e duros. Ele não tinha se dado conta, mas encaminhavam-se para a face do planeta voltada para Agu-Du'svarah.

Roberto de Sousa Causo

A polarização automática da vigia filtrava a maior parte da luz visível — e algo das danosas emissões não visíveis de raios-x do buraco negro —, mas Peregrino discerniu rapidamente a nuvem de gás e detritos que alimentava o disco de acreção. Isso não podia ser... Mesmo abrigados numa caverna, cratera ou o que quer que fosse, os cientistas refugiados não teriam sobrevivido ao disparo anterior do jato relativístico. "A menos que..." Peregrino consultou apressadamente os dados astrométricos no seu *palmer*.

O núcleo calcinado do ex-gigante gasoso conservava um movimento residual de rotação... A força dos jatos relativísticos não fora suficiente para detê-la. De algum modo, Peregrino e os outros na *Balam* não haviam levado esse movimento em consideração, nos seus planos. Mas fazendo um cálculo rápido, ele entendeu que, no momento em que o próximo jato estelar atingisse o planeta, em pouco menos que quarenta horas, todos os humanos do lugar — toda a vida presente no cadáver planetário — estariam firmes na alça de mira de Agu-Du'svarah.

A paisagem planetária tornou-se mais nítida e detalhada — o ziguezague das fendas com o distante brilho rubro da lava ou fontes borbulhantes, os planos inclinados de enormes placas de rocha deslocadas quando os depósitos de hidrogênio metálico líquido em que elas se apoiavam haviam se esvaziado — orifícios e fendas lançando no vácuo colunas e cortinas do estranho gás, e o jato espiralando muito acima, e a superfície coalhada de detritos arremessados para o alto para caírem e se espatifarem novamente no corpo agonizante do ex-gigante gasoso. Mas subitamente Peregrino deu-se conta de que sobrevoavam uma área ainda mais estranha — pela *ausência* da maior parte desses fenômenos. Fez contato com Paulo Soriano no Albatroz.

— A densidade de ejeções nessa área parece menor. Pode confirmar isso, Albatroz?

— Sim, senhor. É isso mesmo. Estávamos acabando de fazer uma comparação estatística com tudo o que sobrevoamos e fotografamos também da órbita. Hum, mais que cinquenta e seis por cento menos que a média de ejeções, nesta área... Tem cerca de trezentos e doze quilômetros de diâmetro, pode-se dizer que é circular. — Ele fez uma pausa. E em seguida: — E essa área menos

Mestre das Marés

ativa tem nosso ponto de destino bem dentro no seu perímetro. ETA quatro minutos, senhor.

Peregrino apenas agradeceu, e caiu em silêncio. Podia dizer a Soriano que fosse duplamente cauteloso, já que estavam diante de um novo mistério, mas preferiu ficar quieto. Soriano era um oficial muito competente, e com menos de quatro minutos faltando para chegarem ao destino, não valia a pena tomar qualquer outra medida, como alterar a altitude ou a velocidade para ganhar mais tempo de observação.

Dois minutos depois, Soriano fez contato.

— A partir deste ponto faremos a segurança de perímetro para a aproximação do escaler — informou. — Vamos guiá-los até a entrada da galeria subterrânea, e os cientistas em terra dizem que terão balizas visuais instaladas para orientar o Tenente deMarco, a partir da entrada.

Pelas vigias, Peregrino viu os caças e a silhueta espinhosa do Albatroz — marcada pelo radomo circular em sua seção superior — abrirem-se em leque e ascenderem. A pintura em cinza-naval de suas fuselagens brilhou dura e metálica no vácuo e à luz do anel de fótons de Agu-Du'svarah — o ápice do brilhante disco de acreção, em que moléculas de poeira e de gás superaquecido eram postas a girar quase à velocidade da luz para dentro do ralo mortal de onde nem o menor fóton conseguiria escapar. Peregrino prendeu a respiração, e então soltou o fôlego lentamente. Telas e vigias mostravam que o Aguirre M–33 diminuía a velocidade do seu voo. Uma enorme abertura ovalada cresceu diante deles, feito a boca escancarada de um gigante. Faróis com milhões de candelas acenderam-se na proa do escaler, e um dos Olhos de Carcará fez um sobrevoo, talvez com o dobro da sua velocidade, iluminando brevemente a garganta rochosa com um holofote direcional ainda mais potente...

Parecia liso como um túnel de lava, exceto por discretas ranhuras longitudinais talvez escavadas pelo hidrogênio metálico líquido durante o seu caminho até a superfície. Qualquer saliência que pudesse ter se desprendido com a monstruosa ejaculação já o fora, e, obviamente, bilhões de anos sob a pressão atmosférica do mundo Joviano haviam alisado, encaixado e fundido tudo em uma mesma massa mineral sólida e uniforme. Um mínimo solavanco anunciou que Perúvio deMarco tinha agora o controle do escaler, que voava com os flutuadores antigrav acionados. O

89

Roberto de Sousa Causo

piloto imediatamente diminuiu mais a velocidade e executou um lento *tunneau* de observação, antes de iniciar a descida, os faróis do escaler criando novas seções do gigantesco poço — o esôfago sem vida de Gargântua —, perante o seu avanço. Peregrino deu-se conta de que também lá fora tudo tinha as mesmas curvas e planos suaves de uma superfície de coloração uniforme, o mesmo brilho mineral de faces rochosas que a luz mal parecia iluminar. Dentro do escaler, era como se os homens e mulheres sob seu comando se lançassem a uma viagem fantástica pelas veias esvaziadas de um mundo cujo coração desferia contra o seu destino cósmico as últimas pulsações. Ao lado de Peregrino, a Tenente Angélica Waira quebrou todo o protocolo ao agarrar o braço dele com uma das mãos. Ele olhou para ela, mas Waira mantinha o rosto voltado para a frente, para o que as vigias mostravam. Aberturas laterais apareceram em diversos pontos do poço, de vários diâmetros e formatos elipsoidais alongados, de bordas também levemente marcadas por ranhuras.

— São os tributários vazios de outros depósitos de hidrogênio metálico líquido. . . — Peregrino disse em voz baixa, como se suas palavras pudessem acalmá-la.

Mas foi deMarco quem respondeu.

— Sim, senhor. E naquela mais à direita e mais próxima, a maior — ele alterou a orientação horizontal do aparelho, para alinhá-lo com a abertura —, vê a luz piscante?

— A primeira baliza visual que os cientistas deixaram?

— Sim, senhor. Descemos cerca de quatrocentos metros. A entrada do poço tem cento e quinze metros, aproximadamente, no semieixo maior. Daria pra passar uma corveta. . . — A luz piscante, verde e azul, cresceu diante deles. Estava fixada na borda da nova entrada. — Esta aqui nos admite com folga. Deve ter deixado entrar uma lancha ou duas de desembarque.

O aparelho passou pela nova abertura. Seus faróis de proa e laterais iluminaram o caminho, e desta vez foi possível ver a poucas dezenas de metros uma nova fenda que se abria em diagonal. Em sua base, piscava outra baliza deixada pelo pessoal da Roger Penrose. Agora era possível seguir até mesmo o cabo de força que partia dela para dentro da nova passagem. Peregrino havia mantido o seu senso de orientação — o terceiro tubo tinha um posicionamento quase horizontal. E de fato, mais adiante os faróis do

Mestre das Marés

escaler foram refletidos por algo que não era a mesma rocha fundida e prensada.

— Pare a trinta metros ou mais, deMarco — Peregrino disse, depois de examinar atentamente as telas com a ampliação do que tinham à frente deles. E ao piloto e ao pessoal da infantaria embarcada lá atrás: — Descompressão de segurança. — Ele então se virou para Angélica Waira e disse, num tom mais gentil: — Feche o capacete, Waira.

— Está esperando surpresas, Capitão? — ouviu nos *headfones*. A voz de Inácio Duran, que acompanhava tudo.

— Apenas sendo cauteloso. Prepare o seu pessoal pra o desembarque, mas aguarde a minha ordem.

— Sim, senhor.

Peregrino levantou-se do assento, apanhou a carabina CAE M-23 do suporte ao lado, e as bolsas com o equipamento. Dirigiu-se à eclusa de saída da meia-nau do escaler.

— Capitão Peregrino! — deMarco disse, antes que ele desembarcasse.

— Está tudo bem, Perúvio. Eu só vou dar uma olhada. Avise se os seus instrumentos pegarem alguma coisa.

— Sim, senhor... — deMarco disse, sem grande entusiasmo.

Peregrino ouviu o som característico do trem de pouso sendo baixado, um gemido hidráulico pontuado por estalidos mecânicos, e em seguida o aparelho pousou com um baque duplo. Junto à eclusa de saída havia um terminal de dados dos sensores externos. Lá fora, havia apenas traços de gases em quantidade e pressão desprezíveis — quase vácuo absoluto. Mas a temperatura da rocha era relativamente alta. Residual de quando imperavam temperaturas quase solares no núcleo do planeta Joviano, e também em razão da concentração de metais densos e radioativos, como urânio e plutônio, talvez irídio... e o calor residual do próprio hidrogênio metálico líquido, material condutor de calor e de eletricidade. Mas temperaturas suportáveis pela armadura Kirkincho. Peregrino apertou a sequência de botões que abria a comporta externa e baixava a rampa.

Desceu por ela e pisou pela primeira vez no planeta, sem se dar ao trabalho de empunhar a carabina. A arma de alta energia permanecia presa pelo cabo retrátil no peito da armadura, e Peregrino apenas descansava a luva direita no cabo de pistola. Caminhou com cuidado, pisando por cima da crista das ranhuras escavadas pelo fluxo do hidrogênio metálico líquido. Olhou para todos os lados e para cima e observou atentamente o fino cabo de energia que ia da baliza lá fora até a entrada do abrigo inflável, de plástico rígido, lá adiante. Essa entrada, até onde ele podia ver, tivera as suas bordas coladas contra a parede do túnel e vedadas por um adesivo borrifado. Provavelmente mais para ancorar a estrutura nas paredes do tubo, do que para evitar a saída do ar... A gravidade ali parecia ser pouco abaixo de um gravo.

Alguma coisa não estava certa, mas Peregrino não conseguia dizer exatamente o quê.

— Capitão? — ouviu nos *headfones*.

— Diga, Perúvio.

— Recebemos mensagem direta dos sobreviventes. Eles nos têm num sensor visual fixado na face externa da eclusa do abrigo. — Uma pausa, e então: — Dizem que devemos entrar na eclusa e aguardar não só a pressurização, mas também o resfriamento e descontaminação das superfícies dos nossos trajes e equipamentos, pra evitar algum acidente lá dentro.

DeMarco lhe passou dados de temperatura e radiação. Peregrino ouviu pacientemente, e depois disse:

— Retransmita uma pergunta aos sobreviventes, deMarco. Onde estão os veículos que os trouxeram até aqui?

A resposta chegou depois de mais de um minuto.

— Dizem que estão no outro extremo do túnel, Capitão. Eles desceram em três naves, vieram por uma entrada, e deixaram esta como via de fuga. Não sabiam se os tadais estavam acompanhando a trajetória deles. Agora parece que já não têm a necessidade de manter esta saída em segredo.

Peregrino sorriu dentro do capacete.

— Esperto da parte deles — reconheceu. — Parece tudo bem por aqui. Duran, você me escuta?

— Sim, senhor.

— Desembarque o seu pessoal e avance até aqui, fila dupla, sem necessidade de autoguardado e com as armas abaixadas. Mas antes destaque alguém pra acompanhar a Tenente Waira. Você teria mais um soldado sobrando, pra ficar com deMarco fazendo a segurança do escaler?

— Vou designar alguém, senhor.

Peregrino retornou a atenção mais uma vez ao túnel. Desta vez, acionou a lanterna embutida no peito do seu traje e a do

Mestre das Marés

capacete — e uma terceira ainda mais poderosa, puxada do cinto e apontada com uma trêmula mão esquerda. Tentou examinar tudo o que os fachos clareavam. Não enxergou uma única fenda, lasca ou fissura. Seria possível, com tanta atividade geológica disparada pelo jato relativístico?

— Capitão? — ouviu. A voz ansiosa de Duran.

— Estou esperando vocês aqui fora.

Helena Borguese passou o comando das operações a outro oficial, num curto ritual de frases pré-estabelecidas, e a sala de comando começou a se esvaziar.

— O que está acontecendo? — perguntei a Marcos Vilela.

— O comando do passadiço foi passado a outra equipe — ele explicou. — Os que estavam aqui até agora vão comer alguma coisa e dormir umas horas. É melhor a gente também fazer a mesma coisa.

Vilela me soltou do assento e nós nos levantamos sem pedir licença a ninguém, ao contrário do que os militares faziam. Na estreita saída do passadiço, esbarramos em mais cinco ou seis pessoas que entravam e ocupavam seus lugares nas estações de combate agora vazias. Vilela tinha o capacete aberto. Com alguma dificuldade, fiz o mesmo e perguntei a ele:

— É assim mesmo, Marcos? Todo mundo se levanta no *meio* da batalha e vai dormir?

— *Comer* e dormir — ele disse, com ênfase na primeira palavra. Percebi o quanto eu mesma estava com fome. — Você provavelmente não se deu conta, Camila, mas não dormimos desde que chegamos aqui. São mais de vinte e quatro horas. É comum que se passe muito tempo sem dormir durante um deslocamento ou uma batalha, mas qualquer pausa é uma chance de recuperar o sono. Temos medicamentos que compensam os piores efeitos da privação do sono, eu já te passo alguns no refeitório, mas mesmo assim é preciso descansar.

"Com sorte, as próximas quatro ou cinco horas serão de análise de cursos de interceptação, provável localização de entrada de novas naves tadais, avaliação do desempenho das nossas naves, de suas armas, dos motores, dos sensores. . . Está tudo indo bem até aqui. Não sofremos nenhuma baixa e todos os equipamentos estão funcionando bem."

Roberto de Sousa Causo

— Borguese também vai ao refeitório? — perguntei.
— Provavelmente. Por quê?
— Quero falar com ela.
— Eu vou com você — ele disse. — Talvez ela tenha alguns minutos pra nós.

Com certeza, eu queria mais que "alguns minutos". Alcançamos Borguese, que caminhava em silêncio com Mirian Vera e a artilheira Elvira Barroso. Antes que elas se sentassem juntas, pedi para falar com a comandante em privado. Só não consegui impedir que Vilela se sentasse conosco. Todos retiramos os capacetes e as luvas, depois de apanharmos sanduíches e frascos de suco — e da escotilha do refeitório ser fechada hermeticamente com um baque audível. Borguese parecia bem cansada, de olheiras fundas e lábios descoloridos.

Vilela falou primeiro e Borguese acabou, incitada por ele, por resumir suscintamente a situação até ali. Sua avaliação batia em tudo o que meu colega já havia dito, mas o resumo demonstrava que o cansaço ainda não tinha afetado a mente da mulher. Ela comia enquanto falava, e Vilela comia enquanto ouvia. Apenas eu me sentia apavorada e irritada demais para tirar uma dentada do meu sanduíche. Todos, eu inclusive, havíamos tomado os medicamentos conhecidos na Esfera como "homeoindutores de resposta", uma tecnologia do Povo de Riv. Eu não acreditava que remédios criados por alienígenas fossem funcionar em humanos, mas Vilela me assegurava que eram muito eficientes para atenuar o sono e o estresse.

— Capitã Borguese, que acha de Peregrino deixar vocês aqui em cima durante os combates e ir lá para baixo atrás de um objetivo nebuloso? — disparei, fazendo-a interromper o lanche. E Vilela revirar os olhos.

Helena Borguese limpou a garganta, antes de responder.

— O Almirante Túlio deu prioridade à investigação de artefatos tadais. Um deles, encontrado tão longe da Esfera, pode ser muito importante para. . .

— Importante o suficiente para arriscar as nossas vidas? — perguntei.

— É para avaliar isso que o Capitão Peregrino desceu.

— Tudo depende da vontade dele, então?

— Do *julgamento* dele — Borguese respondeu, com um olhar dirigido a Vilela, como se perguntando a ele se eu sempre agia assim.

— Então você confia no julgamento de Peregrino, um oficial inexperiente e recém-chegado à Esfera? — eu pressionei.

— Plenamente — ela afirmou, agora me olhando nos olhos.

— E quanto ao que aconteceu na Batalha da Ciranda Sombria? — insisti. — Com a nave do Capitão Cuvallo? Ele é *amigo* seu, não é? Cuvallo? Você serviu com ele.

— O que aconteceu durante aquela batalha é o que me faz confiar no julgamento de Peregrino — Borguese disse, me surpreendendo. — Aonde quer chegar, senhorita Lopes?

— À verdade — respondi. — À verdade sobre assuntos que interessam à opinião pública latinoamericana nas três Zonas de Expansão. Como as razões de um oficial disparar contra uma nave amiga. Ou quanto à importância real de um artefato de uma espécie alienígena desconhecida, e que nunca declarou guerra contra a humanidade.

Borguese riu. Reclinou-se. Bebeu um pouco de suco.

— Eu costumava pensar em linhas semelhantes, só que menos rasteiras — ela disse. — Para que arriscar pessoal treinado e equipamento caro contra robôs? Para que obedecer a tratados firmados com alienígenas com pouca força de pressão junto às autoridades da Diáspora? Bem, nós salvamos *milhares* desses alienígenas de serem exterminados pelos tadais em Tukmaibakro. E se amanhã os tadais resolverem sair da Esfera, como saíram para vir a este sistema, mas para exterminar a *nós*, talvez tenhamos com quem contar para lutar contra eles. Eu não sei. Só sei que em Tukmaibakro Peregrino fez o que precisava fazer. O inquérito vai comprovar isso.

— Quem então é o culpado pela morte daquelas pessoas no *Patagônia*, Capitã? — eu insisti. — O seu amigo, Hernán Cuvallo?

Os olhos de Borguese fitaram o vazio. Ela largou o sanduíche, apanhou o capacete e as luvas do seu traje espacial, e levantou-se.

— Talvez tenha sido eu — ela disse, num fio de voz.

Vilela e eu trocamos um olhar perplexo. Ele acompanhou com os olhos a mulher afastar-se, e então se voltou para mim de cenho franzido.

— Você está descontrolada, Camila — ele me disse. — Eu não entendo... Pra que você veio com a gente? Tá na cara que não foi

Roberto de Sousa Causo

pra realizar um trabalho jornalístico, pra observar as operações. Qual é o seu objetivo?

— Nós vamos morrer aqui, não vamos? — eu disse, minha voz soando distante até para mim mesma. Meus olhos ardiam.

Vilela balançou a cabeça, mais por contrariedade, do que para negar o que eu dizia. Ele também se levantou, mas com o sanduíche bem seguro na mão.

— Vamos saber em cerca de trinta e oito horas.

O abrigo inflável era uma construção alongada, muito sólida, e devia preencher quase o calibre completo do túnel. Certamente empregava mais do que gás comprimido para lhe dar sustentação e forma — alguma tensão piezoelétrica também devia ser usada nas estruturas do teto, do piso e das divisórias... Tudo parecia vibrar muito levemente. Feita sob especificações e ajustada a *este* lugar em especial. Com certeza, manufaturada nas fábricas da estação de pesquisa a partir de um reconhecimento prévio muito preciso do local. "E da antecipação de sua necessidade", Peregrino pensou.

Até mesmo a eclusa — também câmara de descontaminação — era extravagante. Peregrino tinha imaginado que teriam de entrar em duas ou três levas, mas o espaço acolheu a todos de uma vez, sobre o piso rígido de placas de plastimetal. E a descontaminação e o resfriamento dos trajes e armas foi um processo relativamente rápido. Assim que a escotilha interna se abriu, Peregrino e seu pessoal foram recebidos por uma jovem armada com uma carabina de agulha, vestindo armadura sem capacete. Peregrino sentiu um leve golpe no estômago, ao imaginar o que os projéteis de hipervelocidade da carabina fariam à sua armadura sem o campo de força acionado — e às superfícies de plástico do abrigo inflável... A jovem acompanhava uma mulher de meia-idade com cabelos brancos curtos e pele cor de oliva, vestindo macacão azul claro por cima de uma bermuda de interface, e calçando um par de tênis. Ele e seus homens retiraram os capacetes, para ouvi-las.

— Sou a Doutora Tara Mohapatra, a diretora da Estação de Pesquisa Roger Penrose — disse a mulher grisalha. — Obrigado por virem em nosso auxílio.

— Capitão Jonas Peregrino, da Esquadra Latinoamericana da Esfera, Forças Armadas Integradas da Latinoamérica. Este é

Mestre das Marés

o Capitão-Tenente Inácio Duran, forças especiais, ali a Tenente Danila Oleandras, também forças especiais, e esta é a Tenente Angélica Waira, técnica em recuperação de dados. Mohapatra dirigiu um olhar um pouco mais demorado a Waira, e então indicou o caminho. Mais uma vez, a fila dupla se formou, para em seguida abrir-se em uma espécie de salão de reuniões, muito claro e iluminado com lâmpadas frias penduradas num emaranhado de cabos. Peregrino balançou a cabeça, ao reconhecer um laboratório eletrônico-cibernético completo, montado num dos cantos do salão, vizinho à enfermaria — com algumas macas ocupadas, como ele notou imediatamente.

— Quem é o seu médico de combate mais antigo? — perguntou a Duran.

— Cabo Thaisa Telles, Capitão.

— Peça a ela pra avaliar a situação dessas pessoas.

— Sim, senhor.

Mais de trinta homens e mulheres os esperavam no salão. Vestiam macacões e jaquetas marcados de fuligem. O murmurejar do sistema de suporte de vida preenchia o silêncio e algumas estruturas vibravam visivelmente, com a tensão piezoelétrica, enquanto o piso semirrígido fazia *quosh, quosh* sob os seus passos. Ao observar os rostos cansados e aturdidos, alguns cobertos de bandagens, mais uma estrofe da *Divina Comédia* assaltou a mente de Peregrino:

> Assim, ainda mais longe e acima da face mais
> Distante desse sétimo círculo, e sozinho
> Fui eu, até onde ficava a gente melancólica.

Piscando para afastar a imagem dantesca, ele repetiu as apresentações do seu pessoal.

— Estávamos na Zona de Simetria Rompida — completou —, rumo a outro destino, quando o seu pedido de socorro nos foi repassado. Vocês ainda não estão livres do perigo, como devem saber. As naves-robôs tadais ainda estão agindo no sistema. Eu gostaria de contar com um *briefing* imediato da situação aqui na superfície.

"Mas antes de mais nada, entendam que há uma batalha se desenrolando agora no sistema. As minhas forças contra um contingente tadai que deve ser reforçado a qualquer momento. Temos

Roberto de Sousa Causo

interesse pelo que vocês têm a nos contar, mas que fique claro que se a situação se tornar crítica lá em cima, a evacuação dos senhores vai ser imediata. Minha tolerância com respeito a baixas entre o meu pessoal é muito pequena."

Usou o silêncio perplexo que se seguiu para estudar a reação das pessoas à sua volta. Mohapatra estava ao lado de outros cientistas e técnicos, um deles com o braço numa tipoia e outro com uma servotala mecânica na perna. Todos vestiam macacões ou jaquetas e até gorros com um emblema de missão — que Peregrino reconheceu como o "triângulo impossível" do matemático Roger Penrose. Um grupo de cinco homens e mulheres robustos, vestindo armaduras com o mesmo emblema no peito, também havia se postado em torno deles. Os cientistas pareciam olhá-lo com surpresa e apreensão; o pessoal de segurança, medindo-o com olhares profissionais. Mas ninguém parecia mais surpresa do que a Tenente Waira, ao seu lado.

— O senhor entende que os fenômenos testemunhados aqui são singulares na história da observação humana? — a Dr.ª Mohapatra disse.

— Eu entendo, Doutora — Peregrino disse, com paciência. — E de fato, devo dizer que esses fenômenos deixaram uma impressão indelével na minha mente. Também tenho grandes esperanças em aprender mais sobre os tadais, que têm uma atividade muito danosa na área de atuação da esquadra à qual pertenço. Mas as condições são essas. Estamos à disposição dos senhores, contanto que isso não signifique baixas nem risco desnecessário. O fato do meu pessoal e eu termos descido até aqui, *sob fogo inimigo*, para entender as suas necessidades já deve dizer aos senhores que a nossa vontade de enfrentar riscos é considerável.

— É claro que agradecemos a sua disposição em nos socorrer — Mohapatra disse, levantando as mãos. — Talvez haja uma força superior da Aliança ou da Euro-Rússia a caminho para render as suas, no curto prazo?

Peregrino riu.

— O objeto tadai deve ser *realmente* importante para vocês — disse, reprimindo um bocejo nervoso. — Não, Doutora Mohapatra, dentro do nosso conhecimento, não há qualquer força de outra nacionalidade vindo para cá. Vocês tiveram muita sorte, a propósito, de estarmos na zsr quando do seu pedido de socorro. Outras unidades e flotilhas da Esquadra Latinoamericana foram

Mestre das Marés

mobilizadas e deverão chegar nas próximas horas, então, até onde eu saiba, é conosco que terão de contar. E de qualquer modo, há a questão do prazo imposto pela dinâmica do disco de acreção lá em cima. — Ele indicou com o polegar. — Sem dúvida, não esperam um ganho de tempo que signifique exceder as quarenta horas que temos? Ou esperam sobreviver ao jato, apenas por estarem no subsolo? Parece claro que a próxima salva vai ser direto sobre esta área...

— Sim, sim, tem toda razão, Capitão.

Os olhos de Mohapatra fugiram rapidamente para os seus colegas. Peregrino sentiu que havia tocado num ponto sensível. Talvez Mohapatra e os outros esperassem que um eventual resgate do dispositivo tadai ou de seus dados resultasse em informações nas mãos de outras potências humanas. Que o ponto de vista do pessoal da estação de pesquisa não fosse tão *internacional* assim, não lhe causava espanto, mas teria de enfrentar alguma oposição interna, se conseguisse chegar ao artefato?

A diretora da Roger Penrose apresentava alguns de seus colegas.

— O matemático Dean Foster. — Apontou um homem moreno e de olhos apertados, cinquenta e poucos anos de idade, com uma bandagem ensanguentada no queixo. — O físico Pierluigi Piazzi.
— Um homem de mais de cinquenta, olhos azuis muito claros e cabelos louro-grisalhos. Mohapatra prosseguiu, apontando para uma mulher afro-descendente de traços finos, belo tom acetinado de pele e idade indefinida, que mantinha os olhos negros fixos em Peregrino: — A Doutora Noémi Plavetz, psicóloga. — Apontou então para o sujeito com a tala na perna. — Nathan Kiernan, radio-astrônomo.

— Prazer em conhecê-los.

— Assim que fomos atacados, nossa chefe de segurança organizou a evacuação da Roger Penrose — Mohapatra começou a relatar. — Já estávamos observando este local na superfície do planeta, um mundo joviano... logo que ele foi atingido pelas primeiras salvas do jato relativístico do buraco negro. O chefe de segurança já tinha um plano de evacuação caso houvesse um desastre natural. Ele previa inicialmente apenas evacuar a estação e ir até uma das luas mais estáveis. Mas quando a Penrose foi atingida pela primeira vez, o plano foi posto em ação e nós escapamos da melhor maneira que conseguimos. Viemos até esta cavidade, um

Roberto de Sousa Causo

dos quatro ou cinco locais previamente localizados e investigados por nossas sondas, marcados para possíveis expedições científicas futuras, e onde acabamos por instalar nosso abrigo inflável e equipamentos.

— Baixas?

— Sessenta e três técnicos e cientistas — Mohapatra disse, em voz baixa e com a mão direita no peito. — Quase dois terços do nosso efetivo.

— Sabe dizer quantas naves tadais atacaram vocês, e o que elas usaram?

— Emissores de alta energia, eu imagino — a cientista disse. — As naves deles fizeram uma passagem, efetuaram disparos que causaram algum dano, depois realizaram uma manobra em U e fizeram outro ataque.

Ela olhou em torno, confusa, buscando ajuda entre seus colegas.

— Na primeira passagem, nossos escudos de proteção contra as emissões do buraco negro foram regulados para intensidade máxima e conseguiram segurar a maior parte da força dos disparos — disse um dos parrudos. "Crivelli", informava a tarja no peito da sua armadura. — Na segunda, eles dispararam mísseis guiados de baixa velocidade com algum tipo de dispositivo de CME embutido. Se fossem projéteis hipercinéticos, os escudos também os teriam detido. Mas tivemos tempo para evacuar tudo, fugindo pelo lado oposto ao dos disparos e até a superfície do planeta.

— Foi isso. — Mohapatra retomou a palavra. — Fugimos para cá a toda velocidade, como eu disse, já que estávamos quase no poço gravitacional do planeta.

— De um planeta que estava no caminho do jato de energia daquele *buraco negro*? — Duran perguntou, ao lado de Peregrino.

— Mas não *junto dele* — Mohapatra disse, com um dedo apontado para o alto. — A estação estava em boa posição para analisar os efeitos dos jatos relativísticos sobre o planeta, porém em perfeita segurança.

Os grandalhões tinham dado espaço a uma mulher que vestia uma armadura Oerlikon Mark 7 como a deles — e com uma pistola detonadora de padrão militar presa a um coldre de cintura. Seus olhos azuis dirigiram a Peregrino um olhar agudo mas de semblante sereno. Ela logo se pôs a ouvir o que a Dr.ª Mohapatra dizia. Tinha um metro e setenta ou pouco mais, era magra mas de

Mestre das Marés

formas femininas generosas, que a armadura azul e branca falhava em esconder. O rosto era de ossos faciais fortes, limpo e de traços firmes e determinados, maçãs salientes e lábios cheios. Tinha uma cicatriz no supercílio direito. Cicatrizes eram tão raras, que quem não as tivesse removido nanocirurgicamente costumava desejar que fossem apreciadas — o que Peregrino fez com um olhar também direto. A cicatriz cortava a sobrancelha escura e bem delineada, fazia uma curva para a esquerda e então se fechava sobre si mesma quase com a forma de uma foice — ou ponto de interrogação... Os cabelos nos lados de sua cabeça eram cortados curtos, num estilo quase militar, mas no alto havia muito cabelo castanho preso em cima com presilhas de plástico. Então Peregrino enxergou na testa proeminente quatro cicatrizes como pequenos furos — por algum tempo até o passado recente, essa mulher havia usado na cabeça a cinta de interface biocibernética exclusiva dos Minutemen de Appalachia.

Ela lhe devolvia o olhar. Os olhos eram azuis mas escuros como duas safiras não polidas — olhos incríveis, apesar das linhas lustrosas de suor e cansaço abaixo deles. Os cantos dos lábios tinham finas rugas que lhe davam um ar levemente irônico, e a mulher lhe dirigia um mínimo sorriso, absolutamente condizente. Peregrino sorriu de modo mais aberto, de volta. Notou então que Tara Mohapatra havia se calado.

— A nossa chefe de segurança, *Miss* Beatrice Stahr — ela apresentou.

A primeira coisa que Peregrino pensou foi: "Que cruel coincidência..." Para superar o instante de perplexidade diante do nome da mulher, ele se aproximou e ofereceu a mão. Foi a primeira pessoa ali, a quem cumprimentou dessa maneira. *Miss* Stahr devolveu o aperto quase lhe esmagando os dedos, mesmo com a luva blindada do seu Kirkincho. Obviamente ela conservava seus sistemas biocibernéticos.

— Minuteman... ou... woman? — ele perguntou, quase num gemido.

— Na iniciativa privada, agora — ela disse, com uma voz baixa e juvenil.

— A Chefe Stahr foi a responsável por nos trazer em segurança até aqui — Nathan Kiernan esclareceu.

Peregrino assentiu com a cabeça, novamente observando a mulher ciberaumentada. Ela assumiu uma posição quase "de

Roberto de Sousa Causo

descansar", as mãos cruzadas atrás das costas e pés separados. Devolvia o olhar com firmeza. Não estivera presente no espaço de reuniões quando Peregrino e os outros chegaram, devia estar monitorando a chegada e a entrada deles, pelas câmeras e sensores. Agora ele sentia que as pessoas no recinto convergiam todas para a conversa cuja bola o radio-astrônomo Kiernan havia levantado.

— Bom trabalho — Peregrino disse. — Teve problemas com os robôs tadais, Chefe Stahr?

— Não de verdade — ela respondeu. — Eles se concentram no local subterrâneo em que imaginamos estar o artefato alienígena. Não tenho experiência com o comportamento desses robôs, mas é quase como se quisessem antes de mais nada garantir a segurança da instalação deles. Estimamos o seu número entre vinte e vinte e três.

— Algum indício de que estejam cientes da presença de vocês aqui?

— Sim, claro. Eles enviam patrulhas a intervalos regulares. Mas as patrulhas nunca se distanciam muito, logo voltam para o ponto de partida, numa atitude que passamos a chamar de "guardando o tesouro". E não têm tentado nos alcançar aqui embaixo. O que fazem é procurar e destruir os dispositivos de vigilância que enviamos para observar o que andam fazendo.

Peregrino coçou o queixo com as costas da mão enluvada.

— Atípico — disse. — Robôs de infantaria tadais são exterminadores, raramente vão além disso... Vocês não têm mais olhos lá fora, então?

— Temos renovado o equipamento — Stahr respondeu, com uma expressão divertida. — São sensores-robôs que se locomovem e entram em posição sozinhos ou seguem um caminho autodeterminado. Nosso estoque está muito diminuído mas ainda não acabou, de modo que ainda sabemos o que se passa lá fora, Pilgrim, embora não perto da instalação.

Peregrino sorriu diante dessa forma de tratamento.

— Quantos robôs tadais em cada patrulha, Chefe Stahr? — perguntou.

— Três, em todas as ocasiões.

Ele se voltou para Duran.

— O que acha? Você leu mais relatórios do que eu e já enfrentou robôs desse tipo antes.

Mestre das Marés

— Apenas três só pode significar que não são muitas as unidades no local — Duran disse. — Normalmente eles atuam com esquadras de nove ou doze... O contingente maior deve estar protegendo o objetivo, como eles disseram.

"Isso é bom, Capitão. Se vamos atrás do artefato, é melhor começarmos a planejar a operação do meu pessoal, a partir do conhecimento que os sobreviventes aqui têm do terreno. A equipe de segurança da estação de pesquisa parece competente."

— Nós preparamos uma apresentação holográfica sobre o buraco negro, o que aconteceu a este planeta, F Gamma–M, e as hipóteses que construímos a respeito do dispositivo alienígena — a Dr.ª Mohapatra disse. E diante do olhar de Peregrino, dirigido ao multifuncional instalado no antebraço da armadura: — Eu lhes garanto que será importante para qualquer planejamento de atividade militar.

Alguém já havia acionado o *holodisplay* para a apresentação, em um canto previamente escurecido para esse fim. Peregrino suspirou e chamou o seu pessoal mais para perto. A Tenente Waira não saía do seu lado, agarrada com as duas mãos ao seu estojo de campo e seguida de perto pelo homem designado por Duran para ser o guarda-costas dela. Mohapatra puxou um *tablet* do bolso do macacão, e fincou um dedo na *touchscreen*. A primeira imagem exibida foi a do clássico "capacete de conquistador".

— Este é um buraco negro peso-médio, de quinhentas e vinte e oito ponto zero seis mil massas solares — disse Tara Mohapatra, depois de assumir o seu lugar junto à holoprojeção. — Nós o chamamos de "peso-médio" porque ele tem massa intermediária entre os buracos negros estelares e os supermassivos, de um milhão de massas solares ou mais. Este nós batizamos informalmente de "rake", para não ter que recorrer o tempo todo à nomenclatura do Catálogo Geral.

Peregrino pensou que era apropriado. *Firedrake* era uma antiga palavra inglesa para um dragão que respira fogo — no caso, o buraco negro inspirando o material do disco de acreção, para expirar o monstruoso jato relativístico.

— Buracos negros dentro dessa escala de massa são importantes porque se supõe que tenham se formado muito cedo na história do universo — Mohapatra disse.

— Eu entendo, Doutora. Mas e quanto à teoria de que este tenha vindo com uma corrente estelar?

Registrou o choque instantâneo nos rostos de Mohapatra, Foster, Kiernan e outros. Soldados também recebiam informações científicas, e Peregrino sentiu uma certa satisfação em surpreendê-los. Quem respondeu à sua pergunta, porém, foi o físico Pierluigi Piazzi.

— Há muitas indicações favoráveis a essa teoria — ele disse.

— O problema é que nossos modelos ainda não conseguiram determinar a mecânica exata do processo. Reforça, porém, a ideia antiga de que os buracos negros peso-médios seriam mais comuns no núcleo de galáxias-anãs, enquanto explicaria por que o nosso Firedrake não está exatamente dentro de um aglomerado globular posicionado na Via Láctea.

— E os indícios de que estamos em um aglomerado *difuso?* — Foster interpôs, o curativo em sua mandíbula movendo-se de um modo quase cômico, enquanto ele falava.

— Para determinar isso precisamos aguardar a verba extra de mapeamento e medições — Piazzi disse, dando de ombros.

Foster riu baixinho.

— Estamos *acabados* aqui, Piazzi — lembrou. — Nossa operação foi completamente destruída no ataque daqueles malditos robôs.

— Nada impede que os pontos que levantamos tenham continuidade com outros projetos. . .

— Por favor — Tara Mohapatra disse. — Estamos nos afastando do que importa no momento. — Ela manipulou o seu *tablet*, e a imagem no *holodisplay* se alterou para um complexo infográfico entrecruzado de vetores orbitais astrocartográficos: discos elipsoidais entrecruzados por grades coloridas representando eclípticas, com anéis concêntricos marcando as distâncias em unidades astronômicas, e linhas radiais de longitude. Órbitas planetárias eram mostradas com anéis coloridos, de linhas sólidas. Peregrino logo notou que havia muita coisa descentralizada e fora das eclípticas. Mohapatra continuou: — Uma reconstrução do sistema trinário, antes de Firedrake ter feito com que a primeira estrela a ser capturada por ele se tornasse uma nova. Agora uma dramatização. . .

Os gráficos tridimensionais alteraram-se outra vez. Passaram a mostrar uma estrela deformada, já presa no alcance de maré do buraco negro, sua matéria plásmica formando pálidos anéis em torno da estrela colapsada — e então, em segundos, o disco

Mestre das Marés

de acreção formado e o anel de fótons aceso e jatos de energia brotando dos polos. . . a expiração incandescente de Firedrake. O núcleo da estrela dilacerada ainda se aproximava do disco de acreção, e quando pareceu tocá-lo, houve a explosão luminosa. O disco foi desfeito ao mesmo tempo em que a matéria solar se refazia em duas cabeças cometárias que logo se integraram num vasto torvelinho, formando um cone luminoso, recriando o disco e alimentando os jatos relativísticos em vômitos de plasma de uma intensidade incomum. Faltou apenas a trilha sonora percussiva. Peregrino sentiu uma gota de suor escorrer por suas têmporas.

— Quando a estrela se aproximou do disco, as forças de maré em pouco tempo mudaram sua forma para a de uma lentilha — Tara Mohapatra explicou —, resultando numa compactação de certas regiões do núcleo e na produção das ondas de choque que levaram à explosão.

— Se este fosse um buraco negro de massa estelar — Piazzi interpôs —, a nova o teria arremessado para longe daqui. Mas com a massa intermediária, ele foi deslocado mas não chutado. Se uma explosão parecida ou algo maior aconteceu antes, quando da passagem da galáxia anã, isso pode explicar por que Firedrake foi separado da corrente estelar, perdendo sua velocidade orbital e ficando "ancorado" nesta parte de Scutum-Centaurus. Bastaria que a velocidade adquirida com a explosão não fosse superior a cerca de cem quilômetros por segundo.

— Uma bela especulação — Foster disse. — Muito dramática. Mas a fricção dinâmica com a atração gravitacional das estrelas de Scutum-Centaurus já não bastaria para frear Firedrake?

— O que *importa* — disse Mohapatra — é que a presente situação do sistema resulta dessa explosão de nova. É por isso, por exemplo, que há tanto gás e detrito para alimentar o buraco negro a ponto de ele ter disparado seguidamente os jatos relativísticos que atingiram Firedrake Gamma-M. Também explica por que demoramos tanto tempo para perceber o que havia ocorrido ao planeta.

— Pode explicar mais? — Peregrino pediu.

— Quando nos instalamos, o sistema estava excessivamente caótico, confuso e dinâmico, para além do que conseguíamos acompanhar inicialmente. E Gamma-M está longe do centro das atenções, não? — Mohapatra pressionou mais superfícies da *touchscreen*. — Firedrake está aqui, e ali as nuvens de gases que

Roberto de Sousa Causo

o alimentam agora, e mais além, Firedrake Beta e o seu sistema de planetas, e neste setor mais abaixo, Gamma. . . É um sistema trinário com astros bem afastados uns dos outros. E Gamma-M, um dos planetas mais distantes, de órbita muito lenta e bem funda na zona de gelo.

"Note os vetores orbitais. Obviamente, as estrelas não se formaram da mesma nuvem primordial de gás, mas se aproximaram uma das outras com o tempo. A prova está no fato de nenhuma das estrelas e seus sistemas planetários obedecer exatamente a um mesmo plano orbital, e, é claro, quando Firedrake entrou no sistema, ele também não alinhou seu equador com nenhum deles. É uma coincidência terrível mas não impossível, que seu polo norte fique tanto tempo apontado para o planeta, ou que Gamma-M transite por tanto tempo em sua alça de mira. . ."

Peregrino piscou seguidamente, esforçando-se para não pensar em como o sistema trinário teria de se reorganizar nos próximos séculos ou milênios, depois que a entrada do buraco negro e a supernova desfizeram o seu baricentro. A mera visão do ícone de Firedrake na holografia o fazia cerrar os olhos e acelerar a respiração. . .

— E quanto à situação aqui na superfície? — perguntou. — Por que este ponto parece mais estável do que outras partes de Gamma-M?

Tara Mohapatra subitamente concentrou-se no seu *tablet*, e os outros cientistas, quando Peregrino buscou-os com o olhar, evitaram encará-lo. O *holodisplay* mudou novamente. Um globo escuro surgiu, entrecruzado de linhas de longitude e latitude. Legendas brilhantes mostravam a posição em que se encontravam, a entrada pela qual vieram Peregrino e seu pessoal, e a outra, além da suposta localização do artefato tadai. Um círculo, com o artefato no centro, era marcado com outra linha brilhante. Com alívio, Peregrino registrou que o dispositivo estaria a uns meros quarenta metros de profundidade.

— A rigor, não sabemos — Mohapatra disse. — É evidente, contudo, que se trata de um efeito pretendido pelo dispositivo alienígena, provavelmente o gerador de um campo que, a partir de algum princípio desconhecido, anula a propagação de ondas de choque pelo terreno. Não temos, infelizmente, a aparelhagem necessária para determinar o funcionamento dele.

Mestre das Marés

— Se é que essa tecnologia é passível de ser desvendada por nossos recursos — Foster disse. — Não sei nada sobre esses tadais, mas isto cheira a uma tecnologia do tipo um ou dois na Escala de Kardashev. Muito além da nossa capacidade.

— Quem se importa com Kardashev hoje em dia, Alan? — foi a vez de Piazzi se opor. Dando o troco? — Toda aquela obsessão com aproveitamento energético e expansão demográfica sem fim parece tão século vinte...

— O que é esse número piscando ali embaixo? — Peregrino apressou-se em inquirir, para contornar novo debate.

— Uma estimativa da energia que o dispositivo teria absorvido... ou evitado a propagação. Não conhecemos o seu funcionamento...

— Ok, parece um número muito elevado. Mas qual é a medida de grandeza?

— Megatons — Kiernan disse, olhando-o atentamente.

Peregrino ouviu exclamações de Duran e de Waira, ao seu lado, e do resto da tropa atrás dele.

— Impressionante — murmurou. — Mas... para onde vai a energia absorvida?

— Não sabemos — Mohapatra disse. — Guardada em algum tipo de acumulador, talvez desviada para alguma outra função desconhecida.

Peregrino apontou o número em megatons.

— Precisaria ser uma função muito sutil, para não deixar evidências de um uso energético como esse.

— Há exemplos de funções muito sutis que nós mesmos realizamos cotidianamente — ela argumentou. — Como os acumuladores nos geradores de interferência Haisch-Sun sobre o campo de ponto-zero. Uma parte do campo de interferência funciona como hipercavitador energético, abrindo caminho contra a oposição de massa do campo de ponto-zero, enquanto, ao mesmo tempo, outra parte captura e emprega a energia do campo para alimentar a propulsão das naves seguindo as linhas de energia do campo Haisch-Sun, como um *ramscoop* quântico.

Peregrino assentiu com a cabeça. Sem essa propriedade, nenhuma astronave conseguiria alcançar velocidades relativísticas. As naves projetavam, ao penetrarem as dinâmicas peculiares do campo de ponto-zero, os complexos sistemas de suas estruturas em escalas cosmológicas, nas quais a própria energia se

Roberto de Sousa Causo

torna um conceito sutil. Mas era preciso uma velocidade inicial muito elevada e distância de objetos muito massivos. Seria menos assombroso que os tadais tivessem algo assim, funcionando em situação estática e num massivo corpo planetário?

— De qualquer modo, o objetivo do aparelho não pode ser *isto*. . . — disse, abrindo os braços para a situação toda em que se encontravam. — Há variáveis demais, para que o seu objetivo fosse compensar estragos causados pelos efeitos diretos de um jato relativístico.

— Variáveis demais — Foster, o matemático, repetiu. — Gamma–M ser atingido é uma coincidência cósmica. Não poderia ter sido antecipado matematicamente.

— Outro objetivo, então. Hipóteses?

Os cientistas trocaram olhares entre si, antes de se voltarem para ele. Foi Piazzi quem falou, dando de ombros.

— Garantir estabilidade para a observação dos efeitos do buraco negro sobre objetos estelares próximos. Mas como o jato relativístico não foi previsto, o dispositivo provavelmente não vai suportar o impacto direto iminente. Trata-se de toda uma outra escala de descarga energética.

Mohapatra explicou:

— Anular a propagação das ondas de choque sísmicas e cinética seria apenas uma proteção para que algum tipo de sensor pudesse operar nas condições próximas ao buraco negro.

Peregrino lembrou-se dos relatórios do Povo de Riv que tinha examinado, e suas menções à manipulação inercial e de massa. Sua curiosidade foi avivada por essa correlação, embora nenhum dos relatórios chegasse a mencionar a neutralização de eventos sísmicos nem energias dessa magnitude.

— E o objetivo do sensor seria observar a desintegração de estrelas e planetas do sistema, por ah. . . Firedrake? — Ele quase disse "Agu-Du'svarah".

Mais hesitação da parte dos cientistas, antes que, novamente, Piazzi falasse, agora num tom mais baixo:

— Ou analisar o tipo de informação quântica que deixa o buraco negro.

Peregrino respirou fundo. Essa era uma outra seara. Ele sabia que séculos de observação imediata ou à distância de Sagittarius A* e dos buracos negros planetários espalhados pela Via Láctea haviam resolvido o chamado "Paradoxo da Informação". De fato,

Mestre das Marés

informação quântica escapava do mastodôntico puxão gravitacional do buraco negro com a Radiação de Hawking. Mas no que isso poderia ser pertinente ao dilema que enfrentavam? Piazzi entendeu o seu silêncio como deixa para elaborar o assunto.

— Nós imaginamos que seria possível compreender algo da formação do buraco negro por meio da microrreversibilidade — ele disse —, uma propriedade da mecânica quântica que permite reconstruir, a partir dos produtos finais das interações entre as partículas, as condições iniciais delas. Isso é muito importante no caso de um buraco negro peso-médio como Firedrake, porque os objetos dessa classe teriam se formado enquanto o universo ainda era muito jovem. Ele é uma janela privilegiada para o contexto do universo, bilhões de anos no passado. Essa "leitura", digamos, é uma das razões da Roger Penrose ter sido instalada aqui. Os seus alienígenas tadais estariam fazendo uma pesquisa parecida com a nossa, usando estas instalações como central receptora de dados.

— Muito interessante — Peregrino admitiu. — É difícil imaginar, porém, que vantagem os tadais veriam nessa pesquisa.

— *Vantagem?* Nós mesmos não estamos aqui visando vantagens imediatas, em absoluto — Piazzi asseverou. — A busca do conhecimento não basta?

— Os tadais, fazendo ciência pura?

— Por que não?

— Boa pergunta. Acho que nos acostumamos demais com a funcionalidade fria atribuída aos robôs. Mas certamente existe uma espécie biológica por trás deles, e essa espécie pode ter o mesmo tipo de curiosidade que nós temos, sobre o funcionamento do universo.

Ele caiu em silêncio outra vez. Busca por conhecimento, curiosidade, desejo de contato... Pareciam-lhe coisas interligadas, pontos de um mesmo contínuo muito humano. Até mesmo *essencialmente* humano. Difícil crer que os tadais partilhariam das mesmas qualidades. E nem tanto por serem alienígenas. Peregrino já havia se deparado com espécies tão ou mais curiosas, tão ou mais interessadas no contato com o diferente, que a humanidade. O problema era que ele havia colocado o desejo de contato, a conexão, comunhão com a multiplicidade do universo, como o ponto final dessa busca. Não seria necessariamente assim com os tadais e sua negativa radical de qualquer contato, com sua hostilidade sistemática e sem razões claras dirigida às outras espécies inteligentes.

Ele levantou os olhos para corrê-los rapidamente pela mal ajambrada formação de estropiados cientistas e agentes de segurança em torno dele — todas essas pessoas que se esforçavam tanto para *não* deixar um planeta condenado, enquanto eram duplamente ameaçadas por robôs assassinos e pela força mais destrutiva do universo. Pesquisa que não visa vantagens imediatas, como Pierluigi Piazzi dissera? "Mas a curiosidade não é necessariamente assim nem entre nós, humanos", ele pensou. "Basta trocar 'desejo de contato' por 'desejo de *controle*', como motor da busca pelo conhecimento." Mas Piazzi ainda falava:

— ...Medição do grau de calor de Firedrake, sua Temperatura de Hawking, para chegarmos ao padrão de entropia do horizonte de eventos. A entropia sempre se refere ao grau de informação contido num sistema. Parte dessa informação é irradiada para longe do buraco negro com a sua evaporação, tornando-se acessível aos medidores ou sondas que os tadais teriam instalado nos corpos planetários e subplanetários do sistema.

— Está dizendo que esta não seria a única instalação tadai aqui? — Peregrino perguntou. — Haveria mais, em outros planetas?

Tara Mohapatra levantou as mãos espalmadas para ele.

— No momento, trabalhamos com a hipótese de uma instalação — ela disse —, que receberia os dados colhidos por... *sondas* plantadas em outros corpos. Pode haver outras instalações como esta, mas por ora seria impossível verificar a sua existência...

— Sondas que funcionariam como antenas de captação da Radiação de Hawking, é isso? Vocês notaram essas antenas, ou captaram, pelo tempo que estiveram no sistema, o envio de informações delas para a central?

— Não é exatamente disso que estamos falando — Mohapatra disse, olhando para Piazzi.

Mas foi Foster quem falou primeiro:

— Chegou a hora da especulação.

— Eu entendo que o assunto pode ser confuso — Piazzi disse a Peregrino, sem se abalar. — Mas a teoria diz que toda a informação capturada pelo buraco ficaria presa em seu horizonte de eventos, nunca seguindo adiante para um contato com a singularidade que há no seu interior. Existe um princípio da física conhecido como "unitariedade" que propõe um entrelaçamento quântico entre a radiação de Hawking surgida no início da formação

Mestre das Marés

do buraco negro, e a radiação que escapa dele agora, ou que escapará. Não estamos falando de uma situação de excludência aqui.

É possível colher dados sobre a informação do passado longínquo que foi absorvida por Firedrake, *e* sobre a que está sendo absorvida *agora*, seguindo o princípio holográfico da mecânica quântica, no qual o estado da fronteira de um volume basta para descrever o sistema *todo* que controla esse volume. É isso: a radiação já emitida ao longo da vida do objeto e a matéria que penetra nele agora estão entrelaçadas, e é possível recuperar a função de onda dessa relação quântica entrelaçada...

— É um *paradoxo* — Beatrice Stahr disse, encarando Peregrino e dando uma piscadela, a cicatriz em forma de ponto de interrogação brilhando acima da sobrancelha.

— Mas um que tentávamos resolver — Piazzi emendou — antes do ataque das naves-robôs. Mas nossos computadores HyperCrane Dois Mil e Quatrocentos foram destruídos e os dados mais recentes, perdidos para sempre...

Nesse momento, Piazzi e Foster, com intervenções de Mohapatra e Kiernan, meteram-se numa discussão da qual saltavam conceitos como a "Dualidade de Maldacena e a de Capozzoli", "Teorema CPT", "fótons de Hawking", "curvatura do espaço-tempo", "densidade de energia de ponto-zero", "tensor de energia-momentum normalizado", "raio de Schwarzschild", "Questão EPR", "Teoria das Cordas" e "Teoria da Gravitação Quântica", "branas e superbranas", "superposição de estados quânticos" e "espectro de energia planckiano". Peregrino piscou seguidamente e fechou os punhos.

— Como uma sonda pode sobreviver à dinâmica do disco de acreção por tempo suficiente para captar e enviar informações? — quase gritou, para se fazer ouvir por cima do burburinho.

— Esse é um dos pontos mais fascinantes — Piazzi disse.

— Não seria necessariamente um dispositivo tecnológico. Seria uma sonda por entrelaçamento quântico entre partículas contidas no aparelho ou dispositivo tadai, e outras dos diversos corpos do sistema trinário original. Como eu disse, nesse estágio da vida de Firedrake, a radiação já emitida, mesmo que em eras passadas, está entrelaçada com a matéria que entra agora ou entrou há pouco. Bastaria aproximar os elétrons do ponto quântico crítico, dando a certos trechos desses corpos o tipo de entrelaçamento coletivo ou "poligâmico", como dizemos, semelhante ao dos "metais estranhos" em que pares de partículas entrelaçados se entrelaçam com outros pares, sucessivamente, formando uma rede. Peregrino concordou com a cabeça. Até aí ele podia acompanhar. Formas de entrelaçamento quântico estavam na base da comunicação ansívica, da navegação espacial via tunelamento quântico complexo, e até de aparelhos de rastreamento e detecção. E metais estranhos, superfluido, líquidos de *spin* quântico, campos disentrópicos e outros estados incomuns da matéria e da energia dependentes do ponto quântico crítico faziam parte dos motores e dispositivos de qualquer nave interestelar. A solução tadai, se fosse verídica, soava elegante e sutil.

— Não se fiem por essa hipótese — Foster disse, porém. — Difícil que alguma coisa de estrutura complexa sobreviva o suficiente para ser detectada até mesmo por grandes massas de entrelaçamento poligâmico.

— É claro que o problema é espinhoso — Piazzi disse. — A teoria afirma que somente um objeto transdimensional apresentaria a energia necessária para uma identificação complexa como essa, via entrelaçamento quântico sobre a superfície holográfica do horizonte de eventos.

— Objetos altamente *hipotéticos* — Foster rebateu.

— Nós sabemos que eles existem em algum lugar no universo. Por que não aqui?

— É claro. Afinal, Firedrake é o nódulo universal das coincidências improváveis — Foster ironizou. — Basta empilhar uma especulação sobre a outra para certificá-las, como em uma linha de produção de conclusões não experimentais. Isso não é ciência.

Os olhos azuis de Piazzi faiscaram e ele cerrou os punhos. Peregrino preparou-se para se colocar entre os dois cientistas, mas não foi necessário. Piazzi respirou fundo, deu as costas a Foster, e relaxou as mãos. Peregrino achou melhor falar, de qualquer modo.

— Os senhores não precisam de mais argumentos para me convencer de que o artefato vale a sua captura. Mas a questão de onde foram parar todos aqueles megatons de energia sísmica absorvida me incomoda. Não seremos bem-sucedidos se, ao desatarraxarmos alguma coisa, formos vaporizados juntamente com o dispositivo. — Voltou-se para a Tenente Waira. — Acho que a opção mais segura é uma captura de dados, mesmo que parcial.

Mestre das Marés

Depois disso, Firedrake pode fazer o que quiser com o dispositivo e Gamma–M.

— Mas por favor — Mohapatra disse —, mantenham a mente aberta, quando chegarem ao local do dispositivo. Até imagens colhidas podem ser importantes para um entendimento maior de como ele funciona.

— Faremos tudo o que for possível — Peregrino garantiu. — Agora com licença, Doutora, senhores, senhoras.

Ele olhou para a Chefe Stahr, e então para Inácio Duran e Danila Oleandras, ao seu lado. A mulher se aproximou deles, sendo prontamente acompanhada pelo homem chamado Crivelli. Os cinco somaram a Tenente Waira e seu guarda-costas e a seguir o resto do PELOPES e o pessoal de Stahr. O grupo se afastou para um canto. Peregrino se dirigiu a eles.

— Precisaremos de sua ajuda para planejar a operação — ele disse a Stahr.

— E para *chegar lá* — ela disse, os olhos azuis sobre ele e sua voz juvenil soando clara no meio do círculo de homens e mulheres de armadura. — Crivelli e Ishikawa — ela apontou o homem e uma mulher, esta com a cabeça envolta em bandagens — vão ficar aqui e reunir os cientistas e deixá-los prontos para uma subida emergencial até a órbita. O restante do meu pessoal vai como reforço ao seu grupo de excursão. Sob o seu comando, é claro — emendou, olhando para os seus comandados. — Vocês têm a experiência e os recursos contra esses robôs.

Peregrino assentiu com a cabeça, e sorriu diante do entendimento tácito dela de que ele iria até o local. Uma olhadela dirigida a Duran lhe disse que o oficial da infantaria embarcada não era tão compreensivo. Voltou-se outra vez para a mulher.

— Eu agradeço sua oferta — Peregrino disse, num tom mais baixo. — Mas não precisa ir conosco. Seu trabalho é cuidar da segurança dos cientistas, não é?

— Sim, mas ao que parece, se depender de Mohapatra e dos outros, só saímos daqui quando eles tiverem um trunfo científico grande o suficiente para compensar a perda da Roger Penrose — ela respondeu. — O dispositivo tadai.

Peregrino estava prestes a negar novamente, quando o sentido das palavras dela calaram nele. Stahr iria com eles para garantir a partilha do objeto ou dos dados extraídos dele. Lembrou-se então do que acontecera em Tukmaibakro, e em seguida, da confiança que Túlio Ferreira depositava nas emissárias do Povo de Riv — e a confiança que Ahgssim-Dahla e Mehra-Ibsso depositavam em Peregrino. Nenhum deles dissera nada contra dividir o que fosse descoberto. Ele pesou isso com mais cuidado. Desvendar a tecnologia tadai parecera até então algo estratégico, assim como a aquisição de *insights* sobre os propósitos deles e suas capacidades técnicas. Mas se conquistassem concretamente uma tecnologia superior com aplicações comerciais e militares inéditas, dividi-la poderia significar uma desvantagem à Diáspora Latinoamericana... Ainda assim, havia brechas em suas ordens. O que poderia acontecer, se tomassem posse de uma tecnologia acessível à engenharia reversa ou à análise de dados? Uma corrida tecnológica apenas? Talvez colocasse finalmente os tadais no centro dos interesses estratégicos da humanidade na galáxia. Talvez os cientistas do Povo de Riv, mais experientes em analisar a tecnologia tadai, saíssem na frente e desvendassem seus segredos antes de qualquer humano... Por tudo o que Peregrino sabia, esse segredos até poderiam ficar obscuros para as diversas potências humanas, apesar de todo o empenho científico possível. "Túlio confia no Povo de Riv", voltou a lembrar-se. "E minhas ordens são investigar e obter qualquer artefato tadai que venha a aparecer, e se preciso da ajuda dessa mulher e do pessoal dela, essa contingência pode determinar o resultado."

— Eu entendo que talvez você não possa partilhar qualquer dado obtido — Stahr disse, interpretando precisamente a hesitação dele. Ela então deu de ombros, e argumentou: — Mas se ajudarmos vocês a conseguirem alguma coisa, pode ser uma cunha para uma futura solicitação de partilha, pelas autoridades internacionais. Não seria mais problema seu, e nossa ajuda pode prevenir algumas baixas entre a sua tropa.

Peregrino considerou. Ela sabia colocar as coisas dentro das preocupações de um oficial militar. Proteger o seu pessoal primeiro, deixar as complicações para os políticos. Decidiu por confiar e cooperar.

— Está bem, então — disse, quando o seu silêncio já provocava uma troca de olhares entre as pessoas em torno dele. — Quanto à formação, os homens do Capitão-Tenente Duran funcionarão como escoteiros e homens de ponta — disse, usando o jargão tático em inglês. — A Chefe Stahr e eu ficaremos no meio

Mestre das Marés

com a Tenente Waira, como grupo de comando e de segurança de Waira, junto com os seguranças que já apontei. E o pessoal da Chefe Stahr fecha a retaguarda. Dúvidas?

— Não, senhor — Stahr disse, prontamente.

Dois segundos depois, Duran:

— Não, senhor.

Peregrino voltou-se outra vez para a mulher.

— Vocês parecem ter feito uma avaliação muito boa do comportamento dos robôs tadais de superfície. E quanto ao terreno?

— Mapeamos a superfície por meios ópticos — Stahr disse, assentindo —, e o que foi possível do subsolo, sem o recurso da cartografia sísmica. Pusemos nossos *drones* para trabalhar, e usamos *laser* e micro-ondas. Temos um mapa três–D bastante preciso, que posso baixar para os sistemas das suas armaduras.

— Excelente. Já temos com o que fazer o planejamento. Que distância acredita que podemos chegar, usando o nosso escaler como transporte de tropa, antes da reação tadai?

— Tempo de voo, seis minutos no máximo, a partir do instante em que sairmos para a superfície — Stahr disse. — Depois disso, mais. . . oito ou dez até o contato. Digamos, mais *cinco* minutos apenas, para um desembarque seguro. Isso pode significar que teremos percorrido setenta a oitenta por cento da distância até o ponto de entrada das instalações tadais, segundo o que mapeamos. Mas estaremos no território inimigo, bem ao alcance das suas armas. Lembre-se que estimamos o contingente deles em mais de trinta unidades. Imagino que a maioria vá emergir para nos enfrentar, assim que se derem conta de que saímos da toca para o campo aberto e rumamos para o salão do tesouro.

— Hum. Talvez possamos fazer uso dessa possibilidade deles enxamearem para fora, e equilibrar um pouco as coisas. — Peregrino apontou para cima com a mão espalmada. — Vamos ter de coordenar com nosso pessoal em órbita.

— Quer usar nosso ansível? — a Chefe Stahr ofereceu.

— Não, obrigado. Nosso escaler está em contato constante com as naves em órbita. — Ele olhou para o seu multifuncional. — Podemos ajustar nossos relógios antes de mais nada, e então noventa minutos para alimentação, repouso e preparo? Acho que é mais ou menos o tempo que precisaremos para acionar o reforço a partir da órbita.

— Sim, senhor — Stahr disse.

Roberto de Sousa Causo

O pessoal dela dispersou-se primeiro. Duran fez um gesto de cabeça para Peregrino, que se juntou a ele um pouco afastado do resto do PELOPES. Apenas Waira e seu segurança acompanharam-nos.

— Acha que é aconselhável ir com a gente nessa saída, Capitão? — Duran perguntou. Fez outro gesto com a cabeça, indicando Waira. — Já basta termos de levar a tenente aqui, sem experiência nem treinamento. Seria mais indicado o senhor ficar neste local, acompanhando tanto a nossa saída quanto os preparativos da evacuação, e a coordenação com a órbita. Enfrentar robôs tadais não é uma tarefa para oficiais embarcados, senhor. Eu até dispensaria esse pessoal de segurança, se não precisasse do reforço.

Peregrino suspirou. Já esperava por isso.

— Acho que isto aqui diz que eu posso. — Bateu no peito da armadura Kirkincho, *tak-tak*, onde estava o símbolo do curso de comandos que ele tinha feito enquanto ainda era um oficial júnior a bordo do destroier *Noronha*, ainda na Esquadra Colonial. — Não vamos discutir, Duran. Eu ainda sou o único que pode avaliar a importância do que vamos encontrar lá, e decidir o que fazer. Mãos à obra.

Minutos depois, fora da armadura e alimentado, Peregrino estudava o holomapa fornecido pela Chefe Stahr, quando notou a aproximação da Cabo Thaisa Telles, acompanhada da Dr.ª Noémi Plavetz. Telles passou-lhe um sucinto relatório dos baixados entre a equipagem da estação Roger Penrose. Nada crítico, mas três deles não podiam se locomover por conta própria. Junto deles, Beatrice Stahr ouvia tudo atentamente.

— Não há nenhum clínico acompanhando o pessoal aqui, Capitão — Telles disse. — Os quatro da dotação foram mortos no ataque. A Doutora Plavetz, uma psicóloga, é a única autoridade médica que restou. Os feridos sem mobilidade estão aos cuidados dos *softwares* médicos das macas automatizadas. Todos estáveis.

Ele podia ler nos olhos de Telles qual era a sua ansiedade. Voltou-se para Plavetz.

— A Cabo Telles é um dos nossos dois médicos de combate. Se achar que é necessário, posso disponibilizá-la para acompanhar os seus pacientes.

116

Mestre das Marés

— Seria uma boa medida, Capitão Peregrino — Plavetz disse, pronunciando o seu nome com um leve sotaque francês, o que lhe provocou um sorriso. De *pilgrim* a *pèlerin*, ou quase. — Eu gostaria de falar com o senhor em particular.

— Sim, claro. Se não for uma conversa demorada.

— Eu serei direta e profissional — ela prometeu, com um sorriso.

A minúscula mistura de gabinete e camarote brotava de uma parede do abrigo como uma bolha de plástico opaco, isolada do restante do ambiente por um longo zíper. Depois que os dois entraram, Noémi Plavetz fechou-o com cuidado.

— A sua gente está muito estressada, Doutora? — Peregrino adiantou-se.

Plavetz assentiu com a cabeça. Ela veio sentar-se em uma cadeira dobrável, atrás de uma bancada de plástico de pernas também articuladas, com um computador portátil em cima. Indicou um banco diante da mesa, e Peregrino sentou-se, sentindo-se meio nu vestido apenas com a bermuda de interface. No rosto negro da mulher, notou as linhas escuras que indicavam que ela também estava cansada.

— A medicação os está mantendo psicologicamente estáveis — ela disse, com voz fraca. E então, num tom ainda mais baixo: — Mas alguns deles já vinham num processo de *stress* anterior ao ataque. Foster, por exemplo. . . e espero que o desculpe por sua atitude pouco profissional de há pouco.

— Fala da troca de farpas com Piazzi? Entendi como uma discordância científica entre eles.

— Sim, mas às vezes eles perdem a objetividade de uma maneira pouco característica das suas personalidades. A razão disso está lá em cima. — Ela elevou um dedo mais alto que a própria cabeça, apontando para além do abrigo, do túnel cavado pelo hidrogênio líquido, e da cobertura de rocha acima deles. "Agu-Du'svarah", Peregrino pensou. — Se você me entende — a mulher acrescentou.

— Quem mais a senhora trata desse problema, além de Foster e Piazzi?

Roberto de Sousa Causo

— Lamento não poder informar, Capitão. O senhor entende a questão da confidencialidade. Já é uma falta eu usar do exemplo deles, para compor o meu argumento.

Peregrino respirou fundo.

— Eu tenho os sintomas?

— Já sabe do que estou falando?

— Uma variante qualquer das dúzias de transtornos psicológicos que afetam as pessoas em todas as Zonas de Expansão, quando enfrentam longos períodos em *habitats* confinados ou se deparam com fenômenos cósmicos tão maiores do que elas, que... — ele hesitou, antes de concluir: — elas deixam de ser funcionais.

— Sabe o quanto isso é frequente? — Plavetz perguntou.

— Conheço apenas estatísticas da incidência sobre o pessoal militar — ele disse, sem estender-se. Na ELAE, isso era um dado classificado. — Mais alta do que deveria ser.

— Você falou em variantes... Talvez goste de saber que a sua é mais rara e tem até nome específico: Transtorno de Reinhardt. Em parte, é a razão de eu estar alocada na Roger Penrose. Meu projeto de pós-doutorado pela New Cambridge é sobre essa aflição.

— Eu só posso imaginar que ela diga respeito ao impacto psicológico de se estar próximo a um buraco negro.

— Exatamente. Pode explicar-me como tem se sentido — ela pediu —, desde que chegou ao sistema de Firedrake?

— Se a senhora primeiro me contar quais são os indícios visíveis da síndrome...

Plavetz reclinou-se na estreita cadeira dobrável e exibiu as palmas de suas mãos pequenas para ele.

— Bocejos nervosos, olhar inquieto, sudorese, gestos espontâneos e um tanto desajeitados de contato humano, como o seu aperto de mão com a Chefe Stahr — listou. — Você provavelmente não tem consciência deles. Tem ideia da frequência com que olha para o alto?

— Não.

Ele olhou para cima, demorando-se. Sim. Agu-Du'svarah. Firedrake. O buraco negro estava lá, passando meio quilômetro de rocha e centenas de milhões de quilômetros de vácuo ocupado apenas por emissões mortais de radiação. Relatou sucintamente — mas com honestidade — o que sentia desde que chegara.

— É de se admirar que você ainda esteja tão sob controle — Plavetz disse, com um olhar clínico. — Tudo o que sente é

Mestre das Marés

resultado da consciência do poder destrutivo do buraco negro, e das expressões aparentes, visíveis, da ameaça que ele representa ao nosso entendimento intuitivo de como funcionam as coisas no universo e em nossas vidas. O buraco negro se mostra uma presença concreta, a figuração tangível de um poder brutal de aniquilamento e de uma vulnerabilidade que no fundo sabemos que marca todos os segundos da nossa existência, mas que deixamos em segurança aos cuidados do inconsciente.

"Seus sintomas são os de uma fobia que personaliza a ameaça e a interpreta como uma fantasmagoria sobrenatural, num nível que não permite mais a postura de neutralidade que normalmente assumimos diante de qualquer fenômeno *não* sobrenatural. A presença do buraco negro lhe parece ser mais do que a catástrofe de uma tempestade ou terremoto. É uma ameaça constante, pessoal, incompreensível, quase *demoníaca* sobre a sua consciência.

"Novas situações de *stress* podem levá-lo ao limite. . . E há ainda a tensão das suas responsabilidades e da contagem regressiva para a nova descarga energética de Firedrake. Posso lhe oferecer o medicamento que tem mantido os outros estáveis?. . ."

Ela começou a puxar uma gavetinha presa à mesa de plástico.

— Efeitos colaterais? — Peregrino apressou-se em perguntar.

Plavetz hesitou.

— Eles me impediriam de participar da excursão até o local do dispositivo tadai, por exemplo? — ele insistiu.

— Trata-se de um problema de custo-benefício, Capitão — Plavetz disse. — Se o senhor se submeter ao *stress* do combate, à uma caminhada por espaços abertos com vista direta de Firedrake, se sofrer perdas entre seu pessoal. . . tudo isso pode disparar uma crise de pânico que o deixaria paralisado ou sem controle. Tratado e sob acompanhamento médico, tendo delegado a tarefa a outros, poderá controlar a operação à distância e manter-se funcional.

Peregrino estreitou os olhos e assentiu lentamente com a cabeça. A excrecência plástica que era o gabinete de Plavetz lhe pareceu ainda mais estreita e sufocante. Mas para sua surpresa, foi nas duas emissárias do Povo de Riv que ele pensou, nesse momento. O que Ahgssim-Dahla e Mehra-Ibsso diriam, por meio das vozes juvenis dos seus tradutores e com os seus olhares escuros e benévolos? Seria a loucura outra possibilidade aceitável à

Roberto de Sousa Causo

sua filosofia, outra lição que o "professor" traria de uma imersão exploratória em zonas do incompreensível e do sobrenatural?

— Não posso aceitar, Doutora. Minhas responsabilidades são únicas, meu mandato exclusivo. Antes de comprometê-las, eu preferiria abandonar a busca pelo artefato e evacuar todos daqui no mesmo instante.

Plavetz fechou lentamente a gavetinha, e endireitou-se.

— Compreendo. Posso apenas desejar-lhe boa sorte, então, Capitão Peregrino.

— A nós todos — ele disse, dando-se conta de que, ao falar, olhava para cima.

Ao deixar o gabinete de Plavetz, alguns minutos depois, seu coração quase parou. Estava diante de Beatrice Stahr, vestindo apenas uma bermuda de interface de intrincada malha elástica e em tons de cinza e azul-escuro, as mamas juntadas e empurradas para cima, três dedos de um seio fundo aparecendo. Logo abaixo, o tronco descia reto para espalhar-se em quadris largos e altos. A parte inferior do traje parava pouco acima dos joelhos, deixando à mostra pernas fortes e surpreendentemente bronzeadas. E cheirava bem, como se tivesse acabado de tomar uma ducha. Ela devolveu-lhe um olhar semelhante de medição cuidadosa, antes de perguntar, com os olhos cor de safira muito sérios:

— O diagnóstico?

Peregrino suspirou. É claro, ela tinha o direito de saber.

— Reinhardt — disse. E acrescentou: — Um caso moderado.

— Medicação?

Ele respondeu cerrando os lábios e negando com a cabeça.

— Melhor assim, Pilgrim — Beatrice Stahr disse. — Vamos precisar de você alerta lá fora. Já temos uma resposta do seu pessoal em órbita, a propósito. Venha comigo — disse, e deu-lhe as costas.

Observou-a se afastar por alguns metros, até que ela parou. Ele deslizou o olhar para cima e a viu fitando-o por sobre o ombro, com um meio sorriso nos lábios. Dava a ele algo mais em que pensar, do que Agu-Du'svarah ardendo lá em cima, e Peregrino devolveu-lhe o sorriso e assentiu lentamente com a cabeça, agradecido.

*

Mestre das Marés

Helena Borguese fizera questão de lhe enviar uma mensagem com visual, retransmitida pelo escaler de Perúvio deMarco. Ela parecia cansada, mas de bochechas coradas e os olhos castanhos brilhantes, vibrando levemente como uma escultura em 3D projetada do console portátil do especialista em comunicações do PELOPES.

— Na próxima hora, os reforços tadais devem chegar ao ponto crítico — a imagem de Borguese dizia —, quando eles, ou os seus _softwares_ de análise tática, estarão confiantes o suficiente para formarem a concentração que antecipa o ataque. Túlio nos enviou um grupo de caças de ataque profundo, Quatro Dois Oito–F Caracarás, que chegaram há pouco. Vou direcionar parte deles para perturbar as manobras tadais e retardar a concentração.

"Quanto à sua solicitação, Peregrino, é melhor destinarmos os vasos e iniciar a descida nos próximos cinquenta minutos, no máximo. Do contrário, os tadais podem perceber a manobra e destacar algumas naves para bloquear a descida de Soriano e dos outros. Também vai me dar tempo de enviar uma ala de Carcarás para reforçar Soriano. Você vai gostar do poder de fogo que eles vão somar à sua festinha com a infantaria tadai."

— Obrigado, Helena — Peregrino disse, com um sorriso. — Vamos marcar a descida deles pr'os próximos quarenta minutos, OK?

— Positivo.

A conexão foi desfeita. Peregrino se voltou para o pessoal aglomerado em torno dele. Explicou em inglês o que Borguese havia dito.

— Pra vocês, embarque em vinte e cinco minutos. — Imediatamente, todos os oficiais, Beatrice Stahr entre eles, olharam para os seus multifuncionais. Peregrino bateu palmas. — Metam-se em suas armaduras e vão conferir o equipamento!

Ele mesmo correu até a sua Kirkincho. Tinha um sorriso nos lábios, enquanto conferia seus sistemas e fixava o transmissor-receptor ansível nas costas da armadura. "Com Reinhardt ou sem Reinhardt", pensou, "vou descobrir o que os tadais esconderam aqui".

SEGUNDA PARTE

Saídos do planeta silencioso, sonhos de devastação,
Saídos do planeta silencioso, vêm os demônios da criação.

Fora do planeta silencioso, fora do planeta silencioso nós estamos.
—Iron Maiden, "Out of the Silent Planet"

Há um lugar no Inferno chamado Malebolge,
    Inteiro de pedra e de uma cor de ferro,
    Assim como o círculo em torno do qual gira.

Bem no centro do campo maligno
    Lá se escancara um poço deveras largo e fundo,
    Do qual lugar a estrutura recontará.

Dentro desse lugar, despejados das costas
    De Gerião, nos encontrávamos; e o Poeta
    Foi para a esquerda, e atrás dele fui eu.
        —Dante Alighieri, *A Divina Comédia* ("Inferno", canto XVIII)

Darei uma missa a você e acenarei
Disparando plasma da minha sepultura
Horizonte de eventos perdido no espaço
        —Iron Maiden, "Speed of Light"

4 BLOQUEIO

No caminho para uma sala especial localizada nas entranhas da espaçonave *Balam*, por onde Marcos Vilela me conduzia para uma holoentrevista via ansível com o Capitão Hassid Montoro, eu me peguei relembrando minha trajetória profissional, desde caloura em Santiago de Chile, na melhor faculdade de Jornalismo do Bloco Latino na Terra, sorridente entre colegas que se imaginavam tão importantes e vitoriosos no futuro, quanto eu. E de fato, minha ascensão até o semanário ansivisado *Infinitus*, um dos principais da Zona 1, fora rápida e inquestionável. Não sou apenas competente no trabalho de campo e na redação, mas sei jogar o jogo. Foi por isso que Conejo, o editor de assuntos da Zona 3 na *Infinitus*, me encomendou o perfil do Capitão Peregrino.

— Se fizer um bom trabalho — Conejo tinha me dito —, o céu é o limite para você, Camila. Há um nicho pra *exposés* de figuras cujo interesse perpassa as várias Zonas de Expansão, e neste caso em particular, desmascarar esse sujeito quase no instante em que ele sobe na ribalta vai criar uma marca para você. Além disso, há muitos interesses em jogo, gente poderosa na torcida adversária, se você me entende. O tipo de gente que dá bons padrinhos e abre portas.

O quadro que ele me pintou era o de uma matéria incisiva sobre Peregrino, de tal modo impactante que eu me tornaria, ainda jovem, uma requisitada — e bem

Roberto de Sousa Causo

paga — *free-lancer* na área de perfis e acompanhamento de personalidades. Não apenas a *Infinitus* estaria me oferecendo trabalhos, mas outros veículos de peso na Diáspora Latinoamericana, como o diário *Tápirài*, e as revistas *Expansión* e *Gamma Crucis*. Era uma possibilidade concreta que até mesmo um espaço internacional também se abriria ao meu trabalho: *Advanced Times*, *Outer Rim*, *Orion's Belt*, *Blue Galaxy*. . .

O maldito Conejo não precisou de muito empenho para me convencer, me *seduzir* com esse trabalho. Enquanto percorria os corredores seminus da *Balam* com Marcos Vilela, eu me perguntava se ele, um colega veterano da mesma faculdade, não tinha me feito de trouxa crédula, me usado sob falsos pretextos para algum fim desconhecido — como me transformar em correspondente de guerra, quando ninguém mais pegaria esse trabalho. . . Mas não podia ser, podia? A hipótese não durou muito em minha cabeça. Conejo tinha até, por meio da Fundação Infinitus, pago pelo meu caro implante de memória. . . Se fosse só uma manipulação, ele não teria perdido tanto tempo e usado tantos cartuchos para me colocar em contato com o Almirantado Estelar de Gervásio Fonseca, ou com a Chancelaria. Seria demais, só para me pôr na estrada para esta batalha ou qualquer outra operação dos malditos Jaguares de Peregrino.

Peregrino. . . A culpa da minha situação era *dele*, não do rechonchudo e risonho Conejo, seguro na redação da *Infinitus* na Zona 1. . . Mas mesmo aí havia um mistério — na disposição de Peregrino em colocar em risco o seu pessoal numa tarefa tão esotérica quanto garantir a posse de alguma coisa deixada na superfície de um planeta condenado, por uma espécie alienígena que nada tinha a ver com a humanidade. Eu simplesmente me recusava a aceitar que ele pudesse estar certo, que todo esse risco de algum modo valeria a pena. Que era disso que o avanço da humanidade no espaço dizia respeito, sondar o incompreensível para a conquista de vantagem nenhuma, fosse política ou financeira. . . Discutir isso com Vilela seria inútil — ele só tinha olhos para as manobras e outros detalhes técnicos dos combates, e falava apenas do privilégio de ter Montoro nos concedendo uma entrevista holográfica enquanto a ação ainda se desenrolava.

Já havia um operador de comunicações na sala acanhada, vigiando a tremeluzente coluna branco-azulada do campo holoansívico projetada do piso ao teto, já com a imagem de um homem

126

Mestre das Marés

escuro, de cabeça quase raspada, olheiras fundas e de barba por
fazer metido em um traje espacial sem o capacete, sentado num
banquinho de plástico e olhando para nós com uma caneca de
algum líquido fumegante nas mãos. Ao nos "ver" entrar, ele apenas endireitou um pouco as costas, e disse:

— Olá, Vilela. Tudo bem aí embaixo?

— Sim, Capitão. Bloqueio bem armado, equipe de terra bem
instalada no terreno, segundo as avaliações da Seção de Comando.

— Ele apontou para mim. — O senhor já conhece a jornalista
Camila Lopes, do semanário *Infinitus*.

Tínhamos sido apresentados, junto com o resto dos oficiais
mais graduados, um dia antes que os Jaguares embarcassem nas
várias naves da unidade.

— Claro. — A imagem de Montoro conferiu o multifuncional do seu traje. — Vamos às perguntas então, por favor. Estou
dedicando quinze minutos do meu tempo de descanso a vocês. É
melhor aproveitarem.

— O número de naves tadais que o seu grupo atacou com
o míssil dispersor de plasma foi menor que o enfrentado em
Tukmaibakro — Vilela disparou, sem hesitar um segundo —, e
contando com o reforço das fragatas e dos caças que o Almirante
Túlio enviou. Diria que foi mais fácil? Houve surpresas?

— Tivemos menos perdas entre os MPDL disparados —
Montoro disse. — Sinal de que a revisão do desempenho deles
em Tukmaibakro foi feita da maneira expedita e eficiente que o
Almirante Túlio exigiu. Mas você sabe que usar o míssil pra dividir o contingente tadai e semear a confusão em suas fileiras é só
a primeira etapa prevista na doutrina desse tipo de ação, conforme determinamos na Batalha da Ciranda Sombria. A segunda
parte é atacar os vasos tadais diretamente, aproveitando a vulnerabilidade tática deles. Foi aí que encontramos certa dificuldade
de coordenação com o pessoal de Cambochi, o que é absolutamente natural. Eles não estão acostumados com nossos procedimentos, nem com a manobrabilidade das naves da classe Jaguar.
Dois dos seus vasos ficaram pra trás, relativamente isoladas, e os
tadais concentraram fogo neles, causando algumas baixas, felizmente nenhuma fatal. Pedi ao meu s-três que levantasse os nomes
e as circunstâncias, e vocês devem receber essas informações na
próxima hora.

Roberto de Sousa Causo

— A operacionalidade dessas naves foi comprometida, Capitão? — Vilela perguntou. Olhei para ele, notando uma expressão preocupada aparecendo pela primeira vez no seu rosto jovem.

— De uma delas, sim. — Montoro piscou seus olhos fatigados e bebeu um pouco do chá ou o que fosse que tinha nas mãos. — A NLA–setenta e três *Cisneros*. Tivemos que destinar dois vasos pra escoltá-la até a ZSR. Por sorte não há danos nos indutores de tunelamento nem nos compinerciais, de modo que chegando lá a *Cisneros* vai poder dar o fora daqui com as próprias pernas. O ponto de chegada já está guarnecido com uma flotilha de escolta...

"Com isso, o meu grupo de Jaguares ficou quase sozinho na batalha, mas conseguimos cuidar dos tadais. Agora é aguardar os reforços deles e observar as suas tentativas de se agruparem. Os primeiros contingentes de reação rápida deles já chegaram ao sistema, como vocês devem saber. Por sorte, fomos reforçados, substancialmente, pela chegada de todo um grupo de elite de caças Carcará, o 'Avutardas Salvajes', como vocês já devem estar informados. Estava num exercício dentro da Esfera, e Túlio os despachou pra cá. Borguese já determinou que eles devem dividir a atuação dos seus dois grupos de caça. Um vai engajar os tadais pra dificultar a concentração de vasos deles, e o outro vai orbitar em velocidade relativística esse planeta em que vocês estão, a setenta UAS, pra o caso dos tadais decidirem atacar a posição de vocês em pequenos grupos. Uma ordem muito inteligente, a propósito."

Achei que era a minha deixa.

— O Capitão Peregrino me disse que Helena Borguese é uma ótima planejadora e que sabe montar um bloqueio, algo que ele não saberia fazer tão bem — relatei. — E pelo jeito, você também sabe o que está fazendo. Na opinião de Peregrino, a competência de vocês dois o autoriza a descer naquele planeta em busca de alguma coisa que os tadais teriam deixado lá, quando, aparentemente, a responsabilidade dele aqui é de somente evacuar os sobreviventes da base de pesquisa.

Aguardei a reação dele.

— Quer saber o que eu penso disso? — Montoro disse, reprimindo outro bocejo. Seu olhar não se alterou em nada, e ele foi em frente sem esperar a minha confirmação. — Peregrino sabe delegar, e a "responsabilidade" dele onde quer que estejamos é fazer o que Túlio manda. Isso é hierarquia e disciplina. Do mesmo modo

Mestre das Marés

que meu pessoal confia em mim pra dar a eles as ordens certas, eu confio em Peregrino, ou em Borguese na ausência dele, pra me darem as ordens certas. E todos nós, até o mais moderno dos espaçonautas, temos que confiar no Almirante.

"Por outro lado, do ponto de vista operacional existe uma janela de tempo até o novo jato relativístico, que nos faculta a oportunidade de combater o inimigo de modo a rever nossas táticas e procedimentos. O ofício militar moderno é dinâmico e exige o tempo todo novas doutrinas ou o aperfeiçoamento daquelas que já existem. Do ponto de vista tático, contanto que os tadais não inundem o sistema de naves numa escala de quinze ou vinte por um, teremos a oportunidade de realizar exatamente isso, com alguma segurança."

— Mas esse. . . *treinamento* — eu disse, exasperada — justifica arriscar as vidas das pessoas, como as desses que se machucaram, de que você falou?

Montoro dirigiu o menor dos olhares a Vilela, sentado ao meu lado. Olhei para o colega, que não disse nada nem alterou a sua atitude.

— "Treinamento" é o termo correto — Montoro respondeu. — E historicamente, sempre houve baixas, até fatais, em treinamentos militares. O fato disso ser um dos ossos do ofício não quer dizer que não tentemos fazer o melhor possível pra evitá-lo. . . ou pra encontrar justificativas pra uma operação como esta. Se Peregrino sair do planeta com os sobreviventes em boas condições, já terá sido uma vitória. . .

— Mas pôr tanta gente em risco para salvar uns poucos, que poderiam sair de lá a qualquer momento. . . — interrompi, já imaginando se Borguese não teria informado Montoro da minha linha de questionamento, combinando o que ele iria dizer.

— Algo a se pesar — ele concedeu. — Mas talvez a senhorita esteja enxergando o combate como um fenômeno diferenciado, de uma dimensão própria. Digamos que a senhorita estivesse em um cruzeiro espacial que teve uma pane e ficou à deriva nas imediações de um buraco negro — ele apontou significativamente para cima —, bem no caminho de um jato relativístico como o que testemunhamos. Acha que as naves militares que viriam ao seu socorro não assumiriam qualquer risco pra resgatá-la? A senhorita sabe que nós também cumprimos funções de busca e salvamento.

Roberto de Sousa Causo

O risco que assumiríamos seria semelhante, e não fugiríamos dele sem antes esgotarmos todos os recursos disponíveis.

"E é claro, se Peregrino subir com alguma coisa substancial sobre os tadais, pode ser pra nós o mesmo que ganhar na loteria. A roda-da-fortuna militar se movimenta com dados de inteligência sobre o inimigo, e sobre os tadais até agora nós não dispomos de quase nada."

Ele olhou para o multifuncional, e eu soube que a entrevista estava no fim. Apesar disso, insisti:

— Você não pode acreditar em tudo isso.

Certamente, Hassid Montoro foi um dos homens mais frios e opacos que já entrevistei. Nada do que afirmou, a despeito da minha deixa, dava margens a críticas a Peregrino — ou a elogios. Mas diante do que eu disse, ele sorriu.

— Eu não preciso *acreditar* — disse —, pra fazer o que preciso fazer, no máximo das minhas habilidades.

De volta ao passadiço, tivemos a notícia de que Peregrino solicitava "apoio cerrado de superfície e interdição eletrônica" a Helena Borguese, que estava novamente ancorada no assento de comando. Significava que aquelas naves que desceram com Peregrino há algumas horas voltariam ao planeta para emitir sinais eletromagnéticos em cima dos robôs tadais, na tentativa de confundir seus sistemas — ou foi isso o que entendi da conversa da capitã com os analistas no passadiço da *Balam*, e que Vilela me explicou rapidamente. Ele se tornara mais lacônico comigo, não ria mais e nem tentava me tranquilizar. Por algum motivo, me senti mais isolada por isso, do que por estar cercada de gente que falava e se vestia de uma maneira que me era estranha e que convivia com o perigo da destruição total como os animais que se matavam diariamente nas selvas. Não era de estranhar que o gelo em que Vilela me colocava doía mais — ele era o meu par ali, o mais próximo de outro civil que existia na nave, talvez em toda a mobilização...

Desta vez, a nave de observação, o Albatroz do Tenente Paulo Soriano, não desceria acompanhada da outra nave da classe Jaguar, mas de uma ala de caças espaciais. Se a tarefa de confundir os robôs de infantaria fosse bem-sucedida, os caças dariam cabo deles com seus canhões de alta energia — tratados por Vilela como "jogo duro". Eles demoraram um pouco para chegar, vindos

Mestre das Marés

de muito longe no sistema, e quando chegaram, Borguese recomendou várias vezes que tomassem cuidado para não atingir a Peregrino e seu pessoal, durante o combate. Daí eu entender que esse era o maior perigo. Peregrino se aproximava dos robôs e, se eles não o matassem, estaria tão perto deles que, durante o rasante dos caças, corria o risco de ser atingido por eles.

Quando os caças e o aparelho de Soriano foram finalmente despachados lá para baixo, houve nova agitação no passadiço e uma tensa troca de dados, ordens e confirmações.

— Águia-Cinzenta interina para Avutarda-Líder Um — Borguese chamou por ansível. — Notamos mudança na formação de um grupo de cinco vasos tadais nas coordenadas em anexo. Meus analistas dizem que eles podem lançar um ataque contra a nossa posição, provavelmente provocado pelo envio do destacamento à superfície. Solicito interceptação, a não mais de três unidades astronômicas da posição de Águia-Cinzenta, se o curso desses vasos for confirmado para estas coordenadas orbitais.

— Avutarda-Líder Um confirma pedido de interceptação contingente confirmação de curso de ataque inimigo à órbita ou superfície do planeta — foi a resposta que ouvi. — Ponto de interceptação, não mais de três unidades astronômicas da sua posição.

Borguese repetiu pedido semelhante a Hassid Montoro.

— Se Avutarda-Líder Um conseguir segurar os tadais — ela disse a Montoro —, eu quero que você seja o martelo que esmagará aquelas máquinas malditas contra a bigorna formada pelos caças.

— Entendido, Águia-Cinzenta interina — Montoro disse. — Já estamos recalculando o curso e aquecendo os canhões. Entendi que você teme pela segurança dos caças. Vamos ter de agir com grande presteza, a apenas três UAS de vocês.

Borguese confirmou o que ele disse, e acrescentou:

— Não viemos para cá para ver um grupo de caça ser destroçado. Estou confiando na sua habilidade para manobras de alta velocidade, de modo a apoiar os caças.

— Positivo, Águia-Cinzenta Interina.

Não aguentei, e perguntei a Vilela se os robôs tentariam impedir que o apoio chegasse a Peregrino.

— Sim — ele respondeu, lacônico. — Se tiverem a chance, também vão baixar mais robôs-exterminadores à superfície. Mas vão ter que passar pela gente primeiro.

Era o que eu temia.

Durante o curto voo até o objetivo, pouco depois de deixarem a abertura para a superfície, Jonas Peregrino e os outros no Aguirre M-33 fizeram uma curva para a esquerda e se depararam com um dos gêiseres gigantes de hidrogênio metálico líquido sendo ejetado dos seus depósitos invisíveis para o alto como uma impossível coluna, um elevador orbital subindo fino como um cabo — mais fino, de fato, do que Peregrino havia imaginado — de metal, liso e surpreendentemente escuro. O Aguirre voava baixo e era essa coluna que eles viam em sua maior parte. Muito acima e à distância, era possível enxergar que começava a desfiar-se e que lá no alto abria-se como uma estranha flor produzindo um cone de gás iluminado por pálidos relâmpagos internos. Ao passarem por ela, o silêncio no interior do escaler era absoluto.

Rapidamente, deixaram a coluna para trás, Peregrino sentindo um estranho aperto no peito. Mesmo sabendo que o hidrogênio metálico líquido possuía uma alta taxa de armazenamento de energia, sua mente não conseguia abraçar a força e as dimensões desse fenômeno. E da força ainda maior, em uma escala de energia medida em bilhões de vezes, que varrera a atmosfera de Firedrake Gamma-M e livrara o estranho material da pressão que o mantivera confinado durante bilhões de anos.

Minutos mais tarde, Peregrino cerrou os dentes e os olhos, e, antes de todos os outros meteu o capacete na cabeça. O Aguirre com sua carga humana e trans-humana lhe parecia a quimera Gerião, da *Divina Comédia*, levando condenados às costas de um círculo do inferno a outro. Mas não seria um caminho inverso àquele tomado por Dante e Virgílio no Inferno, com destino ao Purgatório — indo agora da fraude e da malevolência para a violência aberta? O pessoal de Tara Mohapatra claramente estava escondendo alguma coisa — enquanto os robôs tadais não escondiam nada, apenas protegiam a sua propriedade. Atirariam explosivos e feixes de alta energia contra eles, não pacotes de mentiras e meias-verdades. . .

Em algum momento, suas dúvidas quanto à motivação de Mohapatra e os outros havia fermentado dentro dele. Por quê? Talvez a conversa com Plavetz. . . A abordagem dela havia sido um esforço calculado para mantê-lo longe do artefato alienígena, ou

Mestre das Marés

ele estava estendendo sua paranoia do buraco negro para as pessoas ao seu redor? Tivera tempo apenas para ouvir a preleção exaltada de Inácio Duran ao seu pessoal — típica da infantaria embarcada e das forças especiais de superfície. O que fazer, como se comportar, o treinamento que tiveram, o quanto eram diferentes e fortes e ousados e letais. *Letais.* . . Peregrino certamente não gostaria de se meter numa briga, armada ou desarmada, com um ciberaumentado como Duran, mas o fato é que ele e sua tropa enfrentariam robôs, entidades que não podiam perder a vida e portanto imunes ao temor da morte. Seria melhor falar em união, coordenação e eficiência, do que em vida ou morte. . .

Beatrice Stahr e Angélica Waira. . . Peregrino subitamente sentiu-se mais próximo das duas mulheres, tão diferentes uma da outra, do que de toda a carga de testosterona que Duran tentava injetar no seu pessoal. A Tenente Waira enfrentava perigos para os quais não fora treinada com perplexidade mas também com estoicismo. E Stahr, com a marcante resignação de quem vivera sob a ameaça constante de Agu-Du'svarah; de quem escapara do ataque surpresa tadai e da força incompreensível dos jatos relativísticos; de alguém que parecia apenas querer chegar ao final da charada, descobrir qual era o tesouro enterrado pelos tadais na ilha misteriosa. . .

E essa mulher ainda encontrava um espaço colorido nesse fatalismo cinzento para flertar com ele e fazê-lo sorrir de embaraço ou surpresa. Depois do seu encontro com Beatrice na saída do gabinete de Noémi Plavetz, fora premiado com olhares e piscadelas que formavam uma estranha conexão —para além do fato de serem os responsáveis por suas respectivas equipes, ambas a caminho de um destino potencialmente desastroso. Havia também o laço entre homem e mulher; nesse caso, como o encontro talvez feliz em torno de algo que poderia ser mais explorado, ou que seria brutalmente interrompido — sombra momentânea do que poderia ter sido, abortado com a morte de um ou de ambos.

Veio o aviso de Perúvio deMarco — "no objetivo" — e na parte de trás do escaler todos se levantaram, armas em punho. Peregrino conferiu Angélica Waira ao seu lado, e atrás dela Beatrice Stahr. Ele já tinha o ansível portátil preso às suas costas. Um discreto solavanco, a rampa de popa abriu-se e por ela o Aguirre M-33 começou a ser ruidosamente esvaziado — o pessoal de Duran formando a seção avançada do grupamento, despejando-se pela rampa gritando e rosnando, capacetes sacolejando para cima e para baixo como pistões desalinhados, seguido de Peregrino e as duas mulheres (mais o segurança de Waira) e o pessoal de segurança da Roger Penrose fechando como a Seção de Comando na retaguarda, estes mantendo um silêncio frio. Peregrino meteu pela primeira vez os pés na superfície de Firedrake Gamma–m.

A planície rochosa e livre da atmosfera era atingida por uma luz fraca, mas que apesar disso recortava duramente as sombras e refletia veios expostos de minério com um brilho mal disfarçado, como na "noite americana" dos velhos filmes de cinema. De imediato, Peregrino soube que havia mais uma entidade entre eles. Agu-Du'svarah lá em cima, a várias unidades astronômicas de distância mas ainda capaz de iluminar tudo com a potência solar do brilho do seu anel de fótons — Agu-Du'svarah em torno deles, *com* eles. Ou foi como Peregrino sentiu, uma constatação que explodiu em sua consciência, mais forte que o choque de seus pés dentro da Kirkincho atingindo o terreno rochoso, ou que o esbarrão num homem de retaguarda da seção de Duran. Arrancou um arfar entrecortado do seu peito, mas espremendo os olhos por um segundo ele controlou-se, e no momento seguinte estava concentrado no deslocamento e na situação tática diante dele. A seção avançada já havia se dividido em subgrupos de dois e três para fazer valer a vantagem do efeito de campo secundário dos escudos defensivos das armaduras, e se abrindo em leque.

Peregrino acompanhou-os num passo mais lento, ele mesmo formando um subgrupo de quatro com Angélica Waira, o guarda-costas dela e Beatrice Stahr. Conferiu com um olhar rápido que atrás deles a Seção de Comando dividia-se do mesmo modo. Para sua surpresa, notou também que deMarco fazia o escaler partir sem o aviso verbal, uma séria violação dos procedimentos táticos e de segurança. Com o veículo suspenso sobre a superfície e já começando a manobra de decolagem-com-evasiva, é que veio o aviso de "partindo!" Peregrino voltou os olhos para a frente, dentes cerrados, perguntando-se se era apenas o nervosismo inerente a um desembarque no alcance das armas tadais, ou se o buraco negro também agia sobre a mente do piloto. . . Arriscou um olhar para o alto — para a luz distante, e para a trança de gases curvando-se logo acima do horizonte, para juntar-se ao disco de acreção de Agu-Du'svarah, ela mesma iluminada pela incandescência do disco.

Mestre das Marés

O deslocamento prosseguiu com os dois rebanhos num trote sem pressa. Contudo, uma nova orientação tática fez Peregrino perceber que a seção avançada adiantava-se em demasia. Tinham acelerado o passo, talvez sem se darem conta, e alargaram o leque de maneira quase imprudente. Peregrino alertou Duran no canal de comando, depois de pressionar a tecla correspondente no antebraço direito de sua armadura. Mas não chegou a ele nenhuma confirmação de Duran. Com uma careta de descontentamento, Peregrino retornou ao canal anterior. No mesmo instante, a voz de deMarco voltou a se fazer ouvir em seu capacete:

— Os caças entraram no perímetro de operação para o apoio cerrado.

Isso era bom. Eles todos se moviam com o acionamento dos sistemas eletrônicos das armaduras controlados remotamente por Paulo Soriano, por meio de pulsos taquiônicos concentrados, para não sofrerem as consequências das interferências que Soriano e seus colegas fariam chover sobre eles e os robôs tadais. Era o trunfo que tinham, talvez até mais importante do que os Carcarás.

Nesse momento, Peregrino sentiu-se imensamente solitário no meio do deslocamento. Ele e os outros eram as únicas formas de vida na superfície de Gamma–M, metidos quase que numa corrida sob o escrutínio de diferentes olhares dispostos em escalões — a esquadrilha de Soriano e as suas centenas de olhos eletrônicos; os cientistas e seus *drones* observando-os de sua toca subterrânea, assim como as lentes invisíveis dos robôs tadais. E lá no alto, Helena Borguese e parte dos Jaguares mirando-os da órbita elevada — e acima de todos, o olho ciclópico de Agu-Du'svarah. "Onde estão os olhos dos tadais?", perguntou-se, sentindo que ele e seus colegas eram como micro-organismos examinados num microscópio — ou nem mesmo isso. Partículas subatômicas num tênue entrelaçamento, alteradas pela observação, mas com laços com todos os outros ali e no alto, no aguardo das repercussões?...

Deu atenção às também tênues linhas no *head-up display* do seu capacete. Havia registro de atividade eletrônica adiante, captada pelos instrumentos de Soriano e retransmitida por ele em rajadas concentradas e codificadas de dados, com duração de microssegundos e enviadas por via taquiônica, para serem decodificadas e processadas pelos computadores do seu capacete e dos outros. Duran também estaria recebendo os mesmos dados, mas o grupo dele não dava sinais de mudar a atitude do seu deslocamento. Aproximavam-se da crista de uma discreta elevação no terreno. Endireitando o corpo, Peregrino decidiu não hesitar mais. Apertou a tecla de comunicação geral e gritou a toda força:

— Grupamento, alto! Joelho no chão, um-dois!

Imediatamente, à frente dele a seção avançada inteira deteve-se, e em dois segundos cada um dos soldados tinha um joelho no terreno, até mesmo Duran. Estavam a poucos passos da crista da elevação. Nos fones de seu capacete, ouviu Beatrice Stahr repetir em inglês a mesma ordem ao seu pessoal. Sem olhar, Peregrino estava certo de que apenas ele ainda estava em pé, empunhando a carabina M-23. De repente, viu com o canto do olho esquerdo que Stahr se levantava na sua armadura Oerlikon, com a arma pronta. Para sua surpresa, do lado direito a Tenente Waira também se punha em pé. No seu capacete, o *head-up display* apagou-se. O computador do Kirkincho se desligara com o aviso de que Soriano lá em cima lançava as primeiras rajadas de contramedidas eletrônicas de altíssima intensidade.

Diante dos três, um robô tadai irrompeu do terreno, logo atrás da crista de rocha.

Todos os robôs tadai de combate tinham cinco pernas, e acima delas, conjuntos de braços articulados e armados. Este meteu as duas pernas dianteiras na crista da elevação — talvez a borda da abertura da qual ele se lançava —, e no mesmo instante, um ponto adiante do seu revestimento metálico começou a brilhar palidamente, conforme os raios de alta energia interagiam com seu campo defensivo, emitindo fótons como subproduto. A CAE M-23 de Peregrino vibrava em suas mãos, mas ele suspeitava que Beatrice Stahr, do seu lado esquerdo, havia se antecipado a ele abrindo fogo uma fração de segundo antes. Mais à frente, ele viu a tropa do PELOPES reagir, e logo meia-dúzia de soldados apontavam suas armas, com as luzes LED vermelhas que indicavam o seu acionamento, acesas.

No vácuo reinante na superfície do planeta desnudado, não era possível visualizar os feixes de energia. A vibração da carabina nas mãos de Peregrino era um efeito mecânico para alertar ao atirador que a arma era acionada. Mas logo o brilho da bolha defensiva do robô apagou-se e ele, sua figura abaulada, sem pintura e espinhuda de sensores e antenas e da altura de dois homens, começou a se deformar a olhos vistos, como um origami de papel

Mestre das Marés

queimado por chamas invisíveis — e a emitir cones de fumaça que revelaram brevemente a coleção de pulsos de energia que desfaziam a máquina. No segundo seguinte, o robô-exterminador tadai despencou como uma pilha de sucata para dentro do buraco de onde tinha surgido. Esse foi o primeiro encontro de Peregrino com um robô-exterminador tadai.

Onde havia um robô tadai, sempre havia outros. Peregrino esperou que o pessoal do grupo avançado assumisse uma nova posição para recepcioná-los, mas, na hesitação deles, acabou lançando-se à frente, a carabina em riste. De relance, virando a cabeça viu Beatrice Stahr e Angélica Waira seguindo-o no mesmo passo. Se o grupo de comando os acompanhasse, eles meteriam uma cunha no meio do PELOPES de Duran. Peregrino começou a gesticular com a mão esquerda, apontando para dentro do buraco, enquanto ainda corria. Foi ele o primeiro a ajoelhar-se na borda e disparar para dentro? Não sabia dizer.

Lá embaixo, a doze ou quinze metros da superfície, no fim de uma rampa de inclinação moderada, o fulgor da queima do robô iluminava o fundo. Havia caído sobre um segundo, arrastando-o com ele mais abaixo, numa confusão de pernas e braços de metal. As máquinas arderam ainda mais sob o fogo das carabinas e a fumaça quente subiu em jatos semitransparentes. Peregrino sentiu um soco no ombro direito. Era a Tenente Danila Oleandras. Sua mão, a mesma que o atingira, gesticulou, abrindo e fechando os dedos crispados no sinal que significava "explosão" — e então o de "recuar". Peregrino fez exatamente isso, puxando Stahr e Waira com ele. Logo os outros também deixavam a beirada da abertura. E então a figura alta de Inácio Duran adiantou-se até a borda, as duas mãos bem levantadas acima do seu capacete.

Duran despejou as duas granadas de termoplasma e afastou-se. Agora os outros se jogavam no chão. Peregrino imitou-os, depois de empurrar Waira para baixo. Mas seu corpo prostrado não sentiu nenhuma vibração. Ele apenas viu a coluna de fumaça, fragmentos e detritos subir como um jato iluminado pela luz cegante das cargas de termoplasma. Ocorreu-lhe que não sentira vibração alguma desde que pisara na superfície. Nem os passos dos companheiros, nem as passadas duplas do robô tadai quando ele se empoleirou na crista da cratera — nem agora, quando as cargas de plasma superaquecido foram detonadas. Era a maldita máquina tadai funcionando lá embaixo, abafando a propagação de vibrações na matéria sólida.

Peregrino colocou um joelho no solo. De repente, o artefato assumira uma concretude maior em sua mente. Não era mais um ponto num gráfico holográfico, nem uma vaga ideia formada a partir dos relatórios do Povo de Riv. Estava bem ali, sob seus pés, afetando a ele e aos outros. Nesse instante, os sistemas da sua Kirkincho voltaram a funcionar. Ele ouviu a voz de Paulo Soriano nos fones do capacete:

— Nossos Carcarás podem selar essa abertura com um sobrevoo, Capitão.

— Positivo, Albatroz, mas só depois de estarmos a cem metros ou mais da abertura. Entendido?

— Sim, senhor. Só com vocês tendo livrado cem metros da abertura — Soriano confirmou. — Vamos prosseguir com a interferência eletromagnética.

— Positivo. Fiquem de olho em outros robôs. Esses parecem ter formado uma defesa avançada. Os seus Carcarás podem escolher os alvos entre eles, se aparecerem mais, porém eu quero que ataquem apenas se forem conjuntos de dois ou mais. E só com os canhões, nada de cargas de termoplasma nem de fragmentação.

— Sim, senhor. Ataque à superfície liberado apenas se forem dois ou mais robôs. Só armas de energia, nada de termoplasma ou fragmentação.

Soriano sabia que Peregrino precisaria de um minuto para passar novas ordens, antes de ficarem eletronicamente cegos, surdos e mudos.

— Duran! — gritou, aproveitando esse minuto. — Leve o seu pessoal, contorne a cratera, siga em frente em passo acelerado. Mas cuide de mantê-los mais agrupados e em contato visual com a retaguarda.

— Sim, senhor — veio a resposta, seca e profissional.

Para Beatrice Stahr, ele disse apenas para que ela ordenasse ao seu grupo que os seguisse, sem dispersão. Depois de confirmada a ordem, Soriano cortou-os novamente:

— Silêncio de comunicações em três... dois... um!

Peregrino levantou-se e, com um sinal de mão para que Waira o acompanhasse, começou a seguir correndo os soldados que contornavam a abertura pelo lado direito.

*

Mestre das Marés

Marcos Vilela voltou a falar comigo. Ainda estávamos afivelados em nossos assentos no passadiço da *Balam*, que sofrera há poucos instantes um pico de atividade, e agora, um momento de silêncio tenso.

— Camila, veja essa nova tela no seu *tablet* repetidor — ele me disse. — Borguese pediu um visual do grupo de terra, então o Albatroz e os caças estão com suas câmeras de vídeo ligadas e transmitindo por *taquiolink* direto. Certifique-se de que o seu *tablet* esteja salvando tudo.

Com a mão trêmula, fiz o que ele recomendou. A tela mostrava uma paisagem escura e estéril, desvelada aqui e ali por potentes holofotes. Houve então uma ampliação e eu distingui figuras humanas, vistas muito do alto, sombras curtas projetadas na planície rochosa em que corriam. A imagem apagou-se a seguir, substituída por outra, da mesma superfície rochosa tomada de outro ângulo — um vetor de aquisição de alvo, diziam as legendas, mostrando taxa de aproximação, inclinação do alvo e velocidade do caça no qual a câmera estava instalada. Mirava uma cratera fumegante no solo. Era uma imagem de alta definição, provavelmente valorizada por computador. Na metade direita ainda era possível ver o grupo de pessoas correndo, marcadas por um segundo vetor, também circular e oscilante.

Me ocorreu que Jonas Peregrino estava ali, lá embaixo, entre aquelas pessoas. Bastaria um erro, o menor erro. . . que ele fosse confundido com o alvo ou que a rajada de energia disparada pelo caça durasse uma fração de segundo a mais, e Peregrino estaria morto. Morto sem deixar vestígios em um acidente por "fogo amigo", como diziam. E tudo estaria resolvido. Essa missão estúpida seria abortada, os cientistas lá embaixo seriam obrigados a subir. Helena Borguese e os outros não teriam mais por que enfrentar os tadais, e todos iríamos para casa.

Na tela replicada do aparelho de pontaria do caça, a borda da cratera explodiu em luz e fumaça, e sumiu do enquadramento, que agora mostrava o nebuloso campo estelar do sistema, estrelas caindo rapidamente em traços finos. O caça arremetia, deduzi. E realmente, um segundo depois a imagem voltou ao enquadramento anterior, feito por outra nave, mostrando agora uma densa coluna de fumaça escapando da cratera — e à direita, sob os holofotes, as pessoas ainda correndo, como se nada tivesse acontecido.

Percebi que estava inclinada para a frente, fazendo força contra os cintos que me prendiam ao assento. Reclinei-me contra o encosto. As mãos continuaram tensas, segurando o *tablet* como se quisessem parti-lo em dois. Só então eu me dei conta da gritaria no passadiço, alegre, como se alguém tivesse marcado um gol.

— Alvo atingido, equipe de terra em segurança — disse uma voz que eu não conhecia, talvez a do piloto do caça.

— Esses caras do Avutardas Salvajes são realmente craques... — Vilela disse.

— E agora? — perguntei, aproveitando que ele voltava a falar comigo.

— Outros robôs com certeza vão aparecer. Agora é ver como Peregrino e os outros em terra, e os Carcarás sobrevoando a área, vão lidar com eles. Pelo que deu pra entender, falta um pouco ainda para Peregrino atingir o objetivo. Talvez uns vinte minutos de marcha. — Sua voz diminuiu de volume. — Sucesso até aqui, mas a situação não está definida. Soriano e o seu pessoal são muito vulneráveis às naves inimigas, se elas conseguirem furar nosso bloqueio. Eles seriam chamados de volta imediatamente, eu imagino, deixando Peregrino, Duran e os outros sem apoio lá embaixo. Não é o quadro ideal.

Em vinte minutos muita coisa ainda podia acontecer, eu compreendi. Inclusive Peregrino ser morto pelos robôs ou por fogo amigo dos caças, se de algum modo os pilotos errassem na pontaria. Vilela dizia que eles eram muito bons, como tínhamos visto, mas eu podia cultivar as minhas esperanças secretas, não podia? Ele ainda falava:

— Além disso, uma nave que furasse o bloqueio talvez não quisesse enfrentar os caças lá embaixo, e então ela poderia baixar robôs e eles iriam sozinhos até a posição de Peregrino.

Isso também me animou, embora eu achasse que a solução do fogo amigo seria mais rápida.

É claro, eu viria a me envergonhar desses meus pensamentos só muito tempo depois...

Soriano no Albatroz anunciou a próxima eclosão de robôs tadais, poucos minutos depois do aniquilamento dos dois primeiros. Estavam a meio quilômetro da posição de Peregrino e dos outros,

Mestre das Marés

no alcance de seus lança-foguetes, mas Soriano informou que já jogava todas as suas contramedidas eletrônicas sobre eles.

— São três, e parecem desorientados — Soriano disse. — Nossas emissões EM devem estar funcionando. Um Carcará está indo cuidar deles.

— Ótimo! — Peregrino disse.

— Voltando ao silêncio de comunicações, senhor, em quatro... três... dois... um!

O grupo de terra movia-se num trote desapressado. Logo atrás do PELOPES, Peregrino tentava enxergar alguma coisa por cima das costas deles e nos intervalos dos subgrupos. A marcha parecia mais organizada agora, e frequentemente um suboficial se voltava para conferir o deslocamento da sessão de retaguarda, e fazia correções gesticulando. Peregrino se perguntou se a dificuldade inicial não se dera pela falta dos sistemas eletrônicos com os quais estavam acostumados. Nesse instante, teve um *déjà-vu*. Um *déjà--vu* racial, mergulho na memória coletiva da espécie — viu nesses homens e mulheres armados apenas a ponta de uma longa linha que recuava para os primeiros soldados que correram por campos de batalha na direção de seus semelhantes com as primeiras armas de alta energia, ainda na superfície da Terra; e antes deles milhões de outros que usaram armas de projéteis de carregamento automático contra outros seres humanos; e uma corrida parecida, mas com armas de ferrolho e baionetas na ponta dos canos. E mosquetes e arcabuzes, e alabardas e lanças e arcos e bordunas e pedras nas mãos. Enfrentar robôs mudava *tudo*. Mas Peregrino não sabia se isso tornava essa marcha encarando a morte violenta mais pura ou mais corrupta... Onde estavam os tadais, os mandantes, os donos das intenções de destruição e assassinato por trás das máquinas?...

Teve então um *insight* sobre a sua síndrome, Transtorno de Reinhardt ou o que fosse... Soldados lutavam contra *intenções* inimigas, mas o universo era composto de forças destrutivas impessoais contra as quais era impossível se opor. Uma única explosão solar ou rajada de raios gama poderia ser mais destrutiva do que todas as guerras humanas ao longo da história da espécie, e contra elas só o que se podia fazer era fechar os olhos e rezar pelas almas perdidas. Ao mesmo tempo, um único ataque de um bloco político humano contra outro injetava de sangue os olhos de populações inteiras que exigiam retribuição e mobilizações de forças militares e seu poder de transformar intenções em eventos destrutivos cada vez maiores. Não era a destruição em si que mobilizava os sentimentos, mas a ideia de um *agente*, de desejos maldosos por trás da destruição. De algum modo, o soldado dentro dele, que assumira o compromisso de agir contra as intenções violentas de outros seres dirigidas àqueles que jurara defender, ressentia-se da ausência de um agente por trás da escala destrutiva de Agu-Du'svarah. Dentro do buraco negro não existia nada — nenhum sujeito, nenhum desejo hostil contra o qual atuar, nem seria possível qualquer mobilização ou ameaça que obrigasse um *alguém* a aliviar o dedo do seu gatilho cósmico. Havia apenas a corrida furiosa de micropartículas aceleradas e a coincidência cega de órbitas e trajetórias. Lembrou-se então, de outros versos de Dante, da bronca que ele leva de Virgílio, ao se tomar de piedade pelos condenados no Inferno:

> "Aqui vive a piedade enquanto inteiramente morta;
> Quem é um réprobo maior, do que aquele
> Que sente compaixão perante a danação divina."

"Meus sentimentos não significam nada, diante de forças cósmicas", ele pensou. "Mas por que isso me incomoda tanto? Por que não consigo encontrar dentro de mim a mesma resignação contra a impessoalidade da natureza?" Talvez Peregrino visse nesse dilema um reflexo daquilo que o fazia odiar tanto os tadais de carne e osso que deviam existir em algum ponto da galáxia... Escondendo-se atrás dos seus robôs, distantes dos olhos humanos, os tadais pareciam querer naturalizar as suas intenções assassinas como a dos deuses das lendas olímpicas da antiguidade. Peregrino sentiu-se ridículo, culpado de uma deificação primitiva da natureza. Temer o buraco negro como a uma entidade demoníaca era como odiar a luz por doer-lhe nos olhos ou a chuva por molhar seus sapatos, encontrando intenções onde não havia nada. O universo era violento mas não agressivo, porque agressividade presumia o desejo de ferir. Mas os tadais eram agressão pura, porque isso era tudo o que se enxergava deles...

Com a iluminação quase noturna fornecida pelo Agu-Du'svarah, não havia muito o que ver, de qualquer maneira. E Peregrino e os outros continuariam meio cegos, surdos e mudos enquanto o Albatroz estivesse bombardeando a área com suas emissões de interferência eletrônica nas frequências mais usadas

Mestre das Marés

pelos robôs — e era preciso mudar as frequências nos computadores e emissores, milhares de faixas por segundo... À sua esquerda, porém, Peregrino conseguiu enxergar um CE-428F Carcará em voo baixo. Confiante, seu piloto vinha com todas as luzes acesas — justamente para ficar visível aos olhos deles. O caça estelar era um monstrengo maior que o escaler de desembarque, embora tripulado por apenas dois espaçonautas, e tinha na cauda uma superestrutura dupla para projetar o campo defensivo que lhe permitia encarar as batalhas espaciais — certamente, a fonte de toda a confiança do seu piloto. O Carcará elevou-se de repente, e atrás dele subiu uma breve bola de fogo e gases. Peregrino riscou mais uma trinca de robôs tadais da sua lista, e então começou a se interessar pelo flanco direito do deslocamento.

Ele e Inácio Duran tinham discutido isso: robôs seriam atirados contra eles mas, se interceptados pelos caças, os *softwares* tadais provavelmente parariam de enviá-los para fora, e manteriam um grupo nos subterrâneos guardando o salão do tesouro. Se a estimativa do seu contingente feita por Beatrice Stahr estava certa, eles acabaram de perder algo próximo de um terço das suas forças.

Peregrino puxou a lanterna especial do seu cinto, e a acionou, brandindo-a acima da cabeça para que os sensores do Albatroz o apanhassem. Demorou um pouco, mas logo ele ouviu um estalo em seu capacete, e a voz de Paulo Soriano.

— Sim, Capitão! Na escuta.

— Deixe-nos enfrentar o próximo trio tadai que surgir — Peregrino disse. — Estamos mais perto do objetivo. Precisamos encontrar uma passagem pra baixo, e com os Carcarás fundindo tudo com seus canhões, é melhor que tentemos garantir uma entrada neutralizando nós mesmos os robôs. Se vocês aí, com as emissões do Albatroz, tirarem a coordenação deles e afetarem seus sensores, não vai ser difícil.

— Sim, senhor — Soriano disse. — Vamos orientar os caças para recuarem, e concentrar nossa ação na interferência eletromagnética. Voltando ao silêncio de comunicações em...

Peregrino focou-se no flanco direito. Inácio Duran, tendo partilhado da troca de mensagens com Soriano, dispôs a sua tropa para antecipar o aparecimento dos robôs nessa frente.

O terreno logo ficou acidentado. Ondulações suaves deram lugar a amontoados de lajotas e rochas partidas em vários pedaços,

Roberto de Sousa Causo

como pilhas de peças de montar de um brinquedo gigante, levantadas e despejadas no chão — certamente, pelo processo explosivo da transformação do hidrogênio metálico líquido em gás, e o seu escape para a superfície — coalhado de fragmentos menores. Nesse ponto, Duran ordenou que parassem, e enviou seus esclarecedores. Na base subterrânea dos cientistas da Roger Penrose, a Chefe Beatrice Stahr já os tinha alertado para esse ponto como uma possível saída dos robôs. Seus *drones* já haviam patrulhado o lugar, e Beatrice garantia que não havia armadilhas ou sensores. Duas equipes de três esclarecedores avançaram por entre as brechas no terreno. Rapidamente, enquanto eles partiam, o grupo de retaguarda conferiu o exterior de suas armaduras e o funcionamento dos sistemas de suporte de vida e de projeção do escudo protetor. O pessoal de Duran fazia o autoguardado. Beatrice foi ver o seu pessoal, enquanto Peregrino examinava o traje de Waira. Tudo parecia funcionar bem, e a especialista tinha energia para o escudo e cristais de estocagem de gás para a oxigenação do seu traje, por um bom tempo de operação ainda. Peregrino surpreendeu-se em constatar que poucos minutos haviam se passado desde que desembarcaram do escaler. Waira sorriu para ele por trás do visor triangular do capacete, e fez sinal de positivo com o polegar. Ele teve de sorrir de volta.

Em seu capacete, o comunicador voltou à vida com um estalo.

— Os esclarecedores fizeram contato, flanco esquerdo! — Soriano exclamou, e calou-se.

À frente de Peregrino, Duran começou a gesticular para seus homens e empurrá-los para posições junto aos amontoados de rochas. Ao lado de Peregrino, a Chefe Stahr notou a movimentação e alertou a sua equipe. Ele mesmo pegou Waira pelo braço e os dois avançaram rapidamente até uma posição mais frontal. Esperava a qualquer momento sentir na sola da armadura a vibração que denunciava os robôs tadais metendo-se pela estreita passagem, mas lembrou-se outra vez que nesse lugar as vibrações não viajavam pela matéria sólida. O que o alertou para a chegada do inimigo foi uma agitação que desceu pela linha de soldados agachados contra as rochas, esta sim como uma onda, seguindo da frente para a retaguarda — capacetes subindo e depois descendo para a mira das armas.

Assim como a carabina de alta energia em suas mãos — e como os canhões dos caças acima deles e das naves em órbita

Mestre das Marés

—, os emissores de alta energia do robô não conseguiam manter um feixe por mais que alguns segundos, sob pena de sofrerem um sério superaquecimento ou de esvaziarem suas baterias cedo demais. Emitiam pulsos de frações de segundo. Isso equilibrava um pouco a capacidade dos robôs — agora grandemente enfraquecida pela interferência eletromagnética do Albatroz — de adquirirem vários alvos ao mesmo tempo. Ainda assim, Peregrino não sabia como eles reagiriam diante da máquina de matar.

Ele deteve Waira com a mão e levantou a sua própria CAE M-23. Pelo canto do olho direito, vislumbrou Waira fazendo o mesmo. Devagar, puxou-a para baixo, até que os dois estivessem ajoelhados. Estavam nessa espécie de esquina formada por pilhas de lajotas de pedra ígnea, dando para uma leve curva na trilha formada entre os monturos de rochas despejadas. Havia um par de soldados não longe deles, um em pé e o outro ajoelhado, ambos imóveis na pontaria que faziam. Outros postavam-se nas reentrâncias da parede oposta. Uma poderosa fonte luminosa acendeu-se num ponto invisível adiante dessa posição, projetando sombras duras e dançantes. Duas delas vieram escorrendo pelo piso miraculosamente liso e escuro no centro do corredor. Peregrino baixou o cano da carabina de Waira com a mão direita.

Dois esclarecedores passaram correndo por eles. O terceiro vinha atrás, mancando da perna esquerda. Um dos que corriam na frente parou para apoiá-lo. Os dois ajoelharam-se e fizeram pontaria. Mais um soldado de infantaria embarcada deixou seu nicho na parede oposta para ficar em pé junto deles, reforçando seus campos defensivos e também fazendo pontaria. O *tableau* formou-se na pose congelada dos combatentes, como um diorama...

Quanto tempo se passou? Um segundo? Dois? Peregrino sentiu um arrepio descer por suas costas e ombros. Então algo avançou como que tapando de sombras o calibre relativamente estreito da passagem, iluminada de longe por um dos Carcarás ou pelo Albatroz do zeloso Soriano. Veio apagando a silhueta de um, dois, três soldados do outro lado. O organismo coletivo dos soldados dispostos em suas posições de tiro agitou-se. Imediatamente, gases e detritos jorraram da passagem e então a figura alta e cheia de pernas do robô tadai tombou para a frente, soltando partes da sua carenagem superior.

Peregrino não disparou uma única vez, e voltou a empurrar a carabina de Waira para baixo. Ele então apanhou a lanterna

Roberto de Sousa Causo

sinalizadora do cinto e a brandiu freneticamente para chamar a atenção de quem estava adiante dele. Do outro lado havia soldados quase junto do robô caído, e Peregrino podia ver que a carenagem ainda ardia sob o fogo de feixes de alta energia. Se a máquina explodisse, o pessoal mais próximo poderia sair ferido.

Ele sentiu uma garra férrea apossar-se de sua mão, e então arrancar-lhe o dispositivo. A silhueta de Beatrice Stahr em sua armadura Oerlikon azul e branca passou por ele, ela mesma brandindo o sinalizador. Peregrino levantou-se e seguiu-a, sendo seguido, por sua vez, pela Tenente Waira e seu segurança. Deram vários passos adiante, e ele sentiu que era empurrado de leve, lateralmente, mas também por trás. Ou seus escudos interagiam respondendo à movimentação atabalhoada dos quatro, ou estavam sendo alvejados por fogo amigo.

Contudo, alguns segundos depois ele pôde ver soldados do outro lado baixando suas armas, os visores dos capacetes voltados para eles. E então dois que estavam atrás da máquina tadai passaram pulando de qualquer jeito, pelos escombros do robô. Isso disparou uma pequena retração do pessoal mais avançado, estimulada pelos insistentes gestos de mão de Beatrice e Peregrino, para que recuassem. O robô-exterminador tadai fumegava, prostrado e entupindo a passagem, ainda mexendo uma perna, como um animal moribundo.

— É melhor recuar, senhor! — ele ouviu em seu capacete. Soriano, de voz tensa. — Os dois outros robôs estão um pouco atrás. Acho que vão tentar desbloquear a passagem, mas é melhor deixarem eles para os Carcarás. Se vocês derem a volta e saírem pelo flanco oposto, vão ter caminho livre até o buraco de onde esses saíram. Senhor?

Peregrino mordeu o beiço. Menos de cem metros os separavam da passagem direita. Não gostava nem um pouco da ideia de ter os Carcarás fazendo disparos tão perto de onde estariam. Por outro lado, com os dois robôs tão longe da entrada para o subsolo e bloqueados ali, a oportunidade de acabar com eles numa tacada era atraente demais.

— Positivo pra apoio cerrado, Albatroz, mas eu quero coordenação total, entendido? Nada de silêncio de rádio até que os robôs tenham sido liquidados!

Ele imediatamente falou com Duran e informou que fariam uma retração invertida, com a seção de retaguarda na frente, até

Mestre das Marés

a meia distância em relação à passagem no flanco direito. Para Beatrice Stahr, disse em inglês que ele, ela e Waira, seguido do pessoal de segurança da Roger Penrose, iriam assumir momentaneamente a testa do deslocamento.

Eles se movimentaram em acelerado, correndo por entre as rochas e sem olhar por cima dos ombros. Desse lado, o solo era mais acidentado, com fendas e valetas que eles tiveram de saltar ou transpor descendo e subindo... A novidade da intensa comunicação entre Duran e o seu PELOPES deixava claro, contudo, que eles os acompanhavam sem deixar ninguém para trás. A outra parte das comunicações que vinha em rajadas nos fones do capacete de Peregrino acontecia entre Paulo Soriano e os pilotos dos Carcarás. Os caças já estavam em posição, apontando seus canhões de alta energia de posições estáticas a uma boa distância da superfície. Tudo o que esperavam era a ordem de disparar, vinda de Soriano e a sua multidão de olhos voltados para a fuga desabalada do pessoal de Peregrino.

— Os dois robôs remanescentes estão forçando a passagem, senhor — ouviu Soriano pronunciar. — Vou acionar a interferência eletromagnética para ganhar algum tempo. — Silêncio, e então, poucos instantes depois: — Pronto, Capitão, ganhamos alguns segundos enquanto eles fazem o *reboot* dos seus sistemas, mas aconselho urgência no deslocamento.

Peregrino informou a Duran que eles deviam fechar a retaguarda em formação mais cerrada junto ao seu grupo, e iriam assim até a passagem do flanco direito. Afinal, Soriano garantia que a ameaça imediata era representada exclusivamente por aqueles dois robôs enfiados entre as paredes e pilhas de rochas.

Tinham visão noturna agora, além das instruções enviadas do alto por Soriano, tornando mais fácil negociar o caminho por entre os escombros. Mesmo assim, à menor hesitação de Peregrino, Beatrice Stahr assumiu a dianteira, provavelmente conduzindo-os com maior presteza do que ele o teria feito.

Soriano fazia uma contagem regressiva para os disparos, ouvida nos autofalantes do seu capacete e acima da cacofonia das diversas comunicações em curso. Quando alcançou o número sete, Peregrino lembrou-se de algo e gritou no canal geral de comando, que calava tudo o mais:

— Todo mundo no chão! — enquanto segurava Beatrice pelo braço para chamar-lhe a atenção e, ao mesmo tempo que

Roberto de Sousa Causo

gesticulava com a palma esquerda voltada para baixo, gritava: —
Everybody down!
Apenas por via das dúvidas, ela repetiu a ordem aos seus
comandados, e em segundos todos estavam prostrados no chão.
— . . .Dois. . . um! — veio a voz de Soriano. — *Fogo!*
Nada aconteceu. . . ou assim é que pareceu a Peregrino. Não
houve qualquer estremecimento do solo, nenhum ruído. Mesmo
assim ele ficou colado ao chão duro, compactado como aço por
bilhões de anos sob trilhões de toneladas de atmosfera. Até que
viu o entrecruzar de detritos diante do visor do seu capacete, atingindo-os em alta velocidade e sendo repelidos pelos escudos de
energia, ricocheteando nas pilhas de rocha como traços e pontos escuros e manchas de pó. Os robôs explodiram e arrancaram
lascas de pedra ígnea e lançaram para o alto peças e fragmentos
incandescentes numa erupção que o estreito corredor canalizou
para cima. Os fragmentos subiram para descer poucos segundos
depois, chovendo sobre eles. Dentro da sua Kirkincho, Peregrino
tremeu involuntariamente. Um pouco atrás dele, havia uma pilha
de rochas de equilíbrio aparentemente precário. . . A onda de choque da detonação dos robôs poderia tê-la derrubado sobre ele e o
seu pessoal——
—se não fosse o efeito neutralizador do dispositivo tadai.
E era exatamente isso que incomodava Peregrino. Soriano e o
restante do 101.º GOEC, ou os pilotos dos Carcarás do Avutardas
Salvages tinham colocado o efeito da máquina tadai nos seus cálculos, ou tinham apenas puxado o gatilho contando somente com
a sorte? Com um suspiro resignado, ele levantou-se. Depois que
Beatrice e Waira o imitaram, ele ordenou no canal geral:
— De pé, um dois! E em movimento.
Sempre poderia fazer uma revisão dos procedimentos da ope-
ração toda e recomendar procedimentos. . . *Se* sobrevivesse.

Houve mais um viva de muitas vozes, irrompendo no passadiço,
e parecia que a de Marcos Vilela era a que se sobressaía sobre as
outras. Olhei para ele ao meu lado, e o vi forçando o traje espacial
contra os cintos de segurança, agitando um dos braços, antes de
voltar a digitar furiosamente no seu *tablet.*
Eu não me dei ao trabalho.

Mestre das Marés

Lá embaixo, em meio a todo o detrito do planeta devastado, Peregrino, a Tenente Waira e o pessoal da infantaria embarcada tinham conquistado mais tempo, com a festejada destruição de mais três robôs tadais. Assistíamos a tudo pelas telas de imagens captadas pelas naves que davam apoio a eles. As imagens eram retransmitidas a nós em tempo real, por *taquiolink*, sem *delays*. Eu acompanhava tudo com clareza, na tela com os gráficos de identificação — Peregrino, Waira e os outros como minúsculos animais marchando disciplinadamente pelos corredores de um labirinto caótico, detendo-se apenas para contornar ou superar obstáculos no caminho, até estarem quase na sua saída. Mais adiante deles, o terreno ficava menos acidentado, levando a um tipo de abertura dando para o campo aberto até o buraco de onde eu tinha visto saírem os robôs destruídos. . . Junto a essa saída eles pararam, e uma parte colou-se nas duas paredes do labirinto, enquanto o pessoal que vinha atrás passava por entre eles e assumia uma formação do lado de fora. Em seguida, o grupo voltou a se pôr a caminho.

Faltava só a trilha sonora.

Helena Borguese deu uns berros, exigindo silêncio, e então trocou mensagens rápidas com o Tenente Paulo Soriano.

— A estimativa é de que eles cheguem à abertura em menos de cinco minutos, senhora — Soriano informou. — Estou baixando um VAENT de reconhecimento modelo seis–K de um dos Olhos de Carcará para entrar primeiro. Pode haver algum tipo de armadilha logo na entrada ou mais a frente. O comandante no terreno já foi informado. Os Carcarás estão se reposicionando a trezentos metros acima para responder ao surgimento de mais robôs, no perímetro que já conhecemos ou além dele.

Passados alguns minutos, uma tela acendeu-se para exibir a imagem em tons de verde, infravermelha, do interior do túnel. Parecia escavado com perfeição, e incluía um tipo de pavimento liso, mas não havia nenhum equipamento nas paredes ou no teto, já que os robôs não precisavam de luzes, imaginei. A rampa da entrada tinha uma leve inclinação, nivelada mais abaixo. O tal VAENT — que Vilela me disse significar "Veículo Aeroespacial Não Tripulado" — devia estar fazendo uma pesquisa bem completa do interior, a julgar pelas fileiras de código correndo de baixo para cima na margem da tela, numa velocidade que o olho humano não conseguia acompanhar. O veículo avançou. O túnel fazia uma

Roberto de Sousa Causo

curva para a direita, e então outra bem mais acentuada para a esquerda. Ia devagar, escaneando tudo com *lasers* ou outra coisa, eu imaginava.

Depois da curva apertada para a esquerda, o túnel alargou-se e desembocou em um amplo recinto circular, dominado por uma maquinaria complexa e retorcida, como uma gigantesca roda dentada tombada ali... A imagem enganava as perspectivas e as proporções, mas o recinto parecia tão grande quanto a área de um estádio de futebol. Pensei vislumbrar algum movimento, um brilho... Eu não pude conferir o que seria, nem entender melhor tudo o que havia no salão circular, na iluminação indistinta de infravermelho, e de repente a imagem desapareceu e a tela ficou escura.

— Perdemos o visual do VAENT — ouvi, a voz do Tenente Soriano. E então ele emendou: — O aparelho foi destruído.

— Onde estão Peregrino e os outros? — Borguese perguntou, imediatamente.

— Avançando logo atrás.

Peregrino viu um Olho de Carcará fazer um rasante à frente, e algo desprender-se do aparelho. Lançava um VAENT, visível como um minúsculo disco iluminado pelos faróis direcionais do caça. O aparelho descreveu uma trajetória como um segmento de parábola, e em seguida uma curva fechada, antes de pairar por um segundo diante deles e então desaparecer, descendo. Peregrino conseguia apenas entrever a abertura no terreno, por entre os vultos dos soldados que trotavam diante dele.

Ele havia pedido a Inácio Duran e a Beatrice Stahr que fizessem uma chamada entre o seu pessoal respectivo. Ninguém ficara para trás. O soldado que ele vira mancando parecia totalmente recuperado. Era cedo para considerar a ausência de baixas como um triunfo, mas Peregrino dava-se ao luxo de ficar feliz com a notícia. Ao mesmo tempo, sua mente trabalhava acelerada, circundando hipóteses e tentando antever ameaças. Certamente, os robôs tadais tinham tido tempo para se prepararem. A menos que sua perspectiva fosse de um resgate imediato do dispositivo subterrâneo ou de seus dados. O ataque à Roger Penrose e o subsequente desembarque dos robôs na superfície de Firedrake Gamma–M sugeriam isso... E o que mais?... Que por alguma razão o dispositivo não previa enviar os seus dados por ansível ou

Mestre das Marés

rádio. Claro, códigos já tinham sido recuperados de mensagens dos tadais, nessas modalidades. . . . Os dados atuais tinham de ser extraídos e estocados pelos robôs e removidos dali sem risco de interceptação? O que seria tão importante, para obrigar os tadais a esse nível de sigilo? Haveria algum *timing* especial na necessidade de proteger e resguardar o aparelho — a chegada de resultados de última hora, alguma matéria quântica entrelaçada deslizando agora a velocidades relativísticas pelo disco de acreção, ou vibrando ionizada na tromba de gases arrastados para Agu-Du'svarah?. . . Se havia respostas para essas perguntas, elas só poderiam ser encontradas lá embaixo.

A tropa alcançou a entrada. Na pausa que a testa do deslocamento fez junto à sua borda, Peregrino viu acender no *head-up display* do seu capacete, no canto superior direito, uma imagem em tons de verde, claramente gerada pelo VAENT 6-K jogado dentro do túnel subterrâneo. Seu surgimento significava que Soriano os estava habilitando no modo tático total. Respirando fundo, Peregrino logo começou a emitir comandos rápidos.

— Atenção, recursos eletrônicos plenos, armaduras em modo autopropulsado — disse, tocando o ombro de Waira ao seu lado, apontando para ela e dizendo "não" com o indicador. *Você não*. Ele a seguir repetiu o comando em inglês para o pessoal de Beatrice Stahr. — Duran, você deve estar recebendo uma repetição das gravações da sonda. Envie esclarecedores, partilhe a repetição com eles. Avise a todos que este ponto em que estamos agora deverá ser o local de reagrupamento, se for necessário.

— Sim, senhor — veio a resposta. — Enviar esclarecedores, aqui será o local de reagrupamento.

Peregrino mudou o canal e se comunicou com o Tenente Paulo Soriano.

— Agora é conosco aqui embaixo. Vocês, subam pra quinhentos metros e assumam modo defensivo.

— Entendido, Capitão.

O pessoal do PELOPES rapidamente se filtrou pela entrada. Depois de informar a Beatrice Stahr do que havia dito a Duran, Peregrino foi atrás deles, seguido dela e de Waira. Ele media os próprios passos, enquanto vigiava a tela repetidora. O 6-K era uma sonda semiautomatizada, teledirigida pelo terceiro tripulante do Olho de Carcará que a tinha lançado, e repleta de sensores autônomos. Seus ícones informavam que não havia atividade

Roberto de Sousa Causo

eletrônica nem térmica no interior do túnel — nenhuma armadilha perceptível. A rampa da entrada tinha uma inclinação de uns vinte graus, e sua superfície tinha grandes ranhuras em forma de v — certamente para facilitar a aderência das patas dos robôs tadais. Depois de alguns minutos lutando para não rolar rampa abaixo, Peregrino e os que vinham atrás dele chegaram a um plano nivelado. O piso era liso e reto exceto no ponto em que se unia às paredes, onde ficava côncavo. O teto era mais curvo. Mais adiante, o IV do HUD do seu capacete mostrou os esclarecedores de Duran desaparecendo numa curva à direita. Peregrino conferiu mais uma vez a tela repetidora no canto inferior direito do HUD. O túnel parecia desimpedido.

Quando o túnel pareceu alargar-se, a imagem alterou-se. O que a nova imagem mostrava era um vasto recinto circular. Os *softwares* do 6-K trataram a imagem infravermelha em uma fração de segundo, tornando-a mais detalhada e realista, para sugerir a profundidade que seus sensores eletromagnéticos estabeleciam. Era enorme.

A cerca de cinquenta metros da entrada, a face externa de um equipamento circular marcava a fronteira entre as altas paredes circulares do recinto. Era complexo e repleto de tubulações e chapas, reentrâncias e projeções, como um cíclotron instalado ali no subterrâneo. A imagem então exibiu um robô tadai saindo de um nicho instalado diante da entrada, um pouco à esquerda... A imagem se apagou e a tela ficou escura.

— Atenção, esclarecedores — Peregrino disse, com voz fria.
— Há um robô tadai esperando diante do ponto em que o túnel termina. Cerca de... cinquenta metros da boca do túnel, dez ou onze horas. Ele acaba de destruir o VAENT seis-K. — Informação redundante. Eles também recebiam a imagem, mas não custava ser extra-cuidadoso. — Melhor segurar a progressão de vocês por enquanto.

Veio um curto agradecimento de um dos esclarecedores, e então a voz de Inácio Duran:
— Temos como cuidar dele com os nossos homens de contramedidas eletrônicas, se o pessoal do Albatroz nos fornecer as frequências mais prováveis. Permissão para contatá-lo, Capitão?
— Detenha o seu avanço, Duran, e vamos conversar sobre isso — Peregrino disse, imediatamente.

Mestre das Marés

Dois segundos de silêncio de Duran deixaram claro que ele não gostava da ideia, mas fez como ordenado. Peregrino avançou por entre os seus homens, seguido de Waira e seu segurança, para chegar até ele. Mudou a frequência do seu traje para o canal de comando, e disse:

— Só quero me certificar de que você vai usar tanto as contramedidas quanto o fogo das carabinas com a maior precisão possível. *Apenas* o robô tadai deve ser atingido, e *não* o dispositivo. Se aquilo de algum modo armazena a energia cinética ou térmica de toda a atividade sísmica que ele tem anulado, não vai restar nada de nós se o funcionamento dele for cortado de um segundo pro outro.

"Se eu entendi direito a imagem captada pelo seis-K, até o robô tadai de emboscada está preocupado com isso. Ele se lançou de um recesso na própria estrutura do dispositivo, antes de fazer o disparo."

— Vamos usar as contramedidas num feixe de *laser*, Capitão — Duran asseverou —, e vou destacar os meus melhores atiradores. Vou usar nossos autônomos montáveis para criar uma diversão.

— Ótimo. Pode fazer contato com Soriano no Albatroz — Peregrino autorizou. — E vamos torcer pra que o robô tadai não tenha recebido reforços. Qualquer sinal disso, faça o seu pessoal se retrair pra dentro do túnel. Não acho que os robôs iriam abandonar a defesa do dispositivo, pra nos perseguir.

— Sim, senhor.

— Boa sorte.

Ele e Waira refizeram seus passos até a retaguarda. No caminho, ele estendeu um cabo da sua armadura até o plugue correspondente na armadura da tenente, e relatou a ela a sua conversa com Duran, ao mesmo tempo em que o ouvia conversando com Soriano e com os seus atiradores.

— Se essa coisa pode explodir e acabar com a gente só por ser desligada, o senhor não acha que *isso* é que poderia ser a função dela? — ela perguntou. — Ser uma espécie de bomba?

— Você quer dizer, coletar a energia aqui, e ser transportada até outro lugar pra ser detonada? Não sei. Parece algo elaborado e contingente demais pra ser uma arma.

Silêncio da parte de Waira, até que ela dissesse, já quando estavam de volta à sua posição entre as duas tropas:

Roberto de Sousa Causo

— Duran vai agir a qualquer momento, não vai? Devo rezar pelas nossas vidas?

— Com todas as suas forças — Peregrino disse, com um sorriso, antes de desfazer a conexão pessoa-a-pessoa e recolher o cabo.

Mas a ação conduzida por Duran foi bem-sucedida. O seu grupo de combate reforçado possuía três elementos dotados de projetores de contramedidas eletrônicas. Ao contrário dos humanos, que podiam se comunicar por sinais e manter os receptores de suas armaduras desligados, os autômatos tadais estavam o tempo todo em contato de rádio, *maser* ou *laser* com outras unidades, e por isso vulneráveis. Com a orientação de Paulo Soriano, o pessoal de Duran embaralhou os sensores e os processadores de dados do robô tadai sentinela, sobrecarregando-os de *inputs*, dando aos atiradores de elite tempo suficiente para concentrar os seus disparos e furar o escudo defensivo da máquina, e então eliminar antenas, armas e finalmente, as duas pernas dianteiras. Sem controle, o robô passou a rastejar em círculos. Mais CME o mantiveram desmiolado pelo tempo necessário para que novos disparos o tornassem cego, surdo e mudo — uma máquina inútil fumegante jogada no pavimento do imenso salão.

Foi isso o que Peregrino encontrou ao sair do túnel com os outros, admirado com a habilidade do PELOPES em arrancar as asas e as pernas do robô, deixando-o caído ali como um inseto aleijado. Os esclarecedores não localizaram armas autônomas escondidas. E Peregrino havia ordenado que o grupamento todo se colocasse junto ao revestimento externo do dispositivo. Se ele era tão vital para os tadais quanto tudo indicava, ali eles estariam a salvo de ataques com força total dos robôs remanescentes — enquanto o fato de não haver armas autônomas nas paredes ou no teto indicava que quem havia construído aquele lugar nunca antecipara a entrada de intrusos. Os robôs de infantaria tadai tinham sido trazidos ao planeta e colocados ali depois da descoberta da presença humana no sistema.

A ideia da construção das instalações fez Peregrino se dar conta do quanto ela teria sido um feito de engenharia quase inimaginável. Afinal, o lugar teve de ser cavado sob milhões de toneladas de atmosfera, num ponto magneticamente hiperativo e

Mestre das Marés

nesse terreno compactado e duro como diamante. "E extrema-mente *quente*", Peregrino lembrou-se, com um calafrio diante dessa evocação infernal. Não batia com a imagem que se fazia dos tadais, cuja tecnologia parecia ser marginalmente inferior à das potências humanas mais avançadas, e substancialmente, em relação ao Povo de Riv ou dos tuiutineses e outras civilizações dentro e fora da Esfera. Os tadais não empregavam compensadores inerciais em suas manobras, algo que dificultava tanto mudanças de direção, quanto aceleração e desaceleração. Peregrino pensou em civilizações associadas, secretas e em conluio com os tadais--de-carne-e-osso, e então em alguma outra divisão interna e inerente aos tadais, como uma casta de cientistas operando à parte aos militares ou ao restante da espécie. Mas tais especulações não o levariam a lugar algum, e ele logo calou-as.

Os emissores de infravermelho revelavam os detalhes do mastodôntico recinto, em imagens fantasmagóricas e de um colorido dependente das emissões de calor do equipamento — surpreendentemente discretas, Peregrino achou. Apenas um ponto próximo de onde ele estava ardia em tons laranja-avermelhados. Um dos disparos dos atiradores de elite de Duran havia perdido o alvo — talvez defletido pelo escudo defensivo do robô-exterminador — e chegado até um painel externo do dispositivo. Um calafrio percorreu a espinha de Peregrino. Algo sem consequência, ou o início da contagem regressiva para a obliteração de todos ali? Respirando fundo, ele balançou a cabeça e disse a si mesmo que não valia a pena preocupar-se com isso. Para todos os efeitos, fora um impacto sem consequência. Repetiu isso mentalmente algumas vezes. Bastava a presença do buraco negro lá em cima como um fantasma com que ele tinha de lidar. A simples lembrança de Agu-Du'svarah pareceu obrigá-lo a se pôr em movimento.

— Duran! — chamou. — Disponha os seus homens em arranjo defensivo. Mande armar uma das nossas M–cinquenta e três ali na boca do túnel de saída. Depois disso, prepare seus esclarecedores e aguarde.

— Sim, Capitão — ouviu.

Voltou-se em seguida para Beatrice Stahr.

— Vamos reordenar nosso avanço a partir daqui — disse, em inglês. — Chefe Stahr, a Tenente Waira e eu temos de ir para a frente do deslocamento. Vamos procurar um terminal nesta coisa, e só ela conhece os diversos formatos que esse terminal pode ter.

Preciso que seu pessoal mantenha a vigilância, mas só dispare se tiver um alvo claro e afastado do dispositivo.

— Ok, Pilgrim — ela respondeu. — Mas você sabe que as coisas podem sair do controle muito rapidamente.

Ele deu um meio-sorriso.

— É o risco que temos de correr.

Eu estava com Marcos Vilela na estreita copa do passadiço da *Balam*. Comíamos refeições quentes e tomávamos café. Eu não conseguia relaxar e ele tinha a tarefa ingrata de me explicar o que realmente estava acontecendo. Ele não precisava, realmente — eu podia ativar o implante de memória e ouvir de novo, à vontade, os diálogos entre Helena Borguese e Mirian Vera com seus analistas e pilotos, e entre Borguese e Montoro. Mas eu suspeitava que minha mente exausta não reteria nada do *sentido* de tudo aquilo, como da primeira vez.

— O reforço dos tadais chegou com força — Vilela dizia, tentando traduzir em miúdos. — Claramente, as naves tadais daqui têm enviado relatórios, porque o reforço chegou ao sistema numa posição tática muito favorável a eles, quase oposta ao *front* que já existe. Agora são *três* grupos de naves inimigas, e parece que elas vão trabalhar dessa maneira, sem formar um único grupamento. Querem dividir nossas forças. — E depois de uma pausa: — Mas já está na hora. Coloque o capacete, e vamos lá.

Desta vez, Marcos Vilela entrevistava a Dr.ª Tara Mohapatra, a Cientista-Chefe da estação Roger Penrose, ainda na liderança dos refugiados na superfície do planeta — que, ela logo informaria, era chamado por eles de "Firedrake Gamma-m". O oficial de comunicação social da Seção de Comando (a nave *Balam*) havia arranjado a entrevista, por obra e graça de Helena Borguese em resposta às solicitações de Vilela. Desta vez, fazíamos tudo com um pouco mais de conforto e vagar, com uma pausa para a higienização dos nossos trajes e uma boa refeição. Apesar disso, eu acompanhava Vilela de mente esvaziada. O medo havia dado lugar à apatia, Vilela praticamente me puxava pelo cotovelo.

Tara Mohapatra apareceu numa tela simples — nada de holopresença. Seu rosto escuro, cor de oliva, tinha linhas acinzentadas de fadiga em torno dos olhos e da boca.

Mestre das Marés

— Obrigado por concordar com a entrevista, Doutora Mohapatra — Vilela disse. Falava um inglês tão bom, que na hora eu achei que ele tinha um *chip* tradutor implantado no cérebro. — Como está a situação do seu pessoal aí embaixo?

— Os feridos estão estáveis — ela disse. — São poucos os de maior gravidade, felizmente. Os preparativos para a evacuação estão indo bem. Só não empacotamos tudo e colocamos nas naves porque o pessoal que foi sondar o artefato alienígena pode precisar de algum apoio de comunicações ou do equipamento médico.

— A Capitã Borguese indicou a Suboficial Couto para acompanhar os seus preparativos. A comunicação entre vocês está indo bem? Algum problema?

— A coordenação com Couto está indo muito bem — Mohapatra respondeu. — Nossa preocupação é com o *rendez--vous* dos nossos veículos com *duas* naves de vocês.

— Sim. Porque os hangares das naves da classe Jaguar não têm espaço para os seus dois escaleres — Vilela explicou —, que são maiores do que os usados aqui.

— Não nos agrada dividir nossa equipe — ela disse. — E quanto aos feridos. . .

— Vão direto para a nossa nave-hospital, a *Jaguatirica* — Vilela a interrompeu. — Terão um excelente tratamento. — E emendou: — Agora, por favor, você teve algum contato do pessoal que partiu com o Capitão Peregrino?

Uma pausa, e então Mohapatra disse:

— Apenas os *updates* que as suas naves aqui embaixo estão nos fornecendo.

— Muito bem. — Foi a vez de Vilela fazer uma pausa. — Há um fato intrigante com o que aconteceu ao seu grupo. Por que não saíram do planeta assim que o Capitão Peregrino fez contato direto com vocês?

Mohapatra soltou um suspiro e quase revirou os olhos. Em seguida, lançou-se numa série de explicações científicas sobre como seria importante o envio de uma expedição a certo ponto do planeta, para investigar o artefato, que, na visão dela, tinha efeitos sem precedentes em tudo o que era conhecido pela humanidade, a respeito das civilizações alienígenas. Deixou evidente, mesmo sem desembuchar com clareza, que, com a perda da Roger Penrose, os cientistas e técnicos sob o comando dela precisavam

Roberto de Sousa Causo

de algo assim para compensar o fim das suas pesquisas com o buraco negro.

— De qualquer modo, a evacuação do nosso pessoal não seria algo fácil de se fazer, com todas essas naves robôs em órbita — ela disse. — Temos que esperar um pouco, não temos?

— Essa decisão do grupo faz parte dos seus protocolos de segurança? — Vilela perguntou, num tom de voz estranho.

— É uma coisa discricional — Mohapatra disse, assentindo com a cabeça.

Em seu rosto cansado, a mentira transpareceu tanto, que Vilela deu a entrevista por encerrada.

— Se existirem gravações de qualquer conversa entre o seu pessoal e o do Capitão Peregrino, nós gostaríamos de ter acesso a elas — ele disse. — Pode ser uma fonte muito importante, para a nossa reportagem dos eventos ocorridos aqui.

— Vou tratar disso com meus colegas, e o informo posteriormente a respeito — Mohapatra respondeu.

Vilela se voltou para mim, e eu já tinha uma pergunta na ponta da língua:

— Se algo de grave ocorrer ao seu pessoal, enquanto ele estiver sob o comando do Capitão Peregrino, vocês estarão preparados para tomar medidas legais no futuro? Peregrino já é alvo de um inquérito sobre um evento recente, que resultou na morte de duas pessoas, depois que ele atirou contra uma nave avariada durante uma batalha no espaço, para forçá-la a voltar para o combate dentro de uma ordem ilegal.

— Eu não sabia disso! — Mohapatra exclamou. Tinha uma expressão enojada no rosto, mas era sobre a minha imagem que seus olhos escuros corriam. Ela estendeu a mão, pronta para cortar o contato. — Preciso discutir isso com meus colegas. Obrigado pela informação.

Parecia aliviada, ao desligar. Era isso o que eu esperava? Não sei dizer. Vilela me olhava fixamente, e eu o evitei.

Nos corredores da *Balam*, no caminho de volta ao passadiço, ele juntou as luvas do traje espacial com uma pancada surda.

— Imprensa marrom! *Smear!* Assassinato de personalidade!

— ele exclamava, com uma pancada para cada expressão. Algo afundou no meu peito, depois de um segundo de perplexidade.

— Eu estava tentando me lembrar desses termos antigos, que achava que estavam obsoletos. Deve ser o meu provincianismo de

Mestre das Marés

jornalista da Zona Três. Porque pelo jeito essas coisas ainda acontecem na Zona Um.

— Do que você está falando? — eu murmurei.

— É pra isso que você veio com a gente, não é? — ele disse.

— É esse o motivo inconfessável por trás do "perfil" que você veio fazer. Pintar um quadro mentiroso de Jonas Peregrino, e por extensão, de tudo o que ele e o Almirante Túlio estão tentando fazer na Esfera.

— E o que é exatamente que eles estão tentando *fazer*? — perguntei, num tom mais alto.

— Romper com a politicagem! Transformar a Esquadra em uma força militar determinante na Esfera, que cumpre os acordos de cooperação e cria táticas efetivas contra os tadais. Antes, a Esquadra era um cabide de emprego e uma máquina de azeitar carreiras. E você disse *aquilo* à Doutora Mohapatra sem se importar se vai causar inquietação entre o pessoal lá embaixo!

— Tudo isso não vale um bocejo na Zona Um que você tanto despreza — eu disse, com o rosto ardendo. — Determinância militar! Acordos! Quem se importa com *isso*? Onde está a *vantagem*, Vilela? Se antes a sua preciosa Esquadra azeitava carreiras, ela pelo menos tinha uma função reconhecível para as *pessoas*, se relacionava com uma rede de influência, de política, de comércio, de favores. Ter os tadais como horizonte de objetivos é uma idiotice. É como tentar construir alguma coisa a partir de um conjunto vazio. — Gesticulei para o vácuo do outro lado do casco da nave. — Se não é possível negociar com os tadais ou extrair alguma vantagem deles, não há razão nem para estarmos na Esfera, em primeiro lugar. E você devia parar de brincar de soldado e se ater àquilo que tem interesse para a opinião pública. . .

Eu me dei conta de que gritava para as costas dele. Vilela havia apertado o passo e em poucos segundos estava longe de mim, e eu não tinha ânimo para persegui-lo pelos corredores da nave. Reencontrei-o no passadiço, mas agora não havia o menor sinal do cabo que conectava os nossos dois trajes espaciais. Eu me sentei e me conectei sozinha ao assento, embaraçada pelo tempo que levava. Então ele radicalizava com o tratamento do silêncio. . . Devagar, porém, eu fui me dando conta da atividade no passadiço.

As coisas tinham mudado, desde que Vilela e eu havíamos saído. Helena Borguese conferenciava com Montoro, num canal que partilhava esse tipo de comunicação com os jornalistas.

Roberto de Sousa Causo

— Não existe outro jeito, Hassid — ela dizia. — Vamos ter que montar um bloqueio de combate clássico e concentrar todas as nossas forças em torno do planeta. Três falanges tadais ao mesmo tempo é demais...

— Os caças, especialmente, temos que colocá-los debaixo das nossas asas — ele disse —, ou as perdas entre eles serão muito grandes...

— Nesse quadro, tanto o grupo de caça quanto as fragatas de Cambochi acabam se tornando menos um recurso, do que uma fragilidade. Os caças são vulneráveis demais, e as fragatas não têm a nossa agilidade e treinamento.

— Seria bom distribuirmos os Jaguares em duas camadas, Helena, de acordo com as coordenadas orbitais que você já determinou. Eu fico com a camada externa, pra disparar os mísseis quando for necessário, e proteger os vasos de Cambochi. Você fica embaixo pra garantir a evacuação e proteger os caças. Pelo menos até que Túlio venha com o reforço. Mas não consigo vê-lo chegando em menos de oito horas... Considerando que os tadais ainda vão frear pra sair da ZSR e escapar dos efeitos relativísticos, e posicionarem as três falanges pra um efeito divisor sobre o nosso bloqueio, o cálculo que vocês enviaram diz que eles alcançam o planeta em força faltando de sete a cinco horas pr'o próximo disparo do buraco negro. Você faz ideia do que motiva esses cabeças de computador a correrem o risco?

— O que *você* acha, Hassid? — Borguese perguntou, com um traço de impaciência na voz. E como se esperasse que ele soubesse a resposta.

— Eu me preocupo mais com aquela nave não contabilizada que escapou da primeira investida orbital... Se os tadais estão confiantes de que podem fazer um avanço contra a órbita do planeta e não ter suas naves retidas aqui até serem vaporizadas pelo jato de energia do buraco negro, isso significa que eles *já* têm robôs na superfície. O ataque seria apenas uma distração, pra que eles possam operar livremente lá embaixo.

— É o que eu penso — Borguese concordou. — Se eles conseguiram baixar alguma coisa, foi há algum tempo e para além do horizonte da posição de Peregrino. Se os robôs avançarem em marcha forçada, podem estar em cima deles antes de serem detectados. O risco é de já estarem perto, e atacarem quando mandarmos subir os Carcarás e o Albatroz. — Ela fez uma pausa. — Se

Mestre das Marés

não conseguirmos tirar Peregrino e os outros lá debaixo nas próximas três horas, não consigo ver como não sofreremos perdas graves. Já ordenei a evacuação dos feridos dentre o pessoal da Roger Penrose. Devem chegar na próxima hora.

— Escute, Helena — Montoro disse. — Talvez a gente possa sobrepor uma manobra desviacionista em cima da manobra desviacionista deles.

— Hum... Estou ouvindo.

— Deixe-me fazer uma finta, simulando a interceptação de uma das falanges com meu grupo e os Carcarás. É o tipo de movimento defensivo que os robôs costumam esperar. Quando os vasos tadais começarem a se reorganizar pra nos receber, nós nos dividimos em dois elementos e voltamos pra cá a toda. Tenho certeza de que chegaremos a tempo pra compor a defensiva com você, e ainda ganhamos entre trinta minutos e uma hora, pelo meus cálculos.

Um longo silêncio da parte de Borguese, e então ela disse:

— Entendo o que você pretende. — E perguntou: — Acha que Peregrino e os outros lá embaixo podem precisar desse tempo extra?

— Você duvida?

Mais uma pausa da mulher, e então um riso abafado se ouviu. Ele foi crescendo no timbre de Borguese, até ser acompanhado de uma gargalhada de Montoro. Era como se partilhassem uma piada secreta.

Passado o riso, eles continuaram conversando, agora concentrados em detalhes táticos que me escapavam. De qualquer modo, apenas uma sentença ecoava em minha mente: "Não consigo ver como não sofreremos perdas graves." Isso ocupava toda a minha consciência, e eu mal me dava conta de que tremia dentro do traje espacial. O tempo passou e a conversa no passadiço ficou tensa, marcada pela rispidez das ordens táticas, sensores, armas, posicionamentos e disparos. Os tadais começavam a se mexer, para nos atacar. Então eu me lembrei de algo mais que Helena Borguese havia dito.

Os feridos da Roger Penrose.

Eles estavam subindo.

E Vilela havia dito que eles iriam para a nave-hospital dos Jaguares, a *Jaguatirica*. Desesperada, imaginei que essa nave teria prioridade de proteção pelas outras, e talvez fosse retirada dos combates.

Meu único objetivo passou a ser este: ir, eu também, para a *Jaguatirica*.

5 JORNADA AO INFERNO

Q uando os soldados começaram a se mover, feito espectros iluminados por seus emissores de infravermelho, Peregrino lembrou-se dos fossos malditos do Malebolge da *Divina Comédia*, círculos concêntricos de miséria e tormento, um em degrau sobre o outro, já no oitavo círculo do Inferno e guardados pelos demônios Malebranchi — os robôs tadais?...

Estavam *sob* a estrutura do artefato desconhecido, num pé direito de mais de cinco metros de altura, e dali a imagem produzida pelo *software* de visualização ambiental mostrava no seu *head-up display* que o gigantesco recinto circular abria-se no alto, para abrigar extensões do diâmetro do dispositivo. Era tudo grande demais, e sem um plano eles vagariam por ali como almas penadas, em um labirinto mecânico, um círculo interminável que não levava a lugar algum. Mas a Tenente Angélica Waira tinha um plano.

— Capitão — ela disse.

— Sim, Tenente?

— Eu gostaria de sugerir uma busca a partir de algumas imagens de terminais que eu trouxe.

— Você *trouxe*?

— No computador da armadura, senhor — ela disse.
— O *tutorial* dos recursos do traje me disse que tipos de *softwares* e arquivos de imagens eu podia subir para a memória dele. São em parte registos antigos, combinados

com as informações do Povo de Riv que o senhor me passou. Posso enviar as imagens pela rede de todas as armaduras do grupo, para que todos possam procurar.

Depois de um segundo de perplexidade, Peregrino sorriu abertamente e reconheceu:

— Você me surpreende, Tenente Waira.

— Esta é a minha área, Capitão! — ela exclamou, indignada.

— Eu sei disso. Vamos dar um jeito de você se comunicar ao mesmo tempo com todo mundo. — E depois de uma pausa: — Também com o pessoal da Chefe Stahr. Os sistemas do Oerlikon são compatíveis com os do Kirkincho.

Com Waira, Duran e Stahr, Peregrino articulou a comunicação, depois que todos os soldados foram alertados, e passou a palavra a Waira.

— Aqui é a Tenente Angélica Waira. Abram seus receptores de dados para uma transmissão em um minuto. — Peregrino traduzia para o inglês, enquanto ela falava. — Conteúdo: desenhos técnicos de nove configurações externas de terminais de dados tadais. Depois de recebido, acionem o *software* de reconhecimento técnico no *head-up display* do visor do seu capacete, e partam para uma busca visual ativa. Tenham em mente que os terminais foram concebidos para serem acessíveis aos robôs tadais. Então, busquem no alto e em lugares insuspeitos. Transmissão dos dados em quinze segundos. Quatorze... treze... doze...

Acabou sendo que, como Peregrino havia imaginado, foi um dos membros da equipe de Beatrice Stahr quem primeiro encontrou um terminal.

Peregrino chamou todos os elementos da sua pequena força expedicionária para junto do terminal. Cinco soldados da força de Duran, usando o modo propulsado das armaduras, formaram uma pirâmide humana e levantaram Waira para que ela alcançasse o terminal a quase cinco metros de altura, e fixasse nele a sua chave mágica. Enquanto isso, todos os outros assumiram posições defensivas em torno desse ponto. Segundos depois da tenente ter executado o seu procedimento, dois robôs tadais se precipitaram na direção deles, vindos de direções diferentes.

A pirâmide foi desfeita e os cinco mais Waira e seu guarda-costas uniram-se à defensiva. Sem se incomodar mais com qualquer noção de furtividade, Peregrino ordenou que as luzes dos trajes fossem acesas, projetando focos duros e nenhum cone de

Mestre das Marés

luz, no ambiente sem atmosfera. Os dois robôs vieram ao mesmo tempo, um de cada lado, galopando silenciosamente e junto à parede do recinto gigantesco, lançando sombras curtas contra a sua superfície. Um deles, o que vinha da esquerda, estava mais próximo, enquanto o segundo vinha pela direita com quase o dobro da distância.

— Concentrar fogo primeiro no robô da esquerda! — Duran gritou.

— *We should try not to hit the wall* — Peregrino ouviu Beatrice Stahr dizer.

— Ok — ele concordou, e repetiu para o seu pessoal: — Peregrino, aqui. Tentem não atingir a parede.

Eles já estavam atirando. O robô da esquerda ou o seu colega do lado oposto não pareciam responder ao fogo. Outro sinal da cautela extrema com que eles tratavam a instalação. O robô se afastou da parede distante e lançou-se na direção deles, tentando cobrir os cinquenta metros da parede até a máquina em uma carreira assustadora, como uma aranha caranguejeira gigante ziguezagueando no seu avanço até a presa — estaria sofrendo contramedidas do pessoal de Duran?

Alguém — Inácio Duran — concordou com os pensamentos de Peregrino, berrando acima da cacofonia de vozes apontando os dois alvos ou anunciando manobras:

— Está vindo pr'a luta corporal!

Mas a barragem das carabinas de alta energia alcançou o primeiro alvo e fez com que o robô cambaleasse. Que a máquina não estivesse respondendo ao fogo certamente facilitava as coisas. O robô tadai deteve-se, e então explodiu. Foram a parede e o piso do recinto que suportaram o pior da explosão. De imediato, Peregrino e os outros se voltaram para a direita, para o robô exterminador remanescente——

—e não encontraram *nada*.

Pareceu a Peregrino que todos partilharam seu instante de perplexidade, a julgar pelos movimentos paralisados dos outros.

— Ele está em cima da saliência da máquina. — A voz da Tenente Waira. — Eu vi ele saltar para cima dela — Waira reforçou.

Peregrino registrou a nova surpresa. E ficou feliz por alguém ter mantido um olho no segundo robô. Olhou para cima, para a cobertura do vão em que estavam, medindo-a com o olhar.

Roberto de Sousa Causo

— Temos de deixar esta posição! — gritou, com o braço esquerdo levantado e a mão espalmada. Seu punho se fechou e ele fez o sinal de "acelerado", bombeando o punho para baixo, e então apontou para si mesmo, antes de repetir a sequência de sinais. Ele não era o homem mais alto da tropa, mas o transmissor-receptor de ansível e sua antena, fixado nas suas costas, seria claramente visível. — Recuar! Comigo! Recuar! — E para o benefício da Chefe Stahr e seu pessoal: — *Retreat! Follow me!*

Ele mesmo começou a andar de costas, enquanto repetia a ordem. Esbarrou em alguém. Uma certa confusão de luzes girantes como em uma casa noturna e vultos sobrepostos se estabeleceu, gritos e pragas eram ouvidas em seus fones, e quando viu que parte do pessoal passou a vazar para fora da cobertura, Peregrino gritou:

— Fiquem cobertos! Fiquem debaixo da cobertura! *Stay covered! Don't step away from under the edge!*

Eles se puseram em movimento. Cinco metros, depois dez metros de onde tinham estado. E então, diante dos olhos de Peregrino, que ainda caminhava de costas, um braço articulado surgiu da borda da saliência e tateou até o ponto em que o nanoplugue universal da Tenente Waira tentava fazer o seu trabalho.

Peregrino deteve-se.

Sentiu que mãos se aferravam ao seu braço direito. Olhou e viu a tenente puxando-o.

— Está perdido, Capitão — ela disse. — Mas tenho outros comigo. Ainda temos chance de baixar os dados.

"Mais surpresas", ele pensou.

— Quantos mais?

— Mais *dois* — ela respondeu.

— Por que não me contou?

— Lembra-se que cada nanoplugue custa mais que o reator de uma corveta, Capitão? — Waira disse. — Não costumo alardear que ando por aí com uma fortuna dessas.

Peregrino conteve o riso.

Agora, ao longe e por cima das cabeças da tropa em movimento, quase num ângulo em que se tornava impossível visualizá-lo, o braço mecânico recuava. Respirando fundo, Peregrino gritou:

— Atiradores de elite, *comigo*! Acelerado! — Ao mesmo tempo, fazia passar por ele a Tenente Danila Oleandras e outros

Mestre das Marés

que ele sabia não serem os atiradores. — Vá com eles, Angélica. Depois nos vemos.

— Sim, senhor — ela disse, com apreensão na voz, e seguiu com seu guarda-costas e com os outros.

Beatrice Stahr, por sua vez, continuou do lado dele.

— *I'm asking only for sharpshooters* — Peregrino disse a ela, só por garantia informando que convocava apenas os atiradores de elite.

— *Sure, and I'm here* — ela disse, sua voz juvenil soando determinada.

Rapidamente, duas mulheres e um homem do PELOPES se juntaram a eles. Peregrino segurou pelo braço um retardatário numa Kirkincho, e lhe falou:

— Venha com a gente e fique atrás só pra compor o campo secundário, entendido?

— Sim, senhor — ouviu.

— Atenção, atiradores — Peregrino disse, para dentro do microfone do capacete. — Vocês na frente comigo. Defesas ativadas. Posição de tiro e cuidado na formação do campo secundário. Em três. Um... dois...

Com a carabina em riste, ele caminhou para fora do abrigo, seguido de perto pelos outros.

Eles se moveram dois, três, quatro, cinco metros para além da borda do ressalto, até verem o robô-exterminador tadai movendo-se ao longe feito um macaco-aranha agarrado às estruturas acima do ressalto. Estava a meio caminho de chegar à posição em que estiveram há pouco, e se continuasse nessa marcha logo alcançaria o restante da tropa, no seu recuo.

Surpreenderam o robô em uma posição favorável ao fogo das carabinas de alta energia. Para mover-se com velocidade, seu corpo e as armas instaladas nele estavam voltados para cima e para fora, e ele teria de mudar seu ângulo para dirigir as armas contra eles. Um segundo de vantagem, talvez dois... Peregrino já disparava, mas talvez os outros ainda aguardassem seu comando.

— *Fogo!* — gritou.

Imediatamente, o campo defensivo do robô pulsou por um segundo — e então a máquina saltou do ressalto para o piso do recinto gigantesco. Quando pousou — sem ruído ou choque, mas acompanhado pelos canos das carabinas, Peregrino esperava —, deve ter pousado atirando, pois agora tinha o ângulo de que precisava e Peregrino já sentia seu corpo balançar involuntariamente, com os impactos sobre o campo defensivo.

Mas o robô não ficou parado. Avançou para cima deles, as pernas subindo e descendo silenciosamente no vácuo, nem por isso menos ameaçadoras. Vencia os metros em grande velocidade, e se os alcançasse, não haveria escudos de energia que segurasse os golpes dos seus membros mecânicos.

— Reorientar — Peregrino ordenou aos companheiros. — Os da frente, de joelhos.

Ele mesmo já havia colocado um joelho no chão. Atrás e acima dele, Beatrice Stahr e o terceiro atirador de elite deviam estar disparando por cima de sua cabeça.

O robô dançou sobre as suas cinco patas. O piso diante dele, desprotegido de um campo de energia, borbulhou e fumegou brevemente com os tiros defletidos.

— Formar dois grupos, em leque! O meu vai para a esquerda!

— E então, para benefício de Stahr: — *Stay with the shooter next to you, Chief Stahr.*

Ele e os dois atiradores que o seguiam levantaram-se e se mexeram, disparando o tempo todo enquanto o faziam. Mais alguns segundo nesse regime e as baterias das armas secariam. Mas o robô, atingido de duas direções diferentes, teve seu escudo rompido. Suas superfícies metálicas começaram a arder, criando uma referência visual para a concentração do fogo das carabinas. Era o procedimento de manual, contra os robôs-exterminadores tadais.

Não houve *finesse* desta vez, e o robô — que estava a uns quinze metros do dispositivo tadai — explodiu lançando fragmentos para todos os lados. Apavorado, Peregrino acompanhou partes das pernas e do revestimento da máquina quicarem contra a borda e a base do dispositivo. Mentalmente, contou cinco segundos em silêncio. Como nada aconteceu, começou a emitir ordens, rezando para não ser vaporizado em meio a uma frase.

Toda a tropa reagrupou-se em torno de Peregrino. Ele, o coração ainda batendo contra sua caixa torácica, ordenou que um grupo fosse até o ponto em que o robô lançara seus fragmentos na explosão, para avaliar visualmente se havia danos no dispositivo. Aos outros, que começassem a se organizar para nova busca de um terminal como o descoberto antes. Waira e sua sombra já estavam ao lado dele, assim como Beatrice Stahr. A ex-Minutemen tinha

Mestre das Marés

um meio sorriso de satisfação nos lábios cheios. Peregrino permitiu-se uma versão mais breve desse sorriso, sabendo que ainda não estavam fora de perigo.

Quando um grupo retornou informando que não parecia ter havido qualquer dano grave no dispositivo tadai, apenas um ou outro amassado no revestimento, e o outro voltou dizendo que haviam encontrado mais um terminal, Peregrino fez uma breve conferência bilíngue com Inácio Duran, Danila Oleandras, Angélica Waira e Beatrice Stahr. Iam todos na direção do terminal, enquanto falavam. Duran e Oleandras achavam que, se restasse algum robô, ele já os teria atacado, aproveitando o ímpeto dos seus colegas. Stahr concordava. Peregrino permitiu-se respirar aliviado. Talvez estivessem enfim livres dos Malebranchi e prestes a deixar o Malebolge com seu prêmio.

Waira estava mais uma vez no alto da pirâmide humana, quando Peregrino recebeu a mensagem de ansível da *Balam*, com uma comunicação de Helena Borguese.

— Relatório? — ela pediu.

— Sem baixas — ele disse. — Aparentemente, livres de oposição. Procedendo agora com a retirada dos dados tadais, a partir de um terminal recém-encontrado. A estimativa da Tenente Waira é que o nanoplugue especial dela leve de quinze a quarenta minutos pra baixar tudo.

— Melhor quinze que quarenta, Peregrino — Helena disse, e fez um resumo da situação orbital e da expectativa que ela e Hassid tinham de garantir-lhe mais algum tempo, com uma finta lançada enquanto as naves tadais se aproximavam do planeta. — Recebemos um *bip* ansívico da parte de Túlio — ela completou. — Ele está entrando agora na zrs com o reforço, em regime de tunelamento militar de urgência urgentíssima. Mas não sabemos se, entre acelerar e desacelerar, ele vai chegar a tempo de fazer alguma diferença, enquanto estivermos em batalha orbital, ou depois do novo jato relativístico. . .

"O mais importante para vocês, é saírem daí o quanto antes. Vou deixar uma esquadrilha dos caças de sobreaviso para escoltá-los, e o Albatroz de Soriano dando apoio direto. Vou mandar deMarco ir esquentando os motores.

"Peregrino, saiba que, segundo minha avaliação e de Montoro, os tadais só se arriscariam a um ataque contra nosso bloqueio chegando tão perto da nova emissão do jato relativístico, se soubessem

Roberto de Sousa Causo

que têm robôs na superfície, a caminho de impedir vocês de subirem com os dados obtidos do dispositivo. Teriam sido baixados de um vaso tadai que escapou durante a sua descida. Vou enviar alguns dados sobre veículos de desembarque tadais.

"Já ordenei a evacuação dos feridos dentre os cientistas, e o resto deles vai subir assim que possível e quando as condições orbitais forem favoráveis. É hora de vocês também guardarem a escova de dentes e se prepararem para uma retirada de combate. Lamento, Peregrino, mas as coisas não parecem boas para vocês aí embaixo."

Eu despluguei todos os cabos do meu traje, menos aquele que me ligava às comunicações de Helena Borguese. Ofegava de antecipação, dentro do traje espacial.

Pouco depois de Hassid Montoro partir para a "finta" contra os tadais, Borguese discutiu com Mirian Vera a disposição das naves que ficaram na órbita do planeta, e então conferenciou com Peregrino na superfície do planeta. Eu mal acompanhei tudo o que ela dizia.

Finalmente, Borguese deixou o comando com Vera e levantou-se. Estava claro para mim que ela ficaria no comando das coisas até a resolução de tudo, e não chegaria a trocar as equipes no passadiço. Ela se encaminhou para o recesso onde ficava a copa, e eu fui atrás dela. Olhando brevemente para trás, notei que Marcos Vilela acompanhava meus movimentos com os olhos, mas ele continuou sentado e não me seguiu.

Borguese percebeu o que eu queria e me esperou junto à entrada da copa. Entramos juntas.

— O que foi? — ela disse.

— Eu quero estar na *Jaguatirica* quando os feridos chegarem — soltei, entrando direto no argumento que havia ensaiado mentalmente. — Decidi que toda essa coisa tática e operacional não é o meu forte. — Apontei para fora da copa. — Vilela pode me atualizar depois quanto a tudo o que acontecer aqui. Mas na nave-hospital eu posso explorar um outro ângulo, mais humano e de um ponto de vista não-militar. Vai enriquecer muito a minha reportagem.

— Eu entendo — Borguese disse, e me deu as costas. Ela foi em frente e retirou seu capacete, antes de se servir de um café

Mestre das Marés

fumegante numa daquelas canecas dos Jaguares. — No momento, não tenho como dispor de um escaler para levá-la até lá. O cientistas feridos estão subindo agora, e enviar um escaler nosso seria uma distração para o pessoal da *Jaguatirica*, no trabalho de recebimento dos feridos.

Eu não deixaria que esse argumento me impedisse.

— Não existe um outro jeito? O Almirante Túlio prometeu que vocês me dariam toda a ajuda possível.

Isso a fez parar para pensar. Ela afastou a caneca dos lábios, colocou-a em uma mesinha dobrável e com as duas mãos retirou a faixa que achatava as suas orelhas. Com as costas enluvadas da mão esquerda, coçou uma das pontas.

— Talvez em um esquife — disse.

— O que é isso? — perguntei.

— É um veículo pensado justamente para esse tipo de transferência de vaso para vaso. Com lugar para uma pessoa só, pouco mais que um casulo salva-vidas individual com um motor de plasma preso a ele. Telecomandado, não mobiliza muita gente no ponto de chegada. — Borguese balançou a cabeça. — Mas seria perigoso demais.

— Eu tinha entendido que as naves do reforço tadai ainda estão longe e vão demorar para chegar.

Ela assentiu.

— É verdade. Mas uma nave tadai da primeira escaramuça escapou e o paradeiro dela é desconhecido. — Visivelmente a contragosto, ela engatou uma explicação: — Pode estar lá embaixo pousada e com todos os seus sistemas desligados, ou com o mínimo de sistemas ligados, imunes aos nossos sensores por causa da poluição eletromagnética causada pelo buraco negro. Não usaria seus sensores ativos contra nós aqui em órbita para não se denunciar, mas os vasos do reforço fariam isso por ela. Bastaria um sinal de ansível deles, e ela atacaria um alvo de oportunidade.

— Mas também pode ser que não — eu disse. — Por que não me deixa assumir o risco eu mesma? — No mesmo instante em que pronunciava essas palavras, me perguntei se não me deixava levar pelo impulso de sair da *Balam* rumo a uma outra nave que eu pensava estar mais segura. Era tudo o que me ocupava a mente, e logo superei as dúvidas. Perguntei: — Você leu o termo de isenção que eu assinei?

Roberto de Sousa Causo

— Claro — ela disse, com um meio-sorriso. — Peregrino deu ordem para que todos os oficiais a bordo da *Balam* o lessem. — Ela me encarava com seriedade agora, olhando-me nos olhos. — Tem certeza de que quer fazer isso?

— Absoluta — respondi, prontamente.

Borguese apanhou seu *palmer* de um bolso do traje espacial, e consultou-o sem pressa.

— Acho que consigo desviar um Carcará para proteger o esquife até você chegar à *Jaguatirica*. É o melhor que posso fazer.

— Obrigada.

Ela terminou seu café, colocou a caneca para limpar, voltou a cobrir as orelhas salientes, e reaveu seu capacete.

— Me acompanhe — disse, metendo-o na cabeça.

Junto à entrada do passadiço, à esquerda de quem chegava, havia um pequeno console com telas e painéis, e um assento no qual se sentava o Sargento Barrios.

Barrios se pôs imediatamente em pé.

— Sargento, quero que coloque a senhorita Lopes em um esquife em TVV coordenado com destino à *Jaguatirica*, comunicações via *laser*, nesse ambiente eletromagnético. O que nós temos à bordo?. . . Acho que um Costa T–nove seria melhor, são mais modernos. O esquife e o traje espacial devem protegê-la dos raios--x durante o trajeto, mas espere até estarmos atrás do planeta em relação ao buraco negro, só por segurança — Borguese voltou a consultar o *palmer*. — Acho que isso vai acontecer em cerca de. . . trinta e cinco minutos. Me avise antes de lançar o esquife, e se está tudo certo com quem vai recebê-lo na *Jaguatirica*. Eu vou avisar o s–três deles, de que a nossa jornalista convidada vai passar um tempo lá.

— Sim, senhora.

Barrios então repetiu as ordens recebidas, quase ao pé da letra. Ele bateu os calcanhares e prestou continência antes de sair, e eu simplesmente fui com ele sem me despedir de Borguese ou de Vilela. Sem olhar para trás.

Passamos no camarote que eu dividia com meu colega, para pegar minhas coisas. Guardei tudo com rapidez, de mãos trêmulas, e pedi um tempo para usar o banheiro. Durante toda a operação, não me arriscara a fazer nada confiando nos tubos e gel absorventes e "dutos receptores" da bermuda de interface e do traje

Mestre das Marés

espacial. O sargento esperou do lado de fora do camarote, com minha bagagem junto aos seus pés, e quando saí, ele perguntou:

— Com licença, mas a Capitã Borguese designou alguma escolta pra acompanhar seu esquife até a outra nave, no espaço?

— Designou, sim. Um dos caças.

Ele pareceu respirar aliviado. Apanhou minha bagagem.

— Ótimo — disse. — É importante que durante o trajeto a senhorita fique com o capacete fechado e com todos os arreios presos. O esquife tem um sistema de ejeção do assento com o suporte de vida completo, se houver ruptura do casco.

— Tudo bem — respondi, em voz baixa.

Seguimos pelos corredores quase vazios da nave em alerta de combate. Eu já notara que nessas condições tudo mudava: trajes de *combate*, rações de *combate*, procedimentos de *combate*. O murmurar do sistema de ventilação da nave tornava-se quase opressivo, no silêncio de vozes e de passos. Chegamos a um ponto logo abaixo do hangar, ponto em que existiam nichos enfiados no piso, acessados por degraus, que levavam até os tais "esquifes". Barrios me fez descer até um deles. Parecia um torpedo de uns três metros e meio, quatro metros de comprimento. O homem apertou um botão e uma espécie de tampa com duas janelas se abriu lateralmente com um chiado, revelando uma abertura voltada para nós. Segurando a minha bagagem, ele enfiou o tronco lá dentro e, com alguma dificuldade, colocou minhas coisas na parte de trás. Saiu de lá e falou, gesticulando:

— Pra pegar a sua bagagem, puxe a alavanca pra baixo e a divisória vai bascular pr'a frente. Pode entrar agora. Com os pés pra frente, por favor.

Fiz como ele disse. A iluminação lá dentro era vermelha, como no passadiço. Logo eu me deitava em um longo assento acolchoado na parte superior, de encosto muito baixo. Ia quase deitada. Barrios puxou cintos muito duros, e os fechou sobre o meu peito e coxas. Eu me assustei quando eles se ajustaram automaticamente, com um rangido.

— Pra acelerar as coisas, se a pessoa for usar o esquife numa emergência — Barrios explicou. — É que eles também são usados como vasos de escape.

Ele então puxou dois braços metálicos acolchoados que me espremeram os ombros, pernas e quadris, limitando ainda mais minha movimentação lateral. Em seguida, fixou uma mangueira

Roberto de Sousa Causo

de ar, eletrodos de monitoramento médico e um cabo de comunicação no meu traje. Com grande gentileza, Barrios ia me explicando tudo o que fazia. Ele ajustou acima da minha cabeça, montado num braço articulado, um painel suspenso com três telas. As telas se acenderam assim que o braço se encaixou. Linhas e colunas de código, números e ícones apareceram nelas.

— O esquife é pequeno demais pra ter gravidade artificial ou compensadores inerciais — Barrios continuou, ainda com o tronco enfiado na abertura. — Isso significa que, quando ele deixar os limites do campo anti-inercial da *Balam*, o seu corpo vai estar submetido a uma força de quatro GS. Todos os espaçonautas e pessoal de infantaria embarcada da esquadra são certificados pra suportar essa solicitação, mas pode ser que você perca os sentidos. Isso vai durar pouco tempo. Depois do lançamento, o motor do esquife desce pra dois e estabiliza em um G e meio. . . Um pequeno desconforto. O esquife é telecomandado, e pode ser que o operador faça ele acelerar por alguma razão de segurança, e com isso a solicitação sobre o corpo aumenta outra vez. Fique tranquila, que o operador vai anunciar qualquer manobra que se fizer necessária, por meio dessas telas aqui, e também pelos fones do seu capacete. O mesmo vai acontecer quando for preciso desacelerar pra o *rendez-vous* com a outra nave. A única diferença é que vai ser um operador da *Jaguatirica* quem vai cuidar dessa etapa. Mantenha as mãos cruzadas no peito, durante todo o trajeto. Mantenha o capacete fechado, durante todo o trajeto. Como eu disse antes, se houver uma descompressão por qualquer motivo, os sistemas de segurança podem ejetar o assento, acoplado ao sistema de manutenção de vida. A ejeção de emergência leva o corpo a cerca de oito GS, mas não se preocupe com isso. É plenamente suportável. Completada a ejeção, um sinalizador é acionado e os localizadores em qualquer uma das outras naves vão saber onde você está, e mandamos alguém te pegar. Isso pode levar um tempo, mas o sistema de suporte de vida dá pra mais de dez dias.

Só consegui engolir em seco, quando ele terminou. Barrios sorriu, dentro do seu capacete, aparentemente tentando me tranquilizar.

— Boa sorte — ele disse.

Então endireitou-se e fechou a tampa do esquife sobre mim.

*

Mestre das Marés

Peregrino distribuía ordens. Substituição de baterias de escudos defensivos e, quando necessário, de baterias das carabinas. A bateria da M-23 dele estava quase a zero... Além disso, hidratação pelos tubos no capacete. Determinou que Duran enviaria dois pares de esclarecedores até cento e cinquenta metros do ponto em que estavam, para antecipar a ação de possíveis reforços tadais que já tivessem se colocado no recinto subterrâneo — embora Peregrino suspeitasse que eles ainda estivessem em trânsito na superfície. Beatrice Stahr devia fazer um *briefing* com o pessoal da Roger Penrose, por canal de rádio retransmitido pelo aparelho de ansível de Peregrino — e ele sabia que Stahr aproveitaria a oportunidade para passar a Mohapatra e os outros todas as imagens que ela e seus comandados haviam registrado do artefato tadai. A Paulo Soriano lá em cima, Peregrino pediu que descesse dois Olhos de Carcará acompanhados de seus primos melhor armados, para reconhecer o terreno, localizar e talvez abater um veículo de desembarque tadai.

Depois das confirmações, assistiu a Tenente Waira sendo levantada novamente, agora pelo pessoal da Chefe Stahr, para colocar o seu segundo nanoplugue no terminal de dados da máquina tadai. Quando ela desceu, tinha um sorriso nos lábios. Peregrino, que ainda sentia suas mãos tremerem com a tensão do combate de há pouco, admirou-se outra vez da coragem da pequena inca, e se perguntou por que ela sorria, mas não se arriscou a externar sua curiosidade — talvez a voz lhe saísse trêmula...

Inácio Duran aproximou-se. Peregrino assentiu com a cabeça, e Duran disse, no canal que partilhavam.

— Capitão, precisa parar de se arriscar tanto.

— Me arriscar?...

— O senhor se expôs demais, enfrentando o segundo robô daquele jeito — o oficial da infantaria embarcada explicou.

— A situação era dinâmica e exigia uma pronta reação, Duran. Não havia como esperar você chegar.

— Eu não estava longe, Capitão! — o outro protestou. — Mais alguns segundos...

Peregrino o interrompeu com a mão direita levantada.

— Correu tudo bem, e agora temos tempo de respirar. Graças ao fato dos seus atiradores serem muito bem treinados.

— Esperava que o elogio acalmasse os brios de Duran. — Vamos

Roberto de Sousa Causo

torcer pra que a situação continue assim por um tempo, pra que eu não tenha que me arriscar mais.

Quando Duran se afastou, Peregrino deu-se ao luxo de beber um pouco de água com sais minerais e estimulantes, pelo tubo do capacete. Respirou fundo e soltou o ar quase bufando, já se sentindo mais alerta, começando a deixar a ressaca de adrenalina.

O tempo passou, com a tropa aguardando o aparelho de Angélica Waira escolher seu caminho pelos *softwares* tadais, baixar quaisquer dados que obtivesse, e Peregrino teve ainda mais tempo para acalmar-se e diminuir a tensão. Ao seu lado, Waira comentou que, pelo tempo que demorava, havia muita informação guardada na misteriosa máquina. Peregrino perguntou:

— Como vai saber que seu nanoplugue completou o serviço, Tenente?

— Ele envia um sinal para o receptor que eu tenho aqui.

Ela indicou um pequeno dispositivo preso ao seu cinto.

— É conveniente. . .

— Um fato interessante, Capitão — ela começou.

— Sim?

— A configuração de porta que funcionou nos dois terminais — Waira disse. — Nos dois casos, veio do dossiê que o senhor me deu. A mais antiga. Dezenas de milhares de Terraanos, segundo os especialistas do Povo de Riv. O senhor acha que pode ser uma indicação de quando este lugar foi construído?

— É bem possível. Anterior até mesmo ao registro que o Povo de Riv tem do buraco negro. . .

Nesse instante, Peregrino recebeu um chamado de Paulo Soriano.

— Encontramos um transporte tadai inerte na superfície, senhor — ele informou. — A cento e cinquenta quilômetros da sua posição. Estou lançando as coordenadas no computador da sua armadura. É um transporte do tipo conhecido informalmente por "Cucaracha Quinze", porque carrega quinze robôs tadais, numa estrutura aberta, sem pressurização, mas com uma carapaça blindada leve. Não há sinal dos robôs. O transporte está vazio. Não vemos marcas no solo, mas ele é tão compactado, que os robôs podem ter descido e não deixado rastros. Ou podem estar ocultos no subsolo. Isso é o mais provável, porque não encontramos nada entre o veículo e a instalação em que vocês estão agora. Peço permissão para destruir o transporte. Não tem atividade

Mestre das Marés

eletromagnética, mas pode ser ativado à distância para servir de retransmissor de comunicações.

À menção de *cucaracha*, Peregrino imediatamente se lembrara da antiga canção popular mexicana:

La cucaracha, la cucaracha
Ya no puede caminhar
Porque no tiene, porque le falta
La patita principal.

— Acabe com ela, Tenente.

— Vamos continuar procurando os robôs, senhor — Soriano prometeu.

— Faça isso.

Soriano desfez a conexão. Peregrino desfez seu sorriso e respirou fundo. Estava perto da histeria. Forçou-se a pensar taticamente. Como dividiria suas forças, se fosse o *software* que comandava os robôs-exterminadores? Se tivessem pousado há algum tempo, os robôs que eles tinham enfrentado no Malebolge teriam comunicado aos seus irmãos recém-chegados algo das capacidades da força de Peregrino. Talvez um segmento substancial de robôs entrasse no recinto gigante, enquanto outro grupo tentaria fechar sua via de fuga — o túnel pelo qual entraram.

Mas não adiantava perder tempo especulando. Avisou pela frequência geral:

— Temos um possível reforço de quinze robôs tadais a caminho. Chequem as armas e a energia dos seus escudos defensivos. Fiquem alerta pra qualquer alteração no ambiente. Preparem-se pra recuar na direção do túnel pelo qual viemos, em marcha acelerada, assim que a Tenente Waira der o seu OK. Duran, vamos aliviar o peso do seu pessoal: peça pra começarem a desempacotar mais duas M-cinquenta e três.

— Com quinze robôs tadais aqui, as contramedidas eletrônicas deles vão impossibilitar a função autônoma ou a telecomandada — Duran disse.

— Usamos o comando por filamento. Deve dar pra o que precisamos, se armarmos as M-cinquenta e três perto da boca do túnel, próximas da que já está lá.

— Positivo, Capitão.

— *What is going on, Pilgrim?* — perguntou Beatrice Stahr, metendo-se na conversa.

Peregrino explicou à chefe de segurança da Roger Penrose o que se passava e quais ordens ele havia dado. Disse a ela para preparar seu pessoal.

— *Quinze* robôs? — ela exclamou, em inglês. — Acha que vão entrar todos aqui?

Partilhou com ela a sua ideia de que essa força seria dividida.

— Vamos conversar, você e eu? — Stahr propôs. — Tenho comigo recursos que podem ajudar.

Ela estava perto de Peregrino, e logo depois de passar algumas ordens ao seu grupo, aproximou-se dele com um cabo já estendido. Depois de se conectar à sua Kirkincho, Stahr puxou de um bolso da coxa esquerda uma tela dobrável, com uma empunhadura telescópica, ideal para instruções de campo em ambiente espacial ou de vácuo, como aquele em que estavam. Ela a ativou, e Peregrino logo viu um complexo gráfico geológico, de túneis serpenteantes como intestinos ou artérias, a maioria horizontais, como os amplos espaços subterrâneos de um aquífero, com comunicações diagonais ou verticais entre camadas confinadas e não-confinadas. Próximo deles, mas quase fora do gráfico, havia a marcação do Malebolge, e em escala.

— Lembra-se do esquema dos depósitos e passagens do hidrogênio metálico líquido que eu carreguei nos seus computadores? Aqui está ele, já atualizado com o que aprendemos neste lugar. — Ela apertou um comando, e uma seção do gráfico adquiriu uma nova cor. — Esta é uma rota possível deste ponto perto daqui, uma abertura na superfície, até as proximidades da entrada do túnel que leva ao nosso abrigo.

Peregrino olhou com cuidado a rota brilhando na tela dobrável.

— Duas vezes a distância — observou —, e alguns acessos muito verticais.

— *This is Plan Bee, Pilgrim* — ela disse. — Se nos depararmos com uma esquadra de robôs durante o deslocamento.

— Ok, vamos manter isso em mente.

— Deixe-me ir na frente, então — Stahr pediu. — Se for preciso, acharei o caminho mais rápido do que o seu pessoal.

Ele refletiu, fitando o rosto dela, por trás do visor da armadura Oerlikon. Ela devolveu seu olhar com uma expressão controlada e profissional.

— Logo atrás dos nossos escoteiros — ele concedeu.

Mestre das Marés

Eles desfizeram a conexão. Beatrice Stahr o acompanhou, enquanto ele retornava para junto da Tenente Waira. Algum tempo se passou, até que Waira endireitasse o corpo e abrisse um sorriso. Em pouco tempo, estava novamente no topo da pirâmide humana, recolhendo o seu precioso nanoplugue.

Peregrino dirigiu-se a todos, no canal geral:

— Preparem-se! Vamos para a boca do túnel, e saímos assim que tivermos um retorno do Albatroz sobre a situação lá fora.

Conforme o Sargento Barrios me havia prevenido, desmaiei durante o lançamento. Mais tarde eu me lembraria de ter saído da *Balam*, quase sem qualquer sensação de movimento, apenas deixando o nicho junto ao casco da nave, depois que Barrios saiu e fechou a comporta interna. As duas janelas no esquife passaram a mostrar estrelas em profusão. E em seguida... o peso esmagador em meu peito, braços e pernas, o zumbido nos ouvidos, e o breve instante em que tudo ficou cinza, e depois negro. Voltei a mim com Barrios chamando nos fones do capacete.

— Senhorita Lopes? Senhorita Lopes?

— Hãã?...

— Senhorita Lopes, está consciente?

— Sim... acho que sim.

— O lançamento correu bem — ele informou. — Agora vou cortar completamente a aceleração, pra te dar tempo de se recuperar. Ficou desacordada por muito tempo... Pode vir a sentir alguma vertigem, então respire fundo. Em cinco... quatro... três... dois...

Em um segundo, senti a vertigem anunciada. Senti meus braços perderem o peso, enquanto a vertigem ameaçava se transformar em náusea. Só então me dei conta de que não puxara o fôlego, passando em seguida a respirar compassadamente.

— Consegue ver as telas diante do seu rosto? — Barrios perguntou.

— Si-sim — balbuciei.

— A da esquerda mostra o gráfico de afastamento da *Balam*. — Eu podia ver a nave silhuetada por linhas claras como neon, e retângulos que convergiam rapidamente para o centro da nave. — O gráfico mostra a taxa desse afastamento, cada quadro representa uma distância de cem metros. Veja agora a tela do centro.

Roberto de Sousa Causo

Ela mostra a *Jaguatirica*, e a mesma taxa de aproximação. Na tela da direita você vê o caça Carcará que vai escoltá-la. Ele já fez o *rendez-vous*. A silhueta do caça parecia sem perspectiva, como se ele estivesse sendo gravado de lado por uma câmera fixa no esquife. Para minha surpresa, a presença dele ali me fez me sentir mais segura. Assim como a voz de Barrios em meus ouvidos. Ele disse que iria aumentar um pouco a aceleração, bem paulatinamente até dois GS, e até que os retângulos representassem uma taxa de afastamento de um quilômetro. E que ficaria ausente do rádio, enquanto preparava um militar na *Jaguatirica* para dirigir a aproximação.

Respirando fundo, fui sentindo o aumento de peso em meus membros. Eu suportava de dentes cerrados, mais nervosa com a experiência nova, do que por me sentir realmente oprimida. Olhava pela janela da esquerda, que revelava a borda superior de um grande anel de gás iluminado febrilmente da direção oposta, estrelas brilhando palidamente por trás desse véu. Entendi que estávamos do lado do planeta em que sua atmosfera lançada ao espaço se projetava como um cone de gás ionizado. A parte escura no centro era a sombra do planeta, e então me lembrei do que Helena Borguese havia dito, sobre me proteger da radiação do buraco negro.

Nesse momento, eu me senti imensamente vulnerável. Estava sozinha, cruzando o espaço em uma casca metálica de noz, cercada de perigos que eu não compreendia. Ao mesmo tempo, brotou em minha mente um quadro mental da *Balam* em que seus tripulantes passavam o tempo todo medindo o que acontecia em torno e iniciando procedimentos para realizarem coisas, ter pronto para uso aquilo de que precisavam para se protegerem mutuamente, e para enfrentarem os problemas juntos. Será que era isso o que atraía Marcos Vilela, em seu trabalho com os Jaguares?

Senti falta dele. Nem tinha me despedido de Marcos. . .

Senti que podia ter cometido um erro, ao deixar a *Balam*.

Voltei meu rosto para as telas. O caça ainda estava lá, talvez na mesma posição. A taxa de aproximação parecia ter aumentado. No capacete, os fones de ouvido estalaram.

— Senhorita Lopes — disse a voz do Sargento Barrios —, estou passando o controle do esquife pr'a espaçonauta Blanca Abrego, da *Jaguatirica*. Vai ficar aos cuidados dela agora. Boa viagem e boa sorte.

Mestre das Marés

— Obrigada, Sargento. . . — eu murmurei, sem saber se ele já havia cortado a conexão.

— Senhorita Lopes? — soou uma voz feminina, poucos segundos depois. — Espaçonauta Abrego, aqui. Teremos mais alguns minutos de voo, e aí vamos inverter a orientação do seu esquife, para depois fazer ele desacelerar. Alguma dúvida?

Refleti agitadamente, olhando em torno.

— Meu monitor. . . — eu disse. — A tela central agora está dividida.

— Ah. O Sargento Barrios me pediu pra repetir essa imagem pr'a sua tela. Disse que era do seu interesse. Veja que na parte inferior você tem a imagem de um grupo de vasos. É o escaler da Roger Penrose com o pessoal evacuado, e uma escolta de caças CE–quatrocentos e vinte e oito Carcará. Estão subindo agora do planeta. Vocês vão chegar quase ao mesmo tempo.

Fitei melhor as telas. Eram quatro naves subindo. A tela central apresentava uma série de gráficos e ícones por cima das silhuetas traçadas dessas naves. Eu não entendia nada dessas coisas, mas me pareceu que logo eu estaria em segurança. Nas outras telas, as taxas de afastamento e de aproximação pareciam estar chegando perto do marco de que Barrios havia falado — um quilômetro a cada dois ou três segundos. . .

Então o gráfico animado, com os retângulos convergindo de ou para seus pontos de fuga, desapareceu. Em seguida, a nave da esquerda — a *Balam* —, começou a se movimentar rapidamente, deixando de voltar a sua lateral para a câmera. O enquadramento agitou-se para acompanhar seu movimento. Notei que a mesma coisa acontecia com a tela que mostrava a *Jaguatirica*. Nesse instante, luzes amarelas se acenderam. Elas se destacavam da iluminação vermelha, e pulsavam, acendendo-se e apagando-se a cada segundo. Acima do meu corpo deitado, folhas de metal cobriram as duas janelas do esquife.

Eu ouvia alguma coisa?. . . Com mãos trêmulas, abri o visor do capacete, para ouvir a todo volume um gemido rítmico, *dééé. . . dééé. . . dééé. . .*

No canto direito de cada uma das telas, pulsava agora a palavra "ALERTA".

— Feche o capacete imediatamente, senhorita Lopes — ouvi, a voz da Espaçonauta Abrego.

— O que está acontecendo?. . .

Roberto de Sousa Causo

— Os sensores das nossas naves detectaram alguma movimentação suspeita no planeta lá embaixo — Abrego disse. — A *Jaguatirica* e a *Balam* estão se movimentando neste instante para formar o campo secundário de casco energético. Vou interromper a aceleração do seu esquife. Não se preocupe, que a manobra vai colocar você no centro da proteção do campo secundário.

Abrego calou-se.

— O que eu preciso fazer? — perguntei, mas não tive resposta. Voltei a sentir a ausência de peso. Me dei conta de que meu capacete ainda estava aberto. Fechei-o. Lembrei-me então do que Barrios me havia dito antes e conferi as cintas que me prendiam. Cruzei os braços junto ao peito. Ofegava.

Nas telas, a *Balam* parecia tão próxima no enquadramento, que eu conseguia ver as luzes acesas nas janelas do passadiço, na frente da nave. Olhei para a *Jaguatirica*, e vi quase que uma imagem gêmea. Na última tela, o caça parecia se mover lateralmente na minha direção, a ponto de eu reconhecer a fisionomia de um dos tripulantes, por trás da cobertura transparente da cabine, e por trás do visor do seu capacete fechado. Ele olhava para mim... para a câmera, de cenho franzido. A imagem cresceu a ponto de parecer que ia se chocar comigo...

O homem desviou o olhar.

Senti uma leve pancada sacudir o esquife.

Uma luz muito branca envolveu o caça, ofuscando tudo. As telas se apagaram.

— O que está acontecendo? — gritei, mas Abrego não respondeu. Ao invés, meus ouvidos arderam com um chiado em volume altíssimo.

Senti então um solavanco brutal.

Diante de mim, toda a frente do esquife se desfez numa explosão — fazendo-se em pedaços como se fosse feita de folhas de papel arrancadas pelas mãos de um gigante — e eu senti uma dor tão forte que devo ter desmaiado.

Recobrei os sentidos depois do que me pareceu apenas um momento. Alguma coisa pressionava minha cabeça contra o interior do capacete, parecendo esmagá-la... meus braços contra os suportes laterais... Meu corpo todo latejava de dor. Forcei-me a abrir os olhos, tentando enxergar alguma coisa apesar das lágrimas... A frente do esquife era uma boca escancarada, emoldurada por destroços... Apenas uma fonte de luz restava no

Mestre das Marés

interior... Lá fora, formas estranhas passavam diante da abertura
... rastros luminosos, manchas como longas pinceladas... vultos escuros passando repetidamente diante da abertura... Me dei conta de que o esquife devia estar girando sem controle... daí a pressão contra o meu corpo... Meus dentes rangiam e minha visão ficou cinza e então tudo se fechou em um túnel diante dos meus olhos... Com um esforço de vontade, antes que voltasse a desmaiar concentrei-me no que estava adiante de mim... perto... E vi que meus pés não estavam mais lá.

Peregrino, enquanto organizava a equipe em grupo avançado e grupos de segurança para os flancos direito, esquerdo e retaguarda, aguardava a comunicação do Albatroz. Não demorou. Logo, o Tenente Paulo Soriano chamava Peregrino pelo ansível.

— Más notícias, senhor — ele disse, sem rodeios.

— Prossiga.

— De acordo com os Jaguares em órbita, um vaso tadai de fato sobreviveu ao primeiro choque orbital — Soriano continuou —, e estaria pousado na superfície do planeta, no hemisfério oposto ao nosso. Temos o alerta de que mísseis foram disparados da superfície contra a órbita. — Fez uma pausa mais longa, antes de informar: — Além disso, senhor, há informação de que três mísseis de cruzeiro estariam voando agora, presumivelmente para a sua posição, em ziguezague para tentar se esconder dos nossos sensores.

Peregrino gesticulou para que os soldados em torno dele o seguissem, e ele mesmo dirigiu-se à boca do túnel.

— Estimativa de quando chegarão aqui? — perguntou.

— Aguarde. — E depois de alguns minutos: — Entre vinte e vinte e cinco minutos, dependendo do trajeto que eles escolherem.

— Carga bélica?

— Desconhecida, senhor — Soriano disse, com uma voz apertada.

— Calma — Peregrino recomendou. — Não vão usar megatons de termoplasma ou algo assim. Não quase em cima do precioso artefato deles. Mas alguns quilotons em cima da gente enquanto estivermos na superfície já bastaria. — Fez uma pausa, apontando para Beatrice Stahr, e então para baixo, seguindo com um polegar para cima. Ela assentiu com a cabeça, sabendo que

Roberto de Sousa Causo

podia se preparar para realizar o seu plano B. Para Soriano, disse:
— Possibilidades de interceptação?
— Estou discutindo isso com os Carcarás do Avutardas Salvages que estão conosco. Talvez consigamos, se triangularmos nossos sensores com os do pessoal lá em cima, mas está uma confusão lá, depois da primeira salva disparada contra a órbita.
— Eles foram atingidos? — perguntou, com um tremor na voz. — Baixas?
— Os tadais usaram um míssil nuclear para saturar o campo secundário — Soriano disse —, seguido de uma salva de impactadores. — Ele fez uma pausa, e então: — Um Carcará foi perdido. A tripulação ejetou. A informação da Seção de Comando na *Balam* é de que já foram localizados por um escaler da *Jaguatirica* e devem ser resgatados em breve e em boas condições.
— Eles aprendem rápido — Peregrino murmurou, referindo-se aos computadores táticos tadais. — E o pessoal da Roger Penrose? Não estavam subindo nesse momento?
— Sim, senhor. Não tiveram baixas e agora estão seguros na *Jaguatirica*. Parece que estavam protegidos no perímetro do campo secundário da *Balam*, da *Jaguatirica* e da sua escolta de Carcarás.
— Melhor assim. Vou deixar você em paz agora, Tenente. Se conseguir interceptar os mísseis, seria ótimo, mas não exponha o seu grupo a algum truque da nave tadai. Coordene seus esforços com a *Balam*.
— Senhor, se nos concentrarmos na interceptação, vamos deixar vocês aí sem apoio. . . — Soriano alertou.
— Deixe um Olho de Carcará aqui pra dirigir a ação de um único caça, entendeu?
— Sim, senhor. — Ele parecia relutante.
— Foco na interceptação, Tenente. Temos que pensar no resto dos cientistas. Eles não estão longe, também podem ser um alvo dos tadais.
Peregrino desfez a conexão e correu por entre o pessoal de Duran aglomerado em torno dele, e alcançou Beatrice Stahr.
— Vamos ter que usar o seu truque, Chefe Stahr. — Ele rapidamente a informou da novidade que os tadais dirigiam contra eles. — Qual é o seu plano?
— Temos que percorrer cerca de mil metros na superfície, até encontrarmos a primeira abertura para os subterrâneos

Mestre das Marés

— ela disse. — Precisaremos do apoio dos seus caças, porque é muito provável que parte dos robôs tadais já esteja na superfície, ocultos em fissuras no terreno, talvez dormentes e aguardando o comando de despertar enviado dos seus colegas, depois que eles entrarem aqui.

— O apoio cerrado está garantido — ele disse, torcendo para que o Carcará e o Olho de Carcará que ele havia reservado para isso dessem conta do recado. Não sentiu a necessidade de partilhar com Stahr e os outros a verdadeira precariedade desse apoio.

Eles discutiram rapidamente, agora com Duran ao seu lado, qual seria a conformação da tropa durante o deslocamento. Foram interrompidos por alguém do pessoal de Duran, que informou que os sensores de movimento montados pelos esclarecedores haviam detectado robôs tadais vindos das duas direções, no interior do recinto do dispositivo tadai.

— Chegou a hora — Peregrino disse, apontando um dedo para Duran, que imediatamente partiu para dirigir a ação das armas telecomandadas.

Também apontou para Beatrice Stahr e os esclarecedores, que logo tomaram a frente. Ele meteu-se atrás deles, seguido da Tenente Waira e de seu guarda-costas, tropeçando nas ranhuras da rampa.

No que pareceu um tempo absurdo, minutos que na verdade deviam ser segundos, estavam fora da rampa e na superfície. Peregrino mantinha os olhos no vulto esguio de Stahr em sua Oerlikon, e agachou-se com ela e os outros, quando fizeram um autoguardado em torno da entrada. Olhou em torno, assim como os outros. Não viu robôs na planície saltando de trás das poucas rochas arremessadas contra a superfície, nem emergindo como bonecos de mola das fendas. No alto, à esquerda, duas luzes mergulhavam quase em tandem contra a posição deles, e passaram por sobre as suas cabeças sem o menor ruído — eram um Carcará armado até os dentes, e a versão Olho de Carcará que o guiava no rasante. Significava que os robôs estavam por perto.

E também em seus calcanhares, pois Duran informou que acionava as três baterias guiadas à distância pelos HUDS nos capacetes dos seus atiradores, os comandos viajando à velocidade da luz em finíssimos filamentos conectando as armaduras Kirkincho e as M-53.

Roberto de Sousa Causo

— Um trio de robôs-exterminadores eliminado nesta passagem — veio a voz de um dos pilotos. — Às quatro horas, pra vocês aí embaixo.

Peregrino imediatamente disse:

— Em pé e a caminho! *Standing up and moving!*

Eles se levantaram e começaram a correr. Ele pediu à coluna em deslocamento que atentasse para o seu flanco direito.

A luta havia começado.

Peregrino olhou em torno. Um pouco atrás dele, à esquerda, Angélica Waira ia de cavalinho nas costas do seu segurança particular — todo o pessoal treinado no modo propulsado das armaduras os tinha ativado e logo eles se moviam em alta velocidade, saltando obstáculos com facilidade, mesmo enquanto tentava não pular tão alto a ponto de entrarem na mira de possíveis robôs ocultos no terreno.

Mas Peregrino sentiu que havia alguma coisa errada.

Não algo de errado com o seu deslocamento, ele avaliou, nem com a ação dos caças. E... nem com a ameaça que os robôs podiam representar.

O terreno em torno deles... Uma luz mais forte vibrava sobre eles, menos inclinada do que antes. Seria algo como às 10h00 da manhã na Terra, embora não uma fonte de luz tão intensa quanto o Sol...

O anel de fótons...

Agu-Du'svarah lá em cima.

Peregrino piscou demoradamente dentro do capacete, tropeçou, endireitou-se com dificuldade.

Quanto tempo havia se passado?

Tentou imaginar quanto seria preciso para percorrer os mil metros do cálculo de Beatrice Stahr, e encontrar a proteção do subterrâneo — sob essa luz, a ameaça silenciosa pairando sobre ele...

Enquanto lutava para não ceder ao pânico, ouviu Duran reportar que lá embaixo as baterias telecomandadas tinham sido destruídas — e segundos depois, que as cargas de termoplasma haviam detonado na boca da rampa, levando robôs-tadais com elas — e que o flanco direito havia feito contato com robôs na superfície — uma salva de foguetes tadais disparados mas desviados por contramedidas do Olho de Carcará — que o Carcará-com-dentes estava cuidando dos robôs — que seus disparos foram muito

Mestre das Marés

próximos do deslocamento, mas precisos — nenhuma baixa — o avanço prosseguia...

Teve de lutar também para não se jogar na fenda de escape de hidrogênio metálico líquido, assim que viu os esclarecedores se deterem diante dela e darem passagem a Beatrice Stahr. Peregrino deteve-se e gesticulou para que eles fossem na frente, e depois para que Waira — de volta aos seus próprios pés — e o guarda--costas os seguissem, e então para que todos os outros passassem por ele, empurrando Duran para que o obedecesse. Olhou em torno enquanto os últimos entravam — viu os jatos de fumaça e luzes de queima no ponto em que os robôs foram destruídos pelo Carcará que agora ascendia com força, um duro brilho metálico na ponta das lanças duplas dos propulsores. E viu ainda o Olho de Carcará como que parado em comparação, talvez duzentos metros no alto eclipsando o brilho cruel do anel de fótons, antes do caça de reconhecimento sair dali para se juntar ao colega, e fazer Peregrino desviar os olhos para a superfície castigada de Firedrake Gamma—M, os brilhos e as sombras arrancadas da rocha comprimida e torturada, sob o brilho irresistível.

— Podemos vê-lo na superfície, senhor — disse alguém lá em cima. — Abrigue-se imediatamente. Um dos mísseis de cruzeiro escapou da interceptação. Vai chegar, calculamos, em menos de quatro minutos.

— Deem o fora daqui, vocês — Peregrino ordenou. — De agora em diante, atualizações por ansível.

— Sim senhor!

Ficou ali mais alguns segundos, apreciando o caça acelerar a toda força, mais rápido do que foi capaz de acompanhar.

Só então, com um suspiro, deixou-se cair para dentro da fenda.

Enquanto deslizava, Peregrino desativou o escudo de energia e acendeu as luzes da armadura. Elas mostraram a superfície lisa de um tobogã, o material tão fundido e compactado que não havia sinal da passagem anterior dos outros. Escorregou por ele em boa velocidade por quinze ou vinte metros, até que ele desembocasse, com uma angulação suave, em um outro recinto gigantesco, mas este produzido pela natureza — pelo fluxo de imensas quantidades de hidrogênio metálico líquido.

Peregrino, deslizando de costas, precisou usar os calcanhares e os cotovelos — recorrendo à força artificial do modo autopropulsado — para deter o seu movimento, quase atropelando quatro ou cinco vultos que haviam se arriscado a se aproximar da abertura no alto, talvez curiosos com sua demora. Antes de se colocar em pé, ele gritou:

— Pra frente, todos! Todos para o meio da galeria! Fiquem longe de qualquer abertura pr'a superfície. Um dos mísseis passou e chega em três minutos. Acelerado!

Havia muitas luzes acesas no espaço, e elas começaram a se agitar, conforme o pessoal se colocava em movimento. Peregrino desligou o modo autopropulsado da armadura — a primeira tentativa de correr ali dentro com ele resultou em pés patinando e em escorregões.

Aparentemente, o consenso era o uso de luz visível e não de infravermelho para orientação no lugar, um espaço tão amplo que, nesse trecho quase reto, era como estar no convés de lançamento de uma Astronave Operadora de Caças Estelares ou no hangar de serviço de uma estação orbital de classe 1. Os comandados da Chefe Stahr acompanhavam a tropa de Duran, e Peregrino falou com a mulher em inglês, informando que deviam ficar afastado de outras aberturas, e que ele contava com ela para guiar os outros com o seu mapa 3D.

— Logo vai ser Natal lá fora — completou.

Assim como na superfície, o material em que pisavam dava uma aderência apenas mediana, e ele podia ver homens e mulheres correndo aos tropeções, alguns caindo para se levantar logo em seguida e retomar a corrida. E era quente, guardando um calor residual gerado pela pressão atmosférica e pelo hidrogênio metálico líquido... De repente, Beatrice Stahr e a Tenente Waira e seu guarda-costas materializaram-se ao lado de Peregrino, o que de algum modo o fez se sentir mais seguro. Ouviu a voz de Stahr em seu capacete, gritando em inglês:

— Há uma fenda no alto às duas horas, cinquenta metros direto à frente. Corram para a sua esquerda, direção onze horas.

Peregrino traduziu tudo, acrescentando um "acelerado" no fim. Não conseguiam, é claro, correr a toda velocidade por causa da iluminação incerta sobre o piso.

Quando o míssil iria detonar lá em cima? Torceu para que os caças já tivessem dado o fora. A taxa de aceleração deles era

Mestre das Marés

fantástica, ele sabia. Com os seus compinerciais a toda força, podiam chegar à órbita em questão de segundos se quisessem. O míssil explodiria acima da superfície, a alguns quilômetros de altitude, despejando energia térmica e radiação mortal em um cone sobre a área. A menos que a detonação afetasse o dispositivo tadai no Malebolge, eles não sentiriam nada ali no receptáculo vazio de hidrogênio metálico líquido, exceto talvez por uma luz forte chegando até eles pelas fendas no alto. Mais que tudo, torcia para que o míssil de cruzeiro não se comportasse como uma nave capaz de desacelerar e buscar a ampla passagem até o refúgio improvisado pelos cientistas da Roger Penrose.

Em quanto tempo? E há quanto tempo corriam? Ele deveria estar mais alerta, ser melhor capaz de avaliar essas coisas... Olhou para trás e para cima do ombro direito——

—bem a tempo de ver o piso atrás deles e mais ou menos onde Beatrice havia apontado uma fenda para a superfície, iluminar-se como se alvo de um poderoso holofote — e um segundo depois produziu-se ali um tênue cone de luz branco-azulada, assinalando gases de queima puxados para baixo pelo vácuo no interior do recinto — e meio segundo depois um jato visível por um átimo enquanto a luz se apagava, descendo e atingindo o piso como um esguicho de vapor.

Não houve tremores nem chuva de poeira ou de escombros, nenhum segmento do teto caiu sobre eles. Parecia ser uma anomalia tão grande, em relação ao esperado, que Peregrino sentiu as náuseas retornarem.

Claramente, o dispositivo tadai ainda funcionava. Peregrino imaginou que a detonação da ogiva nuclear tão perto do Malebolge devia ser um risco calculado da parte dos *softwares* tadais. O pulso eletromagnético e a irradiação térmica resultantes da explosão deviam estar dentro dos limites de segurança da máquina, cujo efeito anulador de vibrações em superfícies sólidas também a garantiria contra o pior dos efeitos da arma.

Peregrino voltou a cabeça para a frente, no mesmo instante em que se dava conta do alarme de radiação da sua Kirkincho. Enquanto ele corria, o *bip-bip* ia diminuindo, até quase calar-se por completo. Eles continuaram correndo por mais dois ou três minutos, subindo e descendo a crista de uma daquelas ranhuras que o fluxo de hidrogênio metálico líquido parecia formar sempre, até que Beatrice corrigisse a direção, de modo que voltavam a

Roberto de Sousa Causo

correr ao longo do comprimento do tubo em que estavam, depois de subir e descer a mesma crista.

A mulher ciberaumentada comandou uma diminuição do passo. Nesse instante, Peregrino recebeu um ansível de Paulo Soriano.

— Grupo de terra, grupo de terra, responda.

— Estamos bem aqui, Tenente — Peregrino respondeu, ofegante. — E quanto aos seus caças?

Silêncio do outro lado, até que Soriano dissesse:

— Seguros. Tiveram de viajar só alguns segundos e estavam além do horizonte. Já estão de volta sobrevoando a área. Os outros dois mísseis foram interceptados com sucesso. Não há mais sinal de atividade da nave tadai. O pessoal em órbita está bombardeando agora a posição dela. Não creio que vocês voltem a ter problemas com essa ameaça em particular. Eu mesmo estou voltando com o Albatroz para a sua posição.

— Ótimo — Peregrino disse.

— Mas a ogiva nuclear do míssil era bem suja — Soriano alertou. — Excede a capacidade de proteção das armaduras em dois ponto sete. Como vamos fazer pra tirar vocês daí?

— O plano é chegar por via subterrânea até as proximidades do abrigo dos cientistas, e então chamar o Aguirre. Temos um mapa três-D pra orientar a gente, mas talvez você possa demarcar o perímetro de maior contaminação.

— Positivo, senhor. Aguarde novo contato, com a medição.

— Não se esqueça de monitorar os robôs tadais na nossa retaguarda. Temos sete ou oito que ainda podem sair da instalação tadai, pra nos perseguir.

— Sim, senhor. Monitorar os robôs tadais a partir da instalação subterrânea. Entendido.

Soriano cortou o *link* e Peregrino, ainda trotando, voltou-se para seus companheiros, fazendo um relato do que ocorria lá fora. Aos poucos, a corrida tornou-se um trote e o trote um caminhar rápido, enquanto os homens e mulheres do grupo davam-se conta de que estavam presos ali embaixo — ao menos até que encontrassem um caminho e um lugar seguro para emergir lá em cima e chegar até a base do pessoal da Roger Penrose. E de lá, os escaleres para fora do planeta.

— Continuem avançando — Peregrino disse.

Mestre das Marés

Inácio Duran e Danila Oleandras assumiram a iniciativa e ordenaram o lançamento, via disparadores de gás comprimido, de projéteis iluminativos — que voavam rápido e sem desacelerar no vácuo, iluminando grandes áreas com uma luz fantasmagórica. Obviamente, assim como ocorreria na Terra e em outros mundos de vulcanismo ativo, a gravidade havia tido um papel no comportamento do hidrogênio metálico líquido, pois o teto era mais abaulado do que o piso, junto ao qual, em alguns pontos, parecia haver recessos como os dos tubo de lava.

Mais importante, Peregrino divisou ao longe o final do recinto. . . Não. Era um ponto em que fazia uma bifurcação. Seguindo Beatrice Stahr, ele e os outros iam trotando rumo a esse ponto. Conforme se aproximavam, ficava cada vez mais claro que a antiga passagem do estranho fluído estreitava-se, o túnel da esquerda apresentando um calibre menor que o da direita. Para o alívio de Peregrino, Stahr os conduzia para o mais largo. Quando entraram, bastaram as luzes das armaduras para iluminar o caminho. Peregrino fez um teste com o visor de infravermelho, e, como tinha antecipado, as paredes do túnel eram quentes demais, confundindo a leitura. Seus companheiros, consideravelmente mais frios, apareciam como silhuetas escuras, mas o IV era inútil para guiar seus passos ou evitar que tocassem as paredes. Voltou ao modo de luz comum, vendo materializar-se novamente a dança de focos de luz sobre as costas de seus companheiros — ou arrancando reflexos metálicos das paredes e do teto da nova passagem, correndo pelas superfícies lisas como fantasmas a persegui-los.

Peregrino lembrou-se então do episódio em que Dante declara a Virgílio, a respeito de uma caverna em que estiveram há pouco:

Tive meus olhos com tanta atenção fixos,
Penso que um traço vital de meu sangue lamenta
O pecado que lá embaixo tanto custa.

6 O ÚLTIMO CÍRCULO

C inquenta metros ou mais no interior do novo túnel, Jonas Peregrino computou uma leve curva para esquerda, seguida, duzentos metros ou mais à frente, de uma longa rampa descendente que causou muitos escorregões e tombos. O grupo continuava avançando o mais rápido que conseguia, sempre contornando os pontos em que a radiação vinda do alto havia se filtrado até lá embaixo pelas aberturas que levavam à superfície.

Algum tempo e quilômetros adiante, os faróis das armaduras e lanternas das armas descortinaram um ramal de tubos de hidrogênio metálico líquido. Era um espaço cilíndrico de diâmetro maior no meio, como o interior de uma seringa do mar, mas metralhado por orifícios, concentrados na parte baixa e às vezes parecendo favos de mel retorcidos e esvaziados, e outras vezes, braços vazados de coral. Muitos eram elípticos ou ovais. E as ranhuras, marca registrada do material em fuga para a superfície, formavam intrincadas filigranas, arabescos adornando a borda das fendas. Havia poucos escombros — aparentemente, o que havia para ser arrebentado já o tinha sido, e arrastado com o fluxo em seu destino à superfície.

"O interior de um crânio?" Peregrino perguntou mentalmente. "De uma vértebra?. . ." Porque as curvas e os orifícios sugeriam algo de orgânico — e *morto*. Como se passeassem pelo interior dos restos mine-

ralizados da ossada de um gigante, de um titã, um Nefilim. . .
O Ninrode da Bíblia e da *Divina Comédia*?. . . Certamente não
o gigante Efialte, que causa um tremor de terra ao agitar-se
contra suas correntes, pois não havia tremores ali. . . Passeavam
sim pelas câmaras de um coração fossilizado. . . Mas. . . a morte
de Firedrake Gamma–M não se dera há milhões de anos, e sim há
poucos dias ou semanas.

Mais uma vez, a força impossível de Agu-Du'svarah infiltrava-
-se em seus pensamentos. Tudo o que o planeta era e o que poderia
se tornar havia se evaporado com a sua atmosfera arrancada dele
pelos sucessivos jatos relativísticos. Qualquer forma de vida que
ele nutrira ou viria a nutrir — tudo fora interrompido pelo mais
cruel acaso. Como Dean Foster havia dito lá atrás?. . . *Uma coincidência cósmica. Impossível de ser antecipada matematicamente.*

Peregrino e os outros precisaram de mais tempo para atra-
vessar essa seção do seu trajeto, negociando em fila indiana as
aberturas no piso e suas bocas escuras movendo-se com a alter-
nância dos múltiplos focos de iluminação. Em vários momentos,
Beatrice Stahr parou para consultar o seu detalhado mapa holográfico. Peregrino julgou que, apesar da complexidade do espaço,
ela os guiava com segurança.

Passaram por uma abertura enorme no teto da seringa do mar,
pelo qual deve ter fluído um grande volume do hidrogênio metálico líquido. Passaram por ali cuidando para não se verem logo
abaixo dela, já que os alarmes de radiação das armaduras voltaram
a bipar. Mas logo a mulher os levou à continuidade do túnel secundário. Nesse ponto, a radiação era menor e o avanço acelerou-se.

O Tenente Paulo Soriano fez contato, e começou dando-lhe
notícias atualizadas vindas dos Jaguares em órbita.

— A Seção de Comando confirma a destruição da nave tadai
remanescente no planeta, senhor.

— Ótimo — Peregrino disse, enquanto trotava atrás de Stahr
e dos esclarecedores. — Ela chegou a realizar mais alguma ação,
antes de ser eliminada?

— Não, senhor, embora possa ter desembarcado mais robôs. . . que teriam escapado dos nossos sensores.

Peregrino aguardou, concentrando-se em manter o fôlego.
Soriano retomou o contato.

Mestre das Marés

— As informações sobre o míssil de interdição de terreno, senhor. Demoraram porque eu quis conferir tudo com a Seção de Comando.

Por dever de ofício, todo espaçonauta precisava saber muito sobre radiação e seus efeitos. Enquanto Soriano recitava os dados sobre partículas alfa e beta, *rads* e outras formas de medição de raios gama, Peregrino ia fazendo um rápido cálculo mental, mas logo ficou confuso. Parecia haver um erro de escala quanto aos efeitos do míssil sobre o terreno acima do qual ele tinha detonado.

— Pode jogar isso no computador da minha armadura, Tenente? — pediu.

— Sim, senhor.

Peregrino foi forçado a diminuir a velocidade da marcha, e conferenciar com os outros.

— Parece que esses tadais trabalham com uma substância radioativa que não conhecemos — Beatrice Stahr disse. — Se esses dados forem corretos, significa que nossas armaduras não impediriam os efeitos, e se levarmos partículas até o abrigo do pessoal da Roger Penrose, é possível que a descontaminação não dê conta. Mas a coisa importante é o ponto em que teremos de subir para escapar dos piores efeitos da substância. Isso é fácil de calcular e desse ponto até o resgate pelo seu escaler, estaremos seguros.

Eles fizeram o cálculo e entenderam que tinham um longo caminho pela frente. E que a maior parte do tempo de que dispunham antes do prazo fatal estabelecido pelo buraco negro seria gasto nessa progressão subterrânea. Quando — e *se* — voltassem à superfície, a batalha orbital estaria ocorrendo a toda força acima de suas cabeças.

Peregrino e os outros marcharam por mais uma hora, até a passagem se estreitar em uma sucessão de intrincadas galerias de piso levemente ascendente. Manter o passo acelerado era difícil, e — salvo pelos ciberaumentados — começava a exigir do condicionamento físico do pessoal. Embora todo espaçonauta estivesse habituado ao interior de trajes e armaduras espaciais, havia um limite para o quanto o confinamento do capacete e do traje podia ser suportado. No fim dessa hora, Peregrino ordenou uma pausa para a troca de baterias das armaduras e renovação dos cristais de

Roberto de Sousa Causo

estocagem de oxigênio. Também recomendou hidratação e checagem dos sistemas das armaduras.

— Cinco minutos — ele dizia, enquanto caminhava entre os homens e as mulheres.

Conferiu se estava tudo bem com Angélica Waira, se ela sabia como proceder, e se o seu guarda-costas teria tempo de fazer a própria verificação depois de ajudá-la. Em seguida, conferiu com Duran e Oleandras se estava tudo em ordem com o seu pessoal, e então com a Chefe Stahr. Ela o segurou por um minuto.

— Quero checar o seu ansível, posso? — pediu, já se movendo para tocar no aparelho às suas costas. — Nós temos um conosco, mas é menor e menos eficaz para comunicações foramundo.

— Ok — ele concedeu.

Mas imediatamente fez subir a tela de diagnóstico do ansível no HUD do seu capacete. Era uma atitude de cautela, de suspeita, e Peregrino sentiu-se contrariado. Contudo, Beatrice operava com competência e precisão o console externo no aparelho preso às costas dele, e a tela diante dos olhos de Peregrino mostrava que estava tudo em ordem com o aparelho imprescindível para chamar apoio fora da superfície do planeta.

— Está tudo certo — ela disse. — Seu equipamento é robusto e resistente. Imagino que tenha de ser, considerando o quanto o portador se arrisca. . .

— Tudo bem — ele a interrompeu, cortando uma possível bronca como a que Duran lhe dera antes.

Mas no mesmo instante, Peregrino se deu conta de que se algo acontecesse a ele, o ansível poderia ser comprometido. E com o comunicador transluminal, a segurança de todo o grupo de terra. "Azar", pensou ferozmente. "Se houvesse mais clareza em tudo o que está acontecendo desde que a estação foi atacada, eu poderia delegar mais."

— Espero que não me considere impertinente, Pilgrim — Stahr insistiu —, quando digo que você está se saindo muito bem.

— Obrigado — ele disse.

No fundo de sua consciência, porém, perguntava-se se no eco do elogio dela não estava a questão abafada, se ele tinha ou não o Transtorno de Reinhardt sob controle.

— Você também, Chefe Stahr — ele devolveu. — Está nos guiando com total eficiência. Você é a melhor chance que temos de sair daqui inteiros.

Mestre das Marés

Stahr não respondeu, e ele achou que a conversa estava encerrada. Mas sentiu um punho forte fechar-se em seu braço direito. Gentilmente mas com firmeza, ele foi girado para ficar de frente para ela. As luzes dos trajes mostravam que Beatrice Stahr tinha um sorriso triste por trás do visor de seu capacete, visor que ela tocou contra o dele. Afastou-se então, voltando-se para junto dos esclarecedores.

Peregrino respirou fundo. Mais uma vez, um gesto, um olhar dela o fazia desviar-se do atoleiro emocional em que ele tinha se enfiado. Quase sorriu para si mesmo. No canal geral e em castellano, disse:

— Prontos? Vamos em frente.

Retomaram a marcha acelerada por cerca de meia hora, quando a passagem quase nivelada deu lugar a longo e acentuado declive, o fundo mal visível à luz das lanternas das carabinas. Grupos de três indivíduos desceram o tobogã, que dava para novo amplo reservatório, como o primeiro a que tinham alcançado. Ali, depois de reagrupados, eles correram em boa velocidade até que a câmara vazia terminasse em um aclive acentuado. Precisaram usar as armas para fundir apoios para os pés no piso, o suficiente para escorar o pessoal que, no modo autopropulsado das armaduras, arremessou uma das menores mulheres do grupo, que, depois de fundir um orifício no minério endurecido lá em cima, prendeu o cabo que permitiu que todos subissem.

Na próxima hora, tiveram de repetir o procedimento mais duas vezes. Entre uma vez e outra, corriam ou trotavam. É claro que aqueles que eram ciberaumentados não tinham grandes problemas com isso, e que todos os membros da equipe, até mesmo a Tenente Waira, estavam em forma. Mas era apenas uma questão de tempo para que a exaustão se instalasse. Além disso, cedo ou tarde o interior das armaduras se tornaria opressivo e claustrofóbico. No *head-up display* do capacete de Peregrino, a contagem regressiva para o disparo do jato relativístico corria inexoravelmente, e ele lutava para calcular o outro prazo fatal: quando iriam à superfície para serem resgatados pelo escaler de Perúvio deMarco.

Alcançaram outro grande depósito vazio entre camadas confinadas, também este amplo como um hangar de astronaves, porém mais adepto a desdobrar-se em curvas abertas. O piso horizontal transformou-se mais adiante em uma rampa negativa e mais adiante ainda, noutro plano inclinado, mais longo e positivo. O terreno então nivelava-se e se abria em uma nova galeria de passagens do hidrogênio metálico líquido. Era um labirinto.

Aos poucos, exausto, Peregrino foi desistindo de conferir cada curva do caminho, cada gradiente, no holomapa fornecido por Beatrice Stahr e brilhando em seu *head-up display*. Por alguns minutos, desfrutou do alívio que era delegar a liderança a ela, e concentrou-se apenas em manter o corpo funcionando no espaço subterrâneo, como uma parte do organismo maior que era a coluna em seu deslocamento.

Trotava junto com os outros, por um tempo que também ia fugindo da sua capacidade de controlar a sua passagem. As luzes dos trajes e armas iluminava debilmente o caminho e as paredes dos diversos tubos e câmaras, como vagalumes subnutridos deslizando pela pedra fundida onipresente. Aos poucos, a mente de Peregrino esvaziou-se da ansiedade em chegar à superfície e pôr-se a salvo, para encher-se de imagens abstratas, grotescas... e de versos da *Divina Comédia*.

De fato, ele contemplava o lugar onde de fortitude deveria armar-se. Pois no desenho das galerias e nas paredes do labirinto havia o traçado orgânico, arquitetônico e ostensivo da loucura, pesadelo transformado em dura realidade, realidade em pesadelo. O caminho longo, a estrada difícil... Não um corredor palaciano, mas catacumba natural de piso incerto e incerta também de luz... O fio do verme caído, que mina o mundo...

Visão de dentro das paredes da mente de Lúcifer...

"Lúcifer... do mesmo modo que eu o deixara..."

E então, um tubo longo em cuja ponta mais distante Peregrino imaginou ver uma fraca luz pulsar. Não era, certamente, projetada pelos trajes de Beatrice Stahr e dos esclarecedores que ela seguia de perto. Peregrino, respirando fundo para além do ofegar que o trote lhe exigia, tentou clarear a mente e entender as novas informações que apareciam no HUD. Traços de *atmosfera* — ali, no vácuo do planeta esvaziado... Hidrogênio, na maior parte, e muito tênue.

— Atenção agora! — Peregrino gritou. — Mais devagar, cuidado à frente! Atenção para fonte de luz autônoma e emissão de gases.

Mestre das Marés

A marcha foi reduzida, com os esclarecedores gesticulando para que Beatrice diminuísse o passo. Ao lado de Peregrino, Angélica Waira tropeçou em sua sombra. A imagem adiante cresceu. Sim, uma luz fraca pulsava, incerta e efêmera. Ou luzes. . . A fonte dos gases intensificava-se. Claramente, hidrogênio era sublimado em gás ali, para rarear e desaparecer com um hálito fantasmagórico no vácuo reinante no resto da galeria subterrânea. O outro dado era o calor. Naquele ponto à frente, ele saltava na escala.

Lentamente, entraram em uma câmara lenticular talvez apenas um pouco menos ampla que o Malebolge dos tadais. As luzes eram relâmpagos, Peregrino compreendeu. Ele via as linhas finas e rasgantes atingindo paredes, teto, piso. Os microfones externos do capacete captavam os estalos. A vanguarda da tropa — com Peregrino entre ela — ia agora a passo de felino, e ao contornar uma formação obstrutiva do centro da câmara, ele viu algo que o deixou perplexo e confuso.

Uma coluna vibrante sustentada quase na vertical, de onde partiam os raios e em torno da qual, Peregrino via agora, a atmosfera instantânea circulava. Ele examinou com mais cuidado a base da coluna. Era uma bacia ou a boca de um funil colocado em pé. No alto, a coluna desaparecia na boca de um funil invertido, com as ranhuras do hidrogênio metálico líquido mais estreitas e num padrão de espiral convergindo para o centro.

Demorou, mas ele entendeu — a coluna era na verdade um jorro do estranho material, escuro mas reluzente, dominando tudo com a chama eterna da cidade perdida de Kôr no reino de Ayesha — o Pilar da Vida. Exceto pelo fato de que o toque desse pilar luminoso não traria a vida eterna, e sim a morte instantânea. Mesmo à distância em que estavam, o calor irradiado poderia ter sido fatal, não fosse a resistência do material das armaduras e equipamentos.

Peregrino não sabia como o jorro conseguia manter uma coesão tão estrita no interior da câmara, sublimando apenas camadas superficiais externas na velocidade supersônica com que cruzava do chão ao teto. Notando a ausência de qualquer vibração chegando até ele pela sola da armadura, cogitou se a coesão não seria um efeito secundário, inesperado e fortuito, do dispositivo tadai ainda em funcionamento.

Roberto de Sousa Causo

A coluna era relativamente fina — três, talvez quatro metros de diâmetro? — e subia sem dispersão aparente pelos vinte metros ou mais, até ser abraçada pelo funil lá em cima. Peregrino lembrou-se do jato fino que viram no voo do refúgio do pessoal da Roger Penrose até o Malebolge. O pensamento lhe trouxe, mesmo diante do medo e da perplexidade, a esperança de que estivessem no final da sua jornada.

Isso o fez sacudir a perplexidade. Entendendo o perigo representado pela força de furacão da atmosfera turbilhonante e pelos raios, ordenou que todos tornassem a acionar os escudos defensivos e que se tocassem o tempo todo durante o deslocamento em fila indiana. Pela primeira vez, a estática perturbava a comunicação, mas repetindo tudo em castellano e em inglês três vezes, ele se fez entender e o deslocamento foi retomado. Peregrino ia na frente, com Beatrice Stahr apontando o caminho — uma abertura do outro lado da câmara tempestuosa, um campo de futebol a cruzar...

Conseguia ver os gases formando anéis em torno do jorro constante. Os fones externos de seu capacete captavam o uivo do vento e o pipocar do detrito fino soprado contra ele. Marchavam junto à parede direita da câmara, relâmpagos chicoteando acima deles, estalando por entre eles, às vezes contra eles, sendo repelidos pelos escudos de energia. Olhando para o fluxo de hidrogênio metálico líquido, Peregrino via-o coruscando quase como uma torre de Tesla. Mas havia fenômenos elétricos ainda mais estranhos ali... Do fluxo desprendiam-se raios-bola, mesmo sem que houvesse oxigênio e nitrogênio suficiente na atmosfera, grandes como punhos ou cabeças, e uma variante que vibrava no ar como serpentes coleantes de luz branca intensa, e que pareciam ser atraídos pela perturbação nos ventos que os corpos em movimento provocavam — ou talvez pela ação dos próprios campos defensivos das armaduras.

O deslocamento prosseguia. O modo multiplicador de força das armaduras permitia o avanço contra os golpes das rajadas de vento. A Tenente Waira era praticamente carregada por seu guarda-costas e por Beatrice Stahr. Atrás deles, homens e mulheres do grupo sofriam escorregões e quedas, para logo serem colocados em pé pelos companheiros. A fila indiana arrastava-se para a frente pelo tato e feito uma centopeia derrapando sobre uma lâmina de gelo. Dentro do capacete, Peregrino ofegava, o sistema

Mestre das Marés

de refrigeração da armadura e a malha da bermuda de interface falhando em impedir que ele suasse em abundância.

Depois de um tempo que lhe pareceu impossivelmente longo — poucos minutos, de acordo com o cronômetro do HUD —, Peregrino, à testa do deslocamento, chegou ao umbral de um túnel que marcava o final da câmara do Fogo da Vida — ou era o que o mapa digital da Chefe Stahr lhe dizia. Peregrino deteve-se ali e virou-se. Já sentia o alívio do vento. Estendeu a mão para puxar o primeiro esclarecedor para dentro do túnel, e depois Waira, Stahr e os outros, e então um por um, cada homem e mulher do grupo. Acima deles, enquanto eles se aproximavam, ele via suas silhuetas recortadas contra a luz dos relâmpagos e lampejos — as bolas e serpentes elétricas orbitando por sobre as suas cabeças, flagelando-os como fantasmas furiosos.

Cerrando os dentes e respirando fundo, Peregrino lançou um último olhar para o jorro incessante, para a tormenta formada em torno dele, e então uniu-se à coluna que já se afastava. Metidos no calibre mais estreito da passagem aberta para o vácuo, sentiam o vento não mais em rajadas mas como uma força constante a empurrá-los para a frente. Marcharam exaustos pelas curvas do túnel, até chegarem a uma câmara mais ampla, na qual o sopro de hidrogênio dissipou-se. Ali, Peregrino ordenou nova pausa de cinco minutos.

O pessoal recuperou o fôlego, hidratou-se, renovou os cristais concentradores de oxigênio, conferiu os sistemas das armaduras e fez reparos — duas Kirkinchos tinham sofrido panes nos sistemas de comunicação, e uma delas perdeu o escudo defensivo. Esse homem, um dos principais atiradores de elite de Inácio Duran, teve de ir para a retaguarda. Peregrino checou o ansível.

— Relatório, Albatroz.

Com um estalo, a voz do Tenente Paulo Soriano se fez ouvir.

— Não há sinal de atividade dos robôs tadais na superfície. Uma ação desviacionista dos Jaguares está em curso contra os tadais para ganhar algum tempo para vocês aí embaixo, com o engajamento bem-sucedido de uma das falanges tadais. Como vocês estão?

Peregrino achou que, apesar de tudo, estavam em boa forma. Fez para Soriano um rápido resumo do que acontecera até ali, e perguntou se ele estava sobre o terreno.

Roberto de Sousa Causo

— Sim, senhor — veio a resposta. — Com o Albatroz e os dois caças.

— Você está vendo o gêiser de hidrogênio metálico líquido?

— Sim, senhor — Soriano disse. — Pelo holomapa dos subterrâneos que o senhor nos passou, creio que têm ainda uma hora de marcha, até ultrapassarem o limite dos piores efeitos radioativos do míssil tadai. Seria fácil localizar a passagem ideal até a superfície e marcá-la para vocês com um radiofarol.

— Faça isso. Espere dez minutos, e então acione o Tenente deMarco pra que ele venha nos buscar. Use os seus caças pra escoltar o escaler dele.

— Sim, senhor.

Mencionar o gêiser fez Peregrino refletir sobre algo que ele deixara escapar. Chamou Beatrice Stahr para junto de si.

— O seu holomapa não registra esse jorro de hidrogênio metálico líquido — disse a ela.

— É verdade — Beatrice disse. — Fui pega completamente de surpresa, quando entramos naquele lugar.

— Acha que ele não estava ativo, quando o seu *drone* fez o mapa?

— Com certeza. Acho que ele nem teria sobrevivido às condições lá dentro.

Peregrino chamou os outros para retomarem a marcha, então voltou-se novamente para a Chefe Stahr.

— Vocês perderam algum *drone* aqui embaixo?

— Sim, perdemos — ela respondeu. — O último que enviamos, antes de vocês chegarem. Achamos que foi uma pane fortuita, porque ele não avançou muito. Deixou de funcionar pouco depois de entrar no subterrâneo. — Ela fez uma pausa, e apontou para a frente. — Pouco adiante daqui.

O grupo marchou por cerca de quinze ou vinte minutos, retomando um passo acelerado. Peregrino, ainda incomodado com alguma coisa, pediu aos esclarecedores que ficassem atentos para os restos de uma das sondas enviadas pelos cientistas. Mas no fundo ele achava que não havia grandes chances de encontrarem alguma coisa — o *drone* podia estar em qualquer uma das muitas galerias secundárias.

Mestre das Marés

Mas o que o incomodava? Talvez fosse apenas o fato de que seus sentidos ainda hiperexcitados o fazia sentir que não podiam estar tão perto da segurança quanto imaginavam.

Contudo, cerca de um quilômetro adiante nos túneis, os esclarecedores encontraram fragmentos no piso junto à parede esquerda. Detrito no ambiente de mineral compactado e fundido pela pressão atmosférica e calor, e lavado pelo fluxo de hidrogênio metálico líquido, era tão raro que isso chamou a atenção de Peregrino.

— Alto! — ele ordenou, enquanto voltava para a testa do deslocamento. — Esclarecedores, quero uma identificação clara do que é isso. Apoio, armas apontadas para a frente e campos defensivos funcionando, modo efeito de campo secundário.

— É tecnológico, senhor — um dos esclarecedores disse.

No caminho, Peregrino apanhou Beatrice Stahr pelo braço e a levou com ele para a frente. Os dois se ajoelharam diante de um fragmento maior, iluminado intensamente pelas luzes dos seus trajes. Ele perguntou em inglês se ela era capaz de identificar os pedaços de metal como o *drone* enviado pelo pessoal da Roger Penrose. As palavras mal deixaram sua boca, e ele entendeu a tolice que havia dito. O que mais poderia ser, no interior virgem do planeta destroçado?

— É o nosso *drone*, Pilgrim — Stahr respondeu, apontando o revestimento de uma peça maior, de uma coleção espalhada aleatoriamente. — E veja estes pontos fundidos. Foi destruído por algum disparo de alta energia.

Imediatamente, Peregrino disse:

— Duran, adiante-se com o seu pessoal. Vamos fazer a Formação Correa. Em algum lugar por aqui, provavelmente na nossa frene, pode haver um ou mais robôs tadais.

Seus pensamentos voaram, trombando-se. Os tadais teriam antecipado o uso dos depósitos subterrâneos esvaziados de hidrogênio metálico líquido como via de escape dos humanos? Ou os robôs tinham notado a pesquisa dos *drones* ali embaixo e deixado robôs no lugar, para interceptá-los? Se houvesse uma equipe de exterminadores tadais ali — um trio de robôs —, ela não teria sido desviada até o Malebolge, para unir-se à proteção do dispositivo? Que fosse apenas uma máquina, talvez avariada, seria contar demais com a sorte...

Inácio Duran surgiu ao seu lado.

Roberto de Sousa Causo

— Que formação é essa, senhor? — ele disse, quase num sussurro.

— Nós a usamos na Esquadra Colonial. Uma das primeiras manobras de infantaria que surgiram, depois que o pessoal da ELAE nos franqueou a tecnologia do campo secundário aplicada a armaduras. Ideia do Tenente Tales Correa, das Forças de Superfície. "Usamos uma armadura com força nível três no modo autopropulsado. Em cada pé vai agarrado um outro soldado, um braço enlaçando o tornozelo, e o outro braço apontando a carabina pr'a frente. Desse modo, têm-se o campo secundário estabelecido e você pode colocar mais um trio de cada lado, e sucessivamente, até fechar uma frente. É claro, perde-se mobilidade e velocidade, mas numa situação como esta, podemos fechar o diâmetro deste túnel, protegendo quem vem atrás e formando uma parede de fogo concentrado, contra o robô. Se ele aparecer."

— Vou providenciar, senhor.

— Três minutos, Duran — Peregrino disse, e então fechou o canal com Duran e abriu o do ansível, com Paulo Soriano.

— Albatroz?

— O radiofarol está em posição, senhor. Já tem o sinal?

— Firme no meu *head-up display*. Ouça, Tenente. Vocês tem um VAENT seis–K ou de outro tipo, que caiba na saída que você acabou de marcar?

— O senhor quer uma sonda que transite pelas passagens subterrâneas, senhor? — Soriano perguntou.

— Exatamente.

— Temos o que o senhor precisa.

— Então lance essa sonda em quatro minutos ou menos, entendido?

— Quatro minutos ou menos, entendido. É apertado, mas vamos fazer.

— Ótimo. O escaler do Tenente deMarco já foi acionado?

— Sim, senhor.

— Muito bem. Avise deMarco pra preparar procedimentos de descontaminação radioativa da área interna do Aguirre, pra quando embarcarmos. E me informe quando a sua sonda estiver entrando.

Dali a pouco, Duran disse que tinha o seu pessoal pronto para a Manobra Correa.

— Vamos começar o avanço, senhor? — Duran perguntou.

Mestre das Marés

— Ainda não. Ordenei aos nossos amigos lá em cima que criem uma distração na outra ponta.

— Como assim, senhor?...

— Coloque os sensores das armaduras no modo ativo — Peregrino disse. — Ou nós saberemos onde o robô tadai se esconde, ou ele vai ser tocado na nossa direção. Entendeu?

— Sim... senhor.

A hesitação de Duran dizia o contrário, mas Peregrino não podia fazer nada a respeito. Havia outras coisas a cuidar, nos dois minutos de que dispunha. Disse a Beatrice Stahr para pôr o seu pessoal de sobreaviso, armas prontas e escudos ativados. Ela passou por ele apressadamente, com um olhar de soslaio eloquente com a sua censura bem humorada. *Considerando o quanto você se arrisca, Pilgrim,* ele quase ouviu em sua mente. Mas quanto tempo eles tinham para ficar paralisados ali dentro, bloqueados? Até que acabasse o ar ou as baterias? Até que não tivessem mais tempo hábil de voltar para junto do pessoal da Roger Penrose, descontaminar as armaduras e o escaler, e preparar a evacuação?

Paulo Soriano avisou que a sonda estava entrando pela abertura. Peregrino acompanhou seu avanço no holomapa. Contava mudamente os segundos.

— Atenção à frente! — ordenou.

— Descarga de energia detectada! — Duran disse, poucos instantes depois.

E pelo ansível:

— A sonda foi destruída, senhor — na voz de Soriano.

— Coloque os seus homens pra andar, Duran! — Peregrino disse.

Eles começaram a se mexer. Inicialmente desajeitados, mas logo pegando o jeito. Um-dois, um-dois, arrastando os companheiros a cada passada no piso liso e nivelado, marcado apenas pelas onipresentes ranhuras longitudinais. Se escorregavam, o peso e o volume do companheiro que arrastavam os impedia de cair.

Pelos cálculos de Peregrino, a ameaça tadai deveria estar a cerca de cem metros ou pouco mais, quase equidistante em relação à abertura. O deslocamento aproximava-se de um túnel afluente.

— Atenção para recessos e aberturas laterais! — ele avisou, sendo extracauteloso. — Se não houver risco de retorno explosivo pra dentro do túnel em que estamos, usar cargas de termoplasma.

Roberto de Sousa Causo

Logo, havia mais fontes de luz incidindo sobre as paredes do túnel, que as das lanternas das armas e armaduras. E nuvens de gás de queima correndo pelo teto por alguns segundos, até se dissiparem.

— Atenção à frente! — alguém gritou. — Fonte de energia detectada.

E em seguida:

— Atenção à frente! Contato contra nossos escudos!

— Fogo! — Peregrino disse, com voz calma.

Acima e em torno deles, nuvens de gás e pedaços do teto e das paredes explodiram para dentro, chovendo sobre eles. Ao lado de Peregrino, homens e mulheres se curvavam, mas ele permaneceu em pé, ereto, para garantir reação tática de comando. O que ele viu ao longe, por cima do cano enristado da sua M-23, foi uma sombra surgir no centro do túnel. Ela cresceu rapidamente, assustadoramente, até que as paredes da passagem em torno dela também se agitassem com explosões e luzes dos disparos refletidos pelo escudo defensivo do robô-exterminador tadai.

E o vulto ainda crescia.

Crescia mais e mais até se tornar um inseto gigante — um inseto manco ou era impressão dele? Crescia até parecer que iria varrer a primeira fileira de atiradores da Formação Correa com uma única braçada das suas patas dianteiras — mas Peregrino sabia que era só uma ilusão causada pelo tamanho do robô diante da escala humana — as silhuetas dos seus companheiros lá na frente, diante do cano de sua carabina — e Peregrino, mesmo ciente da ilusão, esperava apenas que eles fossem de fato varridos para ter o campo de fogo desobstruído e apertar o gatilho. Uma última vez.

A explosão o surpreendeu, mas ele não se esquivou. Mesmo quando as partes fumegantes do robô tadai passavam rodopiando por cima de sua cabeça e ricocheteavam nas paredes. Para aqueles ajoelhados ou jogados no chão ao seu lado e à frente, ele gritou.

— Mexam-se! Caminho desobstruído adiante, mas mantenham a formação e a atenção às passagens laterais. Pode haver um outro desses esperando por nós.

Mas não havia.

O robô manco era uma máquina defeituosa, danificada durante as operações de dias anteriores, deixada ali para interditar a passagem de novas sondas enviadas pelos cientistas da

Mestre das Marés

Roger Penrose. A última linha ofensiva, um inimigo solitário infiltrado atrás das linhas, esperando para um último ataque de oportunidade.

Em mais alguns minutos, Jonas Peregrino era o primeiro homem exausto a sair dos subterrâneos de Firedrake Gamma‑M, e o último a entrar no escaler que esperava por eles, pairando a um metro da superfície poluída de radiação pelo míssil tadai. Peregrino fez todos atravessarem em passo acelerado os metros entre a abertura na planície e a rampa do Aguirre, para minimizar a contaminação das armaduras. Ordenou que deixassem todo o material dispensável — granadas, baterias, sensores móveis — na planície rochosa, para diminuir o número de itens a serem descontaminados. Ele mesmo iria até a eclusa lateral da meia‑nau do escaler, onde o borrifo de descontaminante daria conta da dose demorada que ele tomava enquanto acompanhava o embarque de todos. Lá dentro, o borrifo choveria sobre todos, ainda em pé e girando lentamente para receberem cobertura plena, estendendo as carabinas para que elas também fosse banhadas pelo material, antes que ele fosse aspirado pelos escorredores e grades no piso — e finalmente, ser alijado para o vácuo durante o voo.

Junto à eclusa, Peregrino concedeu a si mesmo mais alguns segundos. Olhou em torno, para a planície agora recortada por uma luz mais aguda, de Agu‑Du'svarah brilhando alto acima do horizonte. Estaria a pino, quando vomitasse o apocalipse final sobre eles? De qualquer modo, era bom estar fora das entranhas do planeta.

Peregrino arriscou então olhar para o alto.

"Depois disso nos adiantamos", lembrou‑se, "para recontemplar as estrelas".

7 PURGATÓRIO

O escaler voava pela noite eterna como um transporte cheio de operários retornando exaustos de uma jornada de trabalho nas minas de algum asteroide esquecido. Em um dos assentos atrás de Perúvio deMarco, Jonas Peregrino cochilava, seus olhos abrindo-se de quando em quando para ver o céu estrelado, e mais tarde para os faróis do Aguirre iluminando a larga passagem até o refúgio dos cientistas. Ao seu lado, a Tenente Waira, adormecida, apoiava o capacete no seu ombro. Um voo de poucos minutos, mas para a sua mente exaurida, povoada de imagens das lutas no Malebolge e nos tubos fossilizados do cadáver de Gamma–m, pareceu durar uma vida.

Quando deMarco pousou o escaler diante da eclusa do abrigo, os homens e mulheres da missão de terra desembarcaram sem pressa e foram arrastando os pés até a comporta. Peregrino enviou Beatrice Stahr, Danila Oleandras e Angélica Waira num grupo misto na primeira leva para o procedimento de descontaminação. A Chefe Stahr devia movimentar as coisas entre o pessoal da Roger Penrose, para darem o fora dali na primeira janela que a batalha orbital oferecesse. E ele queria recompensar Waira com algum tempo de sono real. Ela se comportara muito além de qualquer expectativa.

Ele mesmo foi com a segunda leva. Uma vez no interior da eclusa, os homens e mulheres se apoiavam uns

Roberto de Sousa Causo

nos ombros dos outros, dormindo em pé enquanto os sistemas automáticos das instalações faziam a pressurização, o resfriamento e a descontaminação. Tudo parecia levar muito tempo. Provavelmente os cientistas tomavam medidas extremas contra a contaminação — Stahr já os tinha informado da bomba suja detonada pelo míssil tadai... Mas era excesso de zelo. Logo, todos estariam deixando a superfície do planeta.

Peregrino usou esse tempo para comunicar-se com Helena Borguese, em órbita.

— Missão cumprida aqui embaixo — ele disse, com palavras arrastadas, depois que a conexão foi estabelecida. — Dados baixados e seguros com a nossa especialista... que se comportou de modo excelente, a propósito. Nenhuma baixa sofrida, e os robôs tadais remanescentes não devem oferecer perigo. Estamos entrando neste momento no abrigo do pessoal da Roger Penrose.

— Ótimo — Borguese respondeu, com alívio evidente na voz.

— O Albatroz nos manteve atualizados. Diz que vocês não correm riscos graves com a bomba suja tadai. Mas o prazo apertou. Têm pouco menos de três horas e meia para sair daí, antes do novo jato relativístico acabar com tudo.

— O suficiente...

— Mas é provável que não na próxima hora — ela disse. — A primeira leva de naves tadais acaba de chegar ao poço gravitacional do planeta, e a situação aqui em cima vai ficar quente em questão de minutos. O bloqueio está bem montado e a manobra desviacionista foi bem-sucedida, deixando uma das falanges tadais confusa e dispersa. Quando o contingente que foi engajá-la retornar, em talvez mais uns quarenta minutos, contamos em liberar a órbita para a sua subida. É a janela que vocês terão... cerca de uma hora e meia. É melhor correrem com os preparativos.

Diante do silêncio de Peregrino, e com a voz soando aos ouvidos dele como embargada, ela disse:

— É apertado. E a situação é muito dinâmica e não conseguiremos garantir segurança total aos seus escaleres. Túlio está vindo para cá com o reforço, estimando chegar ao poço gravitacional em cerca de uma hora...

A voz dela foi perdendo força até calar-se. Peregrino, agora um pouco mais alerta e repassando os dados em sua mente para memorizá-los, também ficou em silêncio.

— Jonas?...

Mestre das Marés

Foi um murmúrio tão delicado em seus ouvidos, e como ela raramente o chamava pelo primeiro nome — uma vez, em Chorinho, na celebração da Batalha de Tukmaibakro? —, que ele quase pensou que outra pessoa havia entrado no mesmo canal.

— Tá tudo bem — ele disse. — Vamos dar um jeito. Boa sorte aí em cima.

Quando o procedimento terminou e eles puderam remover os capacetes, Peregrino paradoxalmente se sentia mais desperto. No corredor de material plástico inflável, dando para o que lhe parecia um outro mundo e uma outra vida, parte da tropa da primeira leva os aguardava com rostos cansadas e olhares ansiosos. "Ainda estávamos na borda do mar", lembrou-se, de uma passagem da *Divina Comédia*: um grupo de almas aguarda a chegada de uma balsa conduzida por um anjo, na esperança de serem levados do Inferno ao Purgatório. "Como pessoas que pensam na sua estrada... e que vão com o coração, mas com os corpos ficam."

Sua voz saiu quase como um balbucio, quando ele disse:

— Refeição quente, higienização das armaduras e bermudas de interface, verificação de segurança das armas. Vinte minutos, e depois eu vou fazer uma preleção sobre como estão as coisas em órbita. Passem adiante, e parabéns a todos pelo bom trabalho.

Quando eles começaram a se dispersar, Peregrino viu Beatrice Stahr entre eles. Ela havia se livrado da Oerlikon, e seu corpo, vestindo apenas a bermuda de interface cinza e azul-escura, parecia fresco e novo para os seus olhos, como se ele a visse pela primeira vez. Apenas linhas mais fundas sob os seus olhos, e a cicatriz cortando a sobrancelha direita, mais pálida que seu tom de pele, traíam o cansaço. O grandalhão chamado Crivelli estava ao lado dela.

Stahr se aproximou de Peregrino, de olhos azuis muito abertos, com três passadas largas.

— Você vomitou? — perguntou, como se vomitar depois de uma missão difícil fosse algo esperado.

— Eu...

Ele parou. Tinha começado a resposta em castellano.

— Venha comigo — ela disse. — Vamos higienizar sua armadura e o capacete.

Sem lhe dar tempo para reagir, Beatrice o apanhou pelo braço livre e praticamente arrastou-o com ela.

Roberto de Sousa Causo

— Quanto tempo até a evacuação? — ela perguntou.
— Setenta minutos — ele respondeu, automaticamente.
Passaram por Crivelli.
— Prontos para dar o fora daqui em sessenta e cinco — Beatrice disse ao colega, sem se deter. — Conte aos outros.
Ela conduziu Peregrino por entre os cientistas e técnicos da Roger Penrose e de parte da sua equipe de segurança. Ele notou que o bem-iluminado salão de reuniões parecia maior... Na verdade, vazio dos instrumentos do laboratório eletrônico-cibernético e sem boa parte dos cientistas e técnicos, as luzes refletidas nas superfícies plásticas ampliavam a sugestão de recinto espaçoso. E Mohapatra e os outros que antes estiveram de bermuda de interface, agora vestiam trajes espaciais leves. Stahr levou Peregrino até um nicho estreito em uma das paredes de material plástico rijo, só um pouco maior do que a sala de consultas da Dr.ª Noémi Plavetz. A psicóloga acompanhou a passagem dos dois com olhar atento.

Plavetz estaria surpresa com o retorno dele e dos outros? Ou satisfeita porque a aparência desarranjada dele batia com o seu prognóstico antes da partida, quando ela o diagnosticara com o Transtorno de Reinhardt? "Mas não estou tão acabado assim", ele protestou mentalmente. "E a missão foi um sucesso." Se Plavetz pensava desse modo, seria por causa do que Beatrice havia dito, dando a entender que precisava limpá-lo porque ele teria vomitado em seu capacete, nalgum ponto da operação?... Por que Beatrice tinha inventado aquilo? Para ficar sozinha com ele e talvez, supôs, contar algo apenas para os seus ouvidos...

Havia menos iluminação no "camarote" da Chefe Stahr. Havia ali um catre, bancada com refeições em embalagens de autoaquecimento, uma câmara higienizadora com chuveiro e tubos conectados a recipientes duplos marcados com códigos de cores — o que lhe disse que também funcionava como descontaminadora —, latrina com recipiente para dejetos coletados na armadura, e estojos rígidos para a Oerlikon Mark 7 e armas. Nenhuma foto de familiares, de seu mundo natal, dela entre amigos ou entre as autoridades da estação de pesquisas... Talvez já estivessem guardadas na bolsa de viagem que ele via num canto... Depois que entraram, Beatrice fechou a passagem com um gesto convicto, e lacrou-a. Em seguida, ela serviu de uma garrafa térmica um líquido quente que parecia café mas não era.

Mestre das Marés

— Beba isto, *boy* — disse, estendendo-lhe um copo de cartão.
— Ok — ele respondeu. — Mas você sabe que eu não vomitei.

Beatrice calou-o com um beijo na boca.

— Vou ser honesta com você, Pilgrim — disse. — Eu preciso disso, e não posso fazer com um de meus homens. Você concorda? Pode ser nossa última vez...

— Sim... O Dragão que Respira Fogo, a Espada Flamejante — ele ofegou. — Mas...

— Sem "mas". O primeiro banho é meu. Privilégio do belo sexo. Enquanto isso, livre-se dessa armadura.

Ela se afastou, já baixando os zíperes da bermuda de interface. Peregrino bebeu o líquido quente, sentindo o baque no primeiro gole. Um calor elétrico passou a emanar do seu estômago para os membros, aquecendo-o até o couro cabeludo e a ponta dos dedos, fazendo arder os seus lábios e a borda das narinas. Qualquer coisa bem mais potente que cafeína o animava... mas talvez nem tanto quanto ver o corpo suado de Beatrice Stahr surgir por completo da bermuda.

Quando ela entrou no chuveiro, ele terminou a bebida e depois livrou-se da carabina de alta energia; e então da sua Kirkincho, em sete etapas — uma delas envolvendo o descarte de dejetos — cumpridas com mãos trêmulas. O estimulante, ou?... Deu de ombros, colocando o equipamento longe da bebida e dos mantimentos, para o caso de haver algum resíduo radioativo, de quando ele cruzara o curto trecho da planície atormentada pelo buraco negro e contaminada pelos tadais.

— Sua vez — ouviu.

Virou-se e a viu nua diante dele, enxugando os cabelos curtos com uma toalha, o corpo exalando um aroma de limpeza e saúde que o fez vacilar no ponto em que ele aguardava em pé. Beatrice sentou-se com naturalidade no catre, e cruzou devagar as pernas. Como todo usuário de armaduras e trajes autônomos, não tinha pelos púbicos. Uma franja úmida cobria as pequenas cicatrizes espaçadas em sua testa, marca registrada dos Minutemen. Com um suspiro, Peregrino lembrou-se:

> E se meus argumentos não o aplacarem,
> Tu verás Beatriz, e ela plenamente
> Tirará de ti este e cada um de teus anseios.

Enquanto tomava o banho, ele imaginou que quando saísse a veria deitada no catre, resplandecente e nua e... em sono profundo. Sorriu de leve, recusando-se a pensar em razões e em próximos passos, concentrado no banho e na imagem da mulher — que preservava tão zelosamente em sua cabeça quanto o prazo fatal para darem o fora dali, chegarem à órbita, fazerem o *rendez--vous* com a *Balam* ou qualquer outra nave com espaço no hangar, e saírem rezando do caminho do hálito ardente de Agu-Du'svarah... Com um suspiro, afastou do pensamento tudo o que não fosse a mulher. Era uma habilidade que Beatrice Stahr possuía, certamente...

Ela o esperava quase que na mesma posição. Tinha um olhar que o media com a mesma intensidade com que ele a medira há pouco.

Satisfeito com o seu próprio cheiro, sentou-se nu ao lado dela.

— Seja rápido, Pilgrim — ela exigiu.

— Não — ele disse, olhando firme nos seus duros olhos de safira. — Se esta pode ser a nossa última vez, vamos fazer do jeito certo.

Beatrice franziu o cenho e o agarrou pelos braços com tanta força, que nesse momento ele temeu que ela o obrigasse. Mas ela o olhou fixo por um tempo, e então afrouxou tanto a sua pegada quanto a tensão em seu rosto. Seus olhos de safira procuraram os dele mais uma vez, e então ela baixou as pálpebras de longos cílios e respirou fundo.

— Oᴋ, faça do seu jeito, Pilgrim — disse. — Gostoso e devagar.

Peregrino descobriu mais coisas sobre Beatrice Stahr. Cicatrizes de batalha no ombro esquerdo e debaixo do braço desse mesmo lado, e no quadril dando a volta até as costas... Também descobriu por que ela nunca sorria abertamente: era dentuça, de caninos salientes, formando um novo paradoxo enternecedor para Peregrino — uma cibeaumentada com a força de muitos homens e reflexos de guepardo, fruto de muitas intervenções biocibernéticas mas que deixava passar algo que um procedimento estético simples resolveria.

Conheceu também a forma, a cor e a textura de seus mamilos, o timbre dos seus gemidos, e o quão rápido o seu coração ciborgue podia bater.

*

Mestre das Marés

Depois que terminaram, Beatrice esquentou um par de refeições instantâneas, os dois de volta às bermudas higienizadas e sentados no catre, observando um ao outro enquanto comiam ao som do leve zumbido piezoelétrico, sua divertida cumplicidade de antes transformada em algo maior. Peregrino calculava que já devia estar fazendo a preleção ao seu pessoal, mas todos teriam que lidar com o pequeno atraso. Ele pigarreou levemente, mas foi ela quem falou primeiro.

— Eu sei que você queria tempo para uma conversa agarradinha — falava com voz séria, quase um murmúrio tímido, os olhos azuis evitando os seus —, mas também sei que precisa saber dos nossos preparativos. Mohapatra e os outros já empacotaram tudo o que acham que merece ser levado, já está tudo no nosso escaler. O resto vai ser abandonado aqui.

— Isso é bom — ele disse, referindo-se ao adiantado dos preparativos.

— Só mais uma coisa — ela acrescentou —, considerando que temos quase uma hora antes de tentar a subida.

— Sim?

— Você e seu pessoal podem estar em risco, Pilgrim.

Peregrino baixou o garfo de plástico sobre o prato de cartão.

— Para além dos combates em órbita — disse, entre sério e brincalhão —, e do jato relativístico?

— Não confie em Mohapatra e os outros. Alerte os seus comandados.

— Fale mais.

Beatrice disse não com a cabeça, parecendo contrariada.

— É só uma impressão, nascida da experiência — disse. — Há algo de errado aqui. Não me lembro de ter visto cientistas se comportando dessa maneira. . . e eu tenho andado por aí. Esqueça aquela coisa de transtornos psicológicos, quanto a isso. — Ela fez uma pausa, medindo-o com olhos sérios. — Sei que elas são um fato, mas mesmo isso não explicaria o comportamento deles, especialmente do grupo mais próximo de Mohapatra.

Ele a observou por algum tempo, e entendeu que Beatrice não tinha nada mais a dizer. Assentiu devagar, limpou os lábios com um guardanapo de papel e premiou o alerta oferecido por ela com um beijo.

— Obrigado.

*

Roberto de Sousa Causo

Quando os dois saíram, vestindo novamente as suas armaduras, Peregrino antecipava um grupo aglomerado diante da entrada, fitando-os com olhares curiosos. Mas não. A única concentração estava em um dos cantos do salão geral do abrigo — e em torno da Tenente Angélica Waira. Peregrino respirou fundo e correu para lá, seus pés quicando no piso plástico.

— O que houve? — perguntou.

Viu que Tara Mohapatra, Dean Foster e Nathan Kiernan cercavam a especialista, com outros cientistas formando uma meia-lua mais afastada em torno deles. Do outro lado, o pessoal do PELOPES de Inácio Duran, de armas nas mãos. O guarda-costas de Waira tinha sua carabina cruzada no peito. A tenente notou Peregrino e se voltou para ele.

— Não é nada, Capitão — ela disse, com um sorriso, mas também com rugas na testa. — Uma discussão acadêmica.

— Queríamos saber do dispositivo alienígena, Capitão Peregrino — Mohapatra disse, em inglês. Soava como se isso fosse uma justificativa absoluta e universal.

— A Tenente Waira talvez não tenha muito a oferecer no momento — ele respondeu, na mesma língua. — Desde que ela conseguiu extrair os dados, não tivemos tempo para nada além de lutar e correr. Ela está exausta agora e vocês estão desperdiçando o seu tempo de descanso. Por favor. . .

— Não gostaríamos de sair daqui de mãos vazias, você compreende — Foster disse.

Peregrino voltou-se para ele. O homem tinha um novo curativo no queixo, e o cenho franzido.

— Mãos vazias?. . . — Peregrino ecoou. — Vocês têm todas as imagens das câmeras dos capacetes do pessoal da Chefe Stahr que foi conosco, e as medições dos sensores das armaduras. Há ali, tenho certeza, coisas incríveis em termos científicos, inclusive nos subterrâneos que usamos para fugir dos robôs. Fenômenos que eu acredito que tenham relação indireta com o dispositivo.

— Esses instrumentos estão longe do tipo de medição de que precisamos! — Foster exclamou, indignado.

— O melhor seria o acesso aos dados que vocês colheram direto do dispositivo — Kiernan propôs. — Está tudo lá.

Peregrino encarou o rádio-astrônomo.

— É claro — disse, pausadamente. — Mas precisa ser *decodificado*. E as chaves para essa decodificação estão nas mãos

Mestre das Marés

dos militares de três blocos políticos diferentes. Sei que a Roger Penrose era um empreendimento internacional, mas vocês teriam um dilema mais político do que científico nas suas mãos. Enquanto falava, sentia que havia tropeçado na verdade. Se os cientistas se mostravam tão interessados nos dados brutos, significava que eles teriam de ter alguma ligação concreta com serviços de inteligência militares de um dos três blocos — *dois*, pois evidentemente a Latinoamérica estava excluída. Ele não saberia dizer qual, embora apostasse na Aliança Transatlântico-Pacífica. E muito menos por que — mas isso não o fazia duvidar que os cientistas possuíam ligações militares secretas.

— Você nos subestima, Capitão — Mohapatra acusou, em voz baixa. — Podemos fazer muito com poucos padrões de dados, repetições de comandos e de resultados de algoritmos...

— A senhora não entendeu — ele disse, firme, decidido a encerrar a conversa. — Os tadais são uma espécie alienígena hostil à humanidade e aos seus aliados. Isso significa que contatos diretos ou indiretos com eles estão sob jurisdição exclusiva de militares e autoridades específicas das áreas de defesa e inteligência dos diversos governos. Tenho certeza de que as suas respectivas instituições acadêmicas vão poder requisitar os dados com o apoio dessas autoridades dos seus governos.

"Agora por favor, deem à Tenente Waira o tempo de descanso que ela merece, e sigam adiante com seus preparativos para a evacuação."

Tendo se livrado momentaneamente dos cientistas, Peregrino arrebanhou o seu pessoal e o dirigiu para fora da área de reuniões. O espaço mais isolado que ele conhecia, amplo o suficiente, era o corredor de entrada, passando a eclusa. Fez todos entrarem em forma, e então dirigiu-se a eles no tom de voz mais baixo e ainda audível, que conseguiu produzir.

— Não me perguntem por que nem como, mas quero que fiquem alerta contra qualquer atitude suspeita da parte do restante do pessoal daqui. Temos uma hora ainda, então organizem--se: sentinelas postados, enquanto os outros descansam. Tenham as armas e os capacetes sempre à mão, e sejam lacônicos se eles tentarem bater papo. Também quero que vocês tenham um canal de comunicação aberto o tempo todo com o Aguirre. Dispensados.

Deu-lhes as costas imediatamente, para evitar pedidos de explicações. Marchou de volta ao salão, para se deparar com a Dr.ª Noémi Plavetz parada de braços cruzados no seu caminho.

— Vamos conversar, Capitão? — ela disse. — Quero saber como se sente...

— Estou bem, obrigado, Doutora. A missão foi estressante, é claro, mas foi uma chance de tirar o pensamento daquele assunto.

— Sorriu. — Por favor, não o traga de volta. Estamos saindo daqui, e logo tudo isso ficará para trás.

— Eu gostaria que fosse tão simples assim, ou definitivo — ela disse, mas Peregrino já passava por ela. — Capitão, esses últimos momentos de espera e de *stress* ainda podem representar um risco — ela insistiu, dirigindo-se às suas costas. — Deixe-me medicá-lo como garantia.

Ele se voltou para ela.

— Foster e os outros... estão medicados? — perguntou.

— Mas é claro — ela asseverou. — Vê que eles estão bem apesar de alguma ansiedade. Vamos até meu...

— Não, Doutora. Devo ser inflexível quanto a isso. Por favor, não insista.

Ela descruzou os braços, que penderam ao lado de seu corpo.

— Como queira.

Os olhos de Peregrino a deixaram, e ele continuou, procurando a figura de Beatrice entre os outros. Viu-a cercada do seu pessoal, muitos sentados e alguns até deitados, em um dos cantos da sala de reuniões. Já tinham sua bagagem de mão organizada e pronta para embarcar no escaler de evacuação. Ela o chamou com um curto gesto de cabeça. Precisou passar por uma roda formada por Mohapatra e os outros, mirando-o com olhares magoados e enraivecidos. Quando se aproximou da equipe de segurança, quem estava sentado ou deitado levantou-se, e Beatrice abriu a boca para falar. Mas Peregrino adiantou-se, dizendo em inglês:

— Não tive a chance de parabenizá-los pelo seu desempenho lá fora. Meus parabéns, e o meu agradecimento.

A maioria respondeu com olhares sérios e gestos de cabeça, mas Beatrice sorriu e exclamou:

— Você passou na minha frente! Eu ia cumprimentar *você* e o seu pessoal.

— Em breve vamos nos separar e talvez não nos vejamos mais — ele disse, oferecendo a mão a ela. — Boa sorte.

Mestre das Marés

Ela tocou sua mão enluvada, de olhos e lábios apertados. Peregrino assentiu de leve com a cabeça, como se soubesse o que se passava em seu íntimo e partilhasse dos mesmos sentimentos. Então se afastou dela para cumprimentar um a um, os homens e mulheres da segurança da Roger Penrose.

Ele havia terminado e se afastava do grupo, quando uma garota do PELOPES de Duran veio correndo até ele.

— Uma mensagem do Tenente deMarco no escaler, senhor — ela disse.

— Pode falar.

— Ele informa que a descontaminação do nosso escaler não foi completamente efetiva. Pelo jeito, algum detrito radioativo foi parar no sistema de ventilação dos compartimentos de pessoal. Ali não há como retirá-lo sem um desmonte de chapas e tubos no hangar da *Balam*. E se os fragmentos se pulverizarem, alguém pode aspirar alguma coisa e ficaria seriamente contaminado.

— Entendido. Subiremos com os capacetes fechados — ele disse. — Tenho certeza de que a tropa pode renovar os cristais de oxigênio das armaduras, com aqueles do estoque do próprio Aguirre.

A jovem disse, com uma expressão ansiosa:

— Mas os cientistas pediram que fiquemos com parte do pessoal deles que desceu pra cá sem traje espacial.

Os dois já se encaminhavam de volta para onde o pessoal de Duran esperava. Peregrino meditou sobre o que ela lhe dizia.

— Eu estava sob a impressão de que todo o pessoal da Roger Penrose subiria no segundo escaler deles.

Foi a vez dela hesitar.

— Parece que a justificativa é de que parte do equipamento científico vai subir no compartimento de pessoal deles — ela relatou —, e que a blindagem e os nossos escudos de energia de padrão militar têm melhor chance de proteger esses indivíduos sem traje espacial.

Chegaram junto dos outros. Peregrino acenou para o capitão da infantaria embarcada.

— Duran, pode enviar ao Tenente deMarco no Aguirre qualquer um da sua equipe que tenha treinamento em descontaminação de nível três? Parece que é a única alternativa, se vamos mesmo levar o pessoal técnico da estação sem proteção adequada.

Roberto de Sousa Causo

Duran fez uma pausa pensativa. A descontaminação de nível três era a de ambientes e superfícies pouco acessíveis, e envolvia localizar, aspirar e conter partículas contaminantes.

— Acho que apenas um se qualifica, senhor — ele disse.

— Vamos torcer pra que baste. — Deu uma olhada no multifuncional incrustrado no braço esquerdo da Kirkincho. — Vocês têm só quinze minutos.

Ao lado dele, a Tenente Waira pediu:

— Posso ir com eles até o escaler, Capitão? Quero baixar e enviar os dados do dispositivo tadai para as naves em órbita, o quanto antes.

Peregrino coçou o queixo.

— Tudo bem, mas mantenha a armadura fechada o tempo todo — comandou —, e o seu guarda-costas com você.

— Sim, senhor.

Quando ela lhe deu as costas, ele lembrou-se do aviso de Beatrice Stahr e chamou Waira de volta.

— Tenente, peça ao seu segurança pra levar mais alguém com ele, e ficar alerta o tempo todo. De agora em diante, você vai ter dois guarda-costas, dentro ou fora destas instalações.

Waira inclinou a cabeça, com curiosidade, mas concordou.

Quando ela foi para junto dos outros, Nathan Kiernan aproximou-se. Estivera ali perto, observando-o em sua conversa com os outros.

— Entendo um pouco de espanhol — ele disse, em inglês —, e ouvi o que você disse. Conheço descontaminação e posso ajudar. Temos até um equipamento portátil, articulado e próprio para isso, que posso usar.

Peregrino dirigiu um olhar ostensivo à servotala mecânica na perna do astrofísico. Kiernan reagiu batendo o punho no material plástico da tala.

— Ela cabe no traje de proteção, não tema. — Ele gesticulou em torno. — Aqui não há nada para fazer, exceto as malas.

— Obrigado, Doutor Kiernan — Peregrino cedeu. — Peço apenas que o senhor obedeça a tudo o que o Tenente deMarco lhe disser. O escaler é dele, sabe? O capitão do barco.

Kiernan sorriu, assentiu com a cabeça e deu-lhe as costas, caminhando com entusiasmo para se paramentar. Ele quase não mancava.

Mestre das Marés

Peregrino olhou em torno, sem saber o que fazer a seguir. Sentia a exaustão retornando, à medida que os efeitos do estimulante servido a ele por Beatrice terminavam rapidamente. Decidiu por se jogar num canto do piso plástico. Apoiou as costas na parede e fechou os olhos. As pálpebras lhe pareciam pegajosas e seu rosto ardia de sono. Fez um gesto para coçar os olhos mas tudo o que conseguiu foi feri-los com a luva blindada. Ele sorriu e soltou um gemido, apertando os olhos. Vestia uma armadura que lhe permitia urinar e evacuar com conforto e sem perder o passo, mas o gesto simples de limpar os olhos com as mãos era um risco, mesmo sem o capacete. Como a maioria dos espaçonautas, ele sempre tinha num bolso acessível um pequeno lenço úmido, com o qual aliviou os olhos sonolentos.

Ouviu o *bip* que anunciava a chegada de uma mensagem escrita, via ansível, repassada a ele pelo repetidor no Aguirre. Vinha do capacete ao seu lado, e, com gestos cansados mas rápidos, Peregrino colocou-o para ler a mensagem no *head-up display* do visor.

> Você tem a habilidade de se enfiar em encrencas astronômicas, rapaz. Saímos da ZSR em alguns dos seus minutos, para apoiá-lo. Aguente firme.
> Túlio

Ele ainda estava na faixa de velocidade com distorção temporal, tinha de recorrer a mensagens escritas. Peregrino sentiu alívio com a chegada do Almirante. Helena Borguese já devia ter o ETA dele, além dos dados de contingente e disposição tática. . . O pensamento de Peregrino derivou para o que ele diria mais tarde quanto a tudo o que acontecera em Firedrake Gamma–M — *se* eles conseguissem sair vivos dali. Talvez o repreendesse aos gritos e reconsiderasse todo o seu projeto de ter Peregrino como o seu coringa na Esfera. A verdade é que até ali tinham tido muita sorte e alguma perda material. Ele realmente torcia para que os dados obtidos pela Tenente Waira tivessem impacto no que se sabia sobre os tadais — e talvez, lembrando-se da ansiedade dos cientistas, sobre o que se sabia sobre o funcionamento do universo. Seu pensamento foi então para Ahgssim-Dahla e Mehra-Ibsso, as emissárias do Povo de Riv. Que lições o "professor" trazia?. . . Sua mente exausta não conseguia enxergar nada, nenhuma possibilidade para além do que a decodificação dos dados, nas mãos de

Roberto de Sousa Causo

técnicos e cientistas, poderia trazer. Como o explorador poderia ensinar alguma coisa, nesse sentido?... Talvez não fosse isso o que as duas alienígenas queriam dizer. Mas era um referente ausente, uma lacuna aguardando ser preenchida por um objeto que pode nem existir...

Um estalido despertou-o do devaneio. Ainda estava de capacete?... Era o canal do Aguirre. Reconheceu a voz de Perúvio deMarco.

— Emergência! Médicos! Esperem-me na eclusa interna. — E depois de uma pausa: — Também preciso de segurança!

Enquanto se levantava, Peregrino ouviu as confirmações dos médicos de combate.

— Peregrino também a caminho — ele disse.

Quando chegou à eclusa interna, Inácio Duran já estava lá junto aos médicos, e Danila Oleandras vinha logo nos calcanhares de Peregrino. Mas todos tiveram de esperar o término dos procedimentos dentro da câmara. Com grande esforço de vontade, mantiveram silêncio de rádio. Sentiam automaticamente a necessidade de cautela com relação ao pessoal da Roger Penrose.

Quando a eclusa se abriu, deMarco, vestindo seu traje espacial, deu três passos adiante e depositou no piso do corredor o corpo que ele carregava. Imediatamente, dois médicos de combate se ajoelharam diante do corpo, que tinha uma manta para saídas de emergência no vácuo embrulhando seu tronco a partir da cintura, os dois braços cruzados acima do peito também coberto, até a cabeça.

Pelas proporções do corpo prostrado, e com um dolorido golpe em seu peito, Peregrino entendeu que só podia ser Angélica Waira.

— O que aconteceu a ela? — exigiu de Perúvio deMarco.

Encaravam-se um ao outro agora. DeMarco removeu o capacete, obrigando Peregrino a fazer o mesmo.

— O homem da Roger Penrose que veio com a Tenente Waira... — o piloto disse.

— Nathan Kiernan, sim.

— Ele tinha um detonador dentro daquele estojo de descontaminação. Assim que ela plugou o seu terminal portátil no ansível do escaler, ele atirou nela.

— Mas, e quanto aos seguranças dela?... — Peregrino inquiriu.

Mestre das Marés

— Capitão, eu lhe digo que aquele homem era um combatente treinado. Tinha uma clara hierarquia de alvos. Atirou primeiro em Waira, depois no console do ansível onde o nanoplugue universal dela estava acoplado, e em seguida nos controles do Aguirre. Estamos presos aqui, Capitão...

— Os seguranças, deMarco — Peregrino exigiu.

— Esse homem, Kiernan, era muito rápido. Acho que o segurança ainda tinha sua carabina travada depois de passar pela eclusa, quando precisou usá-la. E seu escudo de energia é claro, não estava ativado quando o homem atirou nele. Foi o quarto alvo. Mas ele suportou o disparo, acho que para ter tempo de destravar a carabina e usá-la. Kiernan está morto, mas o soldado sucumbiu pouco depois. A Tenente Waira ainda está viva... Ela estava inclinada para baixo, quando o homem atirou nela pelas costas. Foi atingida de raspão no ombro... A queimadura na cabeça e no pescoço dela foi secundária, eu acho. — Apontou para o soldado, o especialista em descontaminação nível 3. Peregrino entendeu.

— Nós colocamos a manta de emergência nela e a trouxe para cá. Eu...

Um dos médicos se levantou. Peregrino reconheceu a Cabo Thaisa Telles.

— Ela está morta — disse. — O disparo pode ter sido de raspão, mas o calor refletido destruiu áreas vitais do cérebro.

DeMarco levou a mão à boca, e Peregrino colocou a sua no ombro da armadura do piloto. Para Telles, ele pediu.

— Volte a colocar a manta, por favor. — Virou-se para o piloto. — Não havia um segundo segurança, Perúvio?

— Não, senhor. — Ele apontou para o soldado. — E este estava ocupado desmontando um painel.

Duran aproximou-se.

— O Aguirre não pode ser pilotado, deMarco?

— Impossível — foi o veredito. — Os comandos e os circuitos foram destruídos. Se tivéssemos um par de horas, poderíamos improvisar alguma coisa, mas mesmo assim a manobrabilidade estaria comprometida. Não garanto nem que conseguiríamos sair destes túneis.

— E mesmo que garantisse, não temos duas horas — Duran disse.

Todos se voltaram para Peregrino.

Roberto de Sousa Causo

Ele refletiu por um segundo, afastando com um esforço de vontade sua excruciante preocupação com as razões de Kiernan, com os motivos do alerta de Beatrice. Sua exaustão parecia ter desaparecido, substituída pela raiva. Ele disse:

— Vamos fazer um TAOFAG. — Apontou para Duran e Oleandras. — Vão buscar a armação no Aguirre e ajudem Perúvio a trazer as baterias, oxigênio extra, o gerador antigrav e os projetores de escudo defensivo. Vamos precisar de arreios e presilhas também, pra irmos pendurados no escaler da Roger Penrose até o exterior. Desliguem o modo de descontaminação da eclusa, pra acelerar as coisas, e tragam os corpos. Com mais massa, subiremos mais rápido, e precisamos guardá-los como evidência nas investigações e devolvê-los às suas famílias. Quinze minutos.

— Em quinze minutos o escaler da Roger Penrose já deve estar subindo — Duran apontou.

— Eles vão ter que esperar — Peregrino disse, em tom duro. — Vou dizer a eles. — E depois de uma pausa: — Atenção! Alguns de vocês vão subir no outro escaler. — Começou a apontar. — Perúvio. Telles. Danila e dois atiradores de sua escolha. Duran, quero os seus quatro melhores atiradores comigo *agora*.

— Sim, senhor.

Todo o pessoal da Roger Penrose estava formado em quatro colunas no corredor de acesso à eclusa oposta, com suas bagagens de mão ao lado e prontos para embarcar no escaler que os levaria para a órbita. Todos podiam ouvir, portanto, enquanto Peregrino falava com Tara Mohapatra. Ao lado dela, Foster, Plavetz, Piazzi, Stahr e alguns seguranças armados o olhavam com dúvida e apreensão.

Peregrino sentia-se atirado de volta ao Nono Círculo do Inferno, o lugar dos traidores. Em sua mente, a figura limpa e discreta de Nathan Kiernan confundia-se com a imagem grotesca do Conde Ugolino, pintada por Dante como o convicto canibal dos cadáveres dos próprios filhos em vida, e do seu carrasco, o Arcebispo Ruggieri, após a morte. . . Mas o que teria motivado Kiernan? A quem ele servia, o que esperava conquistar matando a Tenente Waira e destruindo os dados tadais? Fez essas perguntas a Mohapatra.

Mestre das Marés

— Eu não sei, Capitão — ela disse, em voz baixa. — E devo protestar a sua ordem de buscar armas entre nós, antes do embarque. Seria um desperdício de tempo precioso.

— Parte do meu pessoal vai subir com vocês, e preciso garantir a segurança deles. Já sofremos uma traição fatal. Eu já lhes tinha falado sobre minha pouca tolerância quanto a baixas sem sentido entre o meu pessoal, e neste ponto a minha paciência tem a duração de um espirro.

Plavetz adiantou-se.

— Kiernan estava transtornado, Capitão — ela disse. — Abalado psicologicamente pelo mesmo transtorno que o aflige... Não tinha ideia do que fazia...

— Eu não vou usar o transtorno como desculpa para abusar do meu poder, Doutora Plavetz — ele cortou, lutando para manter a raiva sob controle. — O que digo é isto: ou saímos todos daqui, nas minhas condições, ou este abrigo vai se transformar na residência permanente de todos nós.

— Vamos perder a janela de lançamento! — Mohapatra gritou. — Você não pode nos impedir de embarcar agora, Capitão. Nosso grupo de segurança é mais numeroso que o seu...

— Não seja idiota, Doutora — Stahr disse, falando pela primeira vez. — Há uma centena de naves lá em cima que terão prazer em nos interceptar, se não fizermos exatamente o que ele diz.

— Eles têm obrigação de nos socorrer — Mohapatra argumentou. — A lei internacional exige.

Stahr deu uma curta risada.

— Basta que eles digam que não podem mais ficar na zona de combate sem incorrer em baixas inaceitáveis, e se retirar. Se subirmos, seremos mortos pelas naves-robôs. Se ficarmos, o buraco negro acaba conosco.

Mohapatra olhou em torno com uma expressão desamparada, encontrando apenas as cabeças baixas dos outros. Peregrino fez sinal para os soldados que o acompanhavam, e eles se adiantaram para começar a revista. Antes que a tocassem, porém, Beatrice Stahr entregou-lhes sua carabina e o detonador. Ela dirigiu-se a Peregrino:

— Deixe-me subir com você. Dar espaço a mais alguém da sua equipe.

Ele disse não com a cabeça.

— Nós provavelmente não subiremos em tempo de escapar do jato relativístico.

Ela o fitou com firmeza.

— Ainda assim — disse. E depois de uma pausa: — Eu falhei mais do que você, Pilgrim.

8 ASCENSÃO

Q uando as boias anti-G foram acionadas, Peregrino pôde sentir o movimento de ascensão como um peso sobre os ombros e os quadris. A impressão visual, certamente errônea, de que os outros flutuaram antes dele, antecedeu a sensação física de movimento. Todos os participantes da subida e o equipamento deixaram a superfície do planeta morto no mesmo instante. Havia um desajeitado termo militar para esse procedimento: "Trem de Ascensão Orbital por Flutuação Anti-G."

Tinham chegado ali nas costas do enorme escaler da estação Roger Penrose, passando por um túnel de hidrogênio metálico líquido ainda mais longo do que aquele da outra extremidade do abrigo inflável, suas paredes iluminadas pelos faróis do veículo, materializadas diante deles, esquecidas à sua passagem. Era como um sonho, uma jornada por um espaço irreal inconsciente e pré-natal — e mesmo quando o teto se aproximava perigosamente de sua cabeça, quando a passagem estreitava-se, Peregrino recusara-se a temer um choque mortal. Já estava, com seus companheiros, entre a existência e não-existência, entre a vida e a morte.

Depois que eles emergiram para a luz febril do buraco negro, o escaler viajou a baixa altitude por longos minutos até atingir a distância de segurança. Eles então saltaram e descarregaram a armação semirrígida e as presilhas e arreios do TAOFAG, as boias anti-G e os geradores de

Roberto de Sousa Causo

escudo energético, seguidos finalmente dos tristes fardos com os mortos. O escaler decolou assim que esse material todo foi levado até a distância de segurança, e então subiu como um bólido, acelerando com força total para unir-se a alguns quilômetros de altitude ao Albatroz de Paulo Soriano e à escolta armada de caças estelares. Peregrino ficou chocado em saber que o Albatroz ainda não tinha subido à órbita.

Com tudo montado, o trio de boias anti-G foi acionado e o TAOFAG decolou, suas luzes de navegação apagadas. A essa altura o escaler e sua escolta, voando em hipervelocidade, já estavam em órbita e entrando na tela de proteção montada para eles pelos Jaguares e Carcarás.

Assim que as primeiras elevações ficaram para trás e a ascensão alcançou algumas dezenas de metros, Peregrino conseguiu ver ao longe e mesmo para além do horizonte, em todas as direções, as titânicas irrupções de hidrogênio metálico líquido ascendendo como jorros vaporosos iluminados pela ardência vibrante do anel de fótons do buraco negro, mesmo enquanto se transformavam em gás soprado em concentrações rarefeitas pelas emissões energéticas da estrela desmoronada, logo tornadas invisíveis já que o hidrogênio puro não tinha cor. Muito detrito rochoso subia junto, semeando o espaço acima das planícies trituradas e esmagadas com fragmentos escuros precipitando-se em hipervelocidades. Era melhor o improvisado escudo energético funcionar...

Os jatos não pareciam em nada menos numerosos do que quando Peregrino sobrevoou o planeta pela primeira vez. O mais próximo dominava sua atenção — o fluxo fino do "Fogo da Vida" encontrado na câmara subterrânea durante a retirada da tropa de Peregrino, subindo célere e se abrindo já a quilômetros de altura, como um borrifo e, lá no alto para além do nível em que o TAO-FAG se encontrava, esse caule abria-se como as sépalas de uma flor quase invisível contra o negror do espaço...

No horizonte, os escapes tinham essa forma de um tênue e esgarçado cone de bordas desfeitas pela rarefação do gás e pelo sopro de raios-X de Agu-Du'svarah. Olhando para baixo, Peregrino notou que de muitas fendas a substância saía acompanhada de breves relâmpagos — e foi com um arrepio que se lembrou das serpentes e globos elétricos que haviam caçado a ele e aos outros, na câmara subterrânea do cadáver planetário. Peregrino conhecia os gêiseres e vulcões de Io, Europa e Enceladus no Sistema

Mestre das Marés

Solar — e outros exemplos em outros sistemas planetários —, mas nunca vira nada assim tão de perto, e em razão de uma hecatombe tão terrível e definitiva. Como a causa das ejeções não era o efeito de maré de um planeta maior, como no caso das luas do Sistema Solar, elas não se dispunham em linhas, mas num desenho muito mais caótico. Nesse momento, esse gás sem pressão que pairava tão alto acima da superfície era a única coisa que impediria alguém de dizer que o antigo gigante gasoso perdera toda a sua atmosfera.

"Bem sabei-vos como no ar ajunta-se", lembrou-se, "aquele úmido vapor que à água retorna, logo que se eleva até onde o frio apodera-se dele". De que passagem era?. . . Do canto v do Purgatório, em que um soldado morto em batalha conta a Dante como teve a alma salva ao chamar por Maria no seu último fôlego, enquanto o Diabo no Inferno reclama tê-lo perdido para um anjo. "Ainda temos uma chance?" Peregrino perguntou-se, fazendo uma breve prece silenciosa.

Ele e os outros formavam um anel de gente e equipamentos, os *kits* de sobrevivência orbital e a bagagem atados a eles e esticados em pingentes, com o "cacho" de boias e o gerador de escudo energético posicionados no centro. Os três volumes embrulhados por completo, que subiam com eles, pendurados um pouco abaixo, eram um terrível lembrete das perdas sofridas na jornada pelo cadáver planetário. Os gravogiroscópios improvisados pelos cientistas da Roger Penrose impediam o TAOFAG de girar descontroladamente enquanto eles subiam. Peregrino sentia seu corpo tremer.

Ele lembrou-se da primeira vez que subira à órbita da Terra. Fora no primeiro mês no curso preparatório para a Academia Militar de Olimpus Mons, e a ascensão — seguindo a linha de projeção de uma enorme âncora gravitacional baixada por uma nave de transporte e desembarque de veículos da Esquadra Colonial, sobre uma das planícies desertas do Atacama — visava já excluir quem não tinha condições psicológicas e físicas de prosseguir até Marte e se tornar um espaçonauta militar. Peregrino e quase cinquenta outros candidatos haviam subido em trajes espaciais individuais, todos mal saídos da adolescência, o TAOFAG composto por um jovem atado ao outro em um enorme círculo, de mãos dadas e com estabilizadores inerciais presos às costas — um pequeno escaler pressurizado a postos no centro para socorrer quem entrasse em pânico ou desmaiasse. Enfrentaram turbulência nas baixas camadas da atmosfera e correntes de jato na altas, e o pânico de alguns garotos, além de dois estabilizadores com defeito e uma suposta "pausa técnica" no puxão pela extensão da âncora.

Num certo momento, porém, o jovem Jonas Peregrino havia deixado de se preocupar com a situação dos colegas ou a sua própria ou com os motivos do exercício. Importava-lhe apenas a geografia da Terra e seu manto de nuvens desfilando abaixo dele — e quando estavam a uns oitenta quilômetros de altitude, o vasto derrame de estrelas acima coagulando-se na grande mancha dispersa da Via Láctea, e por trás do vulto escuro da NTDV o disco brilhante da Lua e para os lados os limites da atmosfera delineados como uma faixa iluminada com as cascatas luminosas das auroras austrais ao sul... E para além de tudo, o grande vazio — e então a súbita sensação de sua consciência habitar um corpo que não tinha mais limites mesmo no confinamento do traje espacial e de reconhecer com clareza pela primeira vez o que era verdadeiramente o mundo e de se sentir em *casa*. Soube então, enquanto as lágrimas se desprendiam de suas pálpebras para flutuar no interior do capacete, que não tinha com o que se preocupar. Não importava o que os instrutores militares lhe dissessem no futuro, esse era o seu destino. O espaço.

Explodiu no ansível de Peregrino um pulso concentrado e codificado, vindo do Albatroz, com a informação de que o escaler com o pessoal da Roger Penrose e o segmento do Pelotão de Operações Especiais tinha feito em segurança o *rendez-vous* com a *Balam*. Peregrino passou adiante a boa notícia aos seus companheiros.

Seria muito mais fácil se alguém descesse da órbita para buscá-los. Mas um escaler ou mesmo uma lancha armada seria vulnerável demais numa batalha orbital, exigindo uma escolta pesada como aquela que conduziu o pessoal da estação até o *rendez-vous*. E Peregrino sabia que a totalidade dos caças logo estaria ocupada com os combates.

Beatrice Stahr se moveu lentamente ao seu lado. Todos no TAOFAG estavam presos um ao outro por correias, e Peregrino notou que Beatrice tinha um fino cabo de comunicação saindo da sua Oerlikon, com o plugue seguro em sua mão enluvada, bem visível diante dos seus olhos. Ele fez um sinal de concordância com

Mestre das Marés

o polegar, e ela enfiou o plugue na sua Kirkincho. Agora os dois podiam conversar sem serem ouvidos pelos demais.
— Consegue me ouvir, Pilgrim? — ela perguntou, em voz baixa.
— Alto e claro, Chefe Stahr.
Beatrice limpou a garganta, e disse:
— Me chame de Bee, por favor. Já adquirimos alguma intimidade, não?
— Sim... Bee.
— Meus pensamentos continuam voltando ao momento que nós tivemos. — Ela fez uma pausa. — Não é engraçado?
— Foi a melhor coisa que me aconteceu desde que cheguei a este maldito lugar.
Houve um silêncio algo prolongado.
— Obrigada por insistir no tempo certo — ela disse, finalmente. — Foi especial, e não uma daquelas situações de *bam- -bam, bye-bye*.
— Não conheço essa expressão...
— Mas conhece a *prática*, é claro — ela disse, com um risinho. — Dois companheiros de armas que estão tomando caminhos diferentes, uma transferência ou algo assim, e se despedem com sexo.
— Hum. Ouvi falar disso antes de vir para a Esfera. Mas achava que eram lorotas.
"Confidências" de colegas, na Esquadra Colonial, falando sobre alguma moça ou rapaz com quem diziam ter ficado antes de ela partir para outro posto de serviço, ou de eles serem transferidos para a ELAC. Peregrino nunca dera muita atenção a essas conversas, que sempre lhe pareciam inventadas ou, no mínimo, exageradas no conteúdo.
— Muitas são, eu imagino — Beatrice disse. — Mas confesso que minha vida está cheia de casos assim, Pilgrim.
— Você parece ser jovem demais para ter tido tantas transferências, Bee.
Ela riu brevemente.
— Comecei cedo — disse. E depois de uma longa pausa, e em outro tom de voz: — Fui mãe aos quinze anos, quando me casei, mas perdi a virgindade legalmente aos dezoito.
Foi a vez dele levar um tempo para responder.
— Não é uma coisa religiosa, é?

Roberto de Sousa Causo

— Não! — Outro riso. — Eles me inseminaram, e depois de um mês o bebê foi para a incubadora, e eu fui terminar meu treinamento básico. É um procedimento comum em Appalachia. Foi um casamento para celebrar a união entre duas casas. Meu marido, de trinta e dois anos, era o primogênito dos Steele, uma casa que está em uma liga bem acima da minha. Ele estava de saída para uma operação prolongada na Zona Três, e foi tudo feito às pressas, e então eles me inseminaram. Às vezes, eu interrompia o treinamento ou algum exercício para fazer a renovação mitocondrial obrigatória com ele ainda *in vitro*. Tudo perfeitamente legal em Appalachia... Uma sociedade exportadora de guerreiros tem mesmo que dar uma ajuda técnica à reprodução biológica. Foi assim comigo, e com o melhor acompanhamento médico.

Peregrino se deu conta do pouco que sabia da sociedade de Appalachia. Certamente, não estava a par dessa estrutura em casas — ou "*households*", a palavra que Beatrice havia usado. Ela ainda dizia:

— Mas Jack Steel, meu marido, foi morto naquela mesma operação, e nenhum de seus irmãos mais novos desejava herdar o contrato de casamento dele. A fusão das duas casas não deu certo, meu filho John Erik e eu ficamos sozinhos, e fui forçada a me atirar a uma série de pequenos trabalhos por todas as Zonas de Expansão. Nada importante ou glorioso, como minha família queria. — Ela suspirou. — Apenas trabalhos como este com a Roger Penrose. Irônico.

Ele puxou o arreio de modo a encostar seu braço esquerdo nela. Mal conseguia ver seu rosto por trás da viseira do capacete, com o brilho refletido do anel de fótons de Agu-Du'svarah. Fechou os olhos, e o rosto de Beatrice se acendeu com a mesma força em sua tela mental — os grandes olhos verdes, íris escuras como pedras de jade, adornados pelos longos cílios, as maçãs largas e coradas, as pequenas rugas de expressão nos cantos da boca e o sorriso que nunca parecia se abrir realmente. A cicatriz interrompendo a sobrancelha. Então ele descerrou as pálpebras e tornou a olhar para baixo, para a paisagem arruinada de Firedrake Gamma-M.

— Sorte de Mohapatra, Foster, Piazzi e os outros — disse. — Sem você, todos eles teriam morrido no espaço.

"E agora você vai poder escrever um livro contando sua experiência na primeira ação militar humana num planeta destruído

Mestre das Marés

por um buraco negro. Ninguém mais pode contar a história completa, desde o ataque à estação espacial, nossas aventuras no submundo, até a ascensão à órbita. Vai ficar rica e deixar os Steels morrendo de inveja."

— É uma ideia — Beatrice falou, com riso na voz e encostando-se um pouco mais em Peregrino. — Se meu marido não tivesse morrido, eu teria participado das operações dele e tudo teria sido diferente. Mas você tem razão. Nossa experiência em Gamma–M é única.

— Você voltou a se casar, Bee?

— Tive um contrato de casamento de oito meses, não renovado, em Barione-Colicigno-Quatro na Zona Três há alguns anos, durante o Levante Anarquista de Quatrocentos e Doze — ela disse —, onde ganhei as minhas cicatrizes. E casada com uma garota. Uma *civil*.

"Estava um pouco cansada de toda essa coisa militar, que me parecia tão dura, tão áspera. Acho que eu queria alguém que fosse o oposto, suave e não relacionada a nada disso. Meus colegas Minutemen não ficaram nada felizes com o relacionamento, acho que mais por ela ser uma civil. Minha família em Appalachia também não, acho que mais por causa do seguro de vida, que eles perderam pelo tempo em que fui casada... Depois disso, fui para o setor privado. Segurança, e não militar ou paramilitar."

— Isso foi circunstância ou escolha, o trabalho de segurança?

— Circunstância. Mas eu gostava, Pilgrim. — Sua voz animou-se um pouco. — Mobilização de tropa é sempre a mesma coisa. Com o serviço de segurança você vê mais gente e passa por situações mais variadas.

— Mais dramáticas?...

— Mais *humanas*, certamente — Beatrice respondeu, num tom pensativo. — Mais contato pessoal, mais daquilo que movimenta as pessoas. Pode ser mais difícil, mas com certeza é diferente de ver uma nave ou uma instalação de superfície explodir sem saber quem está morrendo naquela bola de fogo.

Os dois ficaram em silêncio. Uma chuva de detritos lançados pelos gêiseres e caindo sem uma atmosfera densa para segurar um pouco o seu ímpeto, choveu sobre eles, ricocheteando também em silêncio contra o escudo defensivo. Peregrino tirou os olhos da paisagem lá embaixo, e dos jorros de hidrogênio metálico líquido. Olhou para cima, à procura de algum sinal dos combates. Desejando estar com seus companheiros na *Balam*.

Encontrar alguma coisa na superfície do planeta, na altura em que estavam, já superior a oito quilômetros, era difícil. Divisar alguma coisa contra a abóbada celeste, mais difícil ainda. Mas as energias empregadas na batalha contribuíam com efeitos visíveis: uma rajada de detonações nucleares — dos mísseis que os tadais usavam para saturar os campos defensivos — explodiu na posição dez horas, trinta e cinco, talvez quarenta graus acima do horizonte. Olhando para Beatrice, notou que ela também apreciava os fogos de artifício.

— Você fez carreira nessa área, Bee? — perguntou, para distraí-la.

— Seis planetas e dois *habitats* orbitais em cinco Terraanos — ela disse. — Algumas revoluções, escoltas de VIPs e de grupos deslocados ou segurança de comunidades ameaçadas, Zonas Dois e Três. . .

— Você viu seu filho com frequência, durante esse percurso todo?

— Sempre que possível, nem de longe o tanto que eu gostaria — ela respondeu. — Dizer que um filho cresceu rápido demais é um clichê doméstico, mas quando você passa tanto tempo longe e empilha tanto *c* quanto eu, passa a ser uma verdade literal. Erik já terminou seu treinamento básico. Eu tinha esperança de vê-lo na formatura, o que não consegui, ou quando ele partir para sua primeira missão, daqui a dois Terrameses. . .

Noutro quadrante do céu, mais um conjunto de três detonações brilhou sobre eles, mais próximas, ofuscando o brilho de Agu-Du'svarah acima de suas cabeças. Peregrino mediu mentalmente a força em megatons, visualizando as salvas de impactadores lançados logo atrás dos mísseis nucleares, e o que um deles, desviado, faria contra o débil escudo envolvendo o TAOFAG.

— Por que você me abordou, Bee? — perguntou, de súbito.

— Para além de estar interessada em você? — ela devolveu.

— Disse que era porque poderia ser a sua última vez. . .

— Eu me sentia cercada de *morte* — ela disse. — Cercada pela impressão de morte desde que cheguei ao sistema. Talvez seja o maldito Transtorno de Reinhardt, mas eu não deixaria Plavetz me dopar, por nada nesta galáxia. Entendo perfeitamente por que você também se recusou. Faço parte de uma casta de guerreiros,

Mestre das Marés

Pilgrim. Minha vida toda tenho estado cercada de morte, sei como lidar com isso. Mas o que vi em você foi... alguma coisa vital. Era isso o que eu queria sentir com você. *Vida*, ao invés da sensação de morte. E nós tivemos isso, não tivemos?

Ela se interrompeu novamente, e depois de um instante, disse:

— Mas não é disso que eu queria conversar.

— Ah! É uma conversa premeditada, então?

— Você tornou nosso encontro tão doce... — Beatrice insistiu. — Mas ele é como essas flutuações quânticas que os físicos dizem que acontecem o tempo todo no vácuo do espaço. Duas partículas de carga oposta que surgem do nada e que se cancelam mutuamente. Quer dizer, ninguém vai saber que elas estiveram juntas. É como se nunca tivessem existido, não é?

Peregrino refletiu sobre o que ela dizia, sobre o que queria dizer. Apontou para o alto.

— Acho que a teoria diz que, quando elas surgem na borda de um buraco negro, uma delas é sugada pelo horizonte de eventos — argumentou. — E a outra, com a mesma identidade, é lançada para o espaço. Desse modo, alguma informação sobre as duas segue existindo... Talvez o universo consiga percebê-las, tenha ouvidos para a sua história.

Queria consolar Beatrice, mas ao mesmo tempo uma ideia parecia brotar em sua mente como uma cócega distante. Ela cresceu um tanto, como uma lagarta rastejando nas pétalas de uma flor desconhecida, e subitamente lhe pareceu ser de uma importância enorme. A solução de um mistério, do que os tadais faziam no cadáver planetário, como Pierluigi Piazzi havia especulado... Um vislumbre, a Radiação de Hawking surgindo da zona de bonança, do olho do furacão gravítico... Mas Beatrice disse algo mais, e a ideia evaporou-se de sua consciência.

— É só que nós não somos *nada*, no universo — ela clamou em seus ouvidos. — Menos que um átomo, uma partícula à mercê de forças como esta. — Apontou ela mesma para o olho flamejante de Agu-Du'svarah, o Mestre das Marés. — Este olhar monstruoso que a todo instante parece prestes a... a rasgar você por dentro, a desfazer os seus tecidos e então jogar o bagaço no chão como se fosse um resto degradado e sem vida...

"Foi isso o que Plavetz descreveu a você, a síndrome psicológica de quem vive sob esse olhar monstruoso, não foi? Aquela coisa de Reinhardt. É isso o que você sente, Pilgrim? E agora nós subimos desgarrados de tudo para ficarmos **bem diante** dele, da boca escancarada e do jato de fogo do dragão cósmico, um punhado de ciscos depositados pelo vento no caminho da fogueira. . ."

Peregrino abraçou-a, sem se importar com o que os outros pensariam, Inácio Duran olhando fixamente para os dois do outro lado das boias e do gerador no centro do TAOFAG.

— Nós não vamos morrer, garota.

— Sabe, Pilgrim — ela disse, soluçando —, em Barione-Colicigno eles me implantaram o *chip* de um sistema de análise vocal do tipo que te dá uma base para saber se a pessoa está dizendo a verdade ou não. Eu era encarregada da triagem de prisioneiros, e tinha que trabalhar dentro das regras da Nova Convenção de Genebra e da constituição da Aliança Transatlântico-Pacífico. . . No final do meu contrato de trabalho, deveria ter devolvido o implante, mas alguém se esqueceu de me cobrar e eu o mantive. Costuma ser útil, você sabe. . . Como quando você disse que queria fazer do jeito certo. Eu acreditei!

— Mas você quer dizer que estou mentindo agora? E a *mim* também?

— Não é isso, exatamente — ela explicou. — O programa me permite diferenciar se há uma certeza no que é dito. Essa certeza íntima tão *intensa* da sua parte, é que soa estranha no que você diz.

— Você me culpa pela minha convicção?

— Eu não estou te culpando. É que parece um mistério para mim. Como você pode?. . .

Peregrino a apertou um pouco mais, em seus braços.

— Quando cheguei aqui, estava em pânico — disse, tão suavemente quanto pôde. — Plavetz estava certa. Eu me sentia como se tivesse visto o demônio, como se ele tivesse me tocado e sussurrado uma descrição das torturas do Inferno em meus ouvidos. Mas o que foi a luta contra os robôs e a retração pelas galerias subterrâneas, senão uma jornada pelo inferno? E sobrevivemos a tudo, o Diabo ficou para trás, e agora estou deixando os círculos infernais com Beatrice nos meus braços. — Ele riu, com um júbilo verdadeiro. — Talvez me importe pouco que venhamos a morrer diante da garganta do dragão. Conquistei o medo, e tive com você um toque do paraíso.

Ele sorriu para si mesmo. Era grato a ela pela intimidade que haviam partilhado, e mais ainda pela intimidade que partilhavam.

A solidariedade que ela oferecia, o consolo que ela procurava, os detalhes de sua vida que a tornavam ainda mais concreta para ele, mudando as cores até mesmo dos momentos passados. Pensou então em Waira. Não lhe ocorreu que desejaria se deitar com ela, mas certamente gostaria de ouvi-la contar algo como o que Beatrice lhe contara, de sua infância talvez... De alguém ou de algum destino deixado para trás, para vir unir-se a ele nessa empreitada vazia e mortal, em Firedrake Gamma-M. Seus olhos procuraram o menor embrulho dos três. Sim. Ele gostaria de ter ouvido algo de Waira que a tornasse mais concreta em termos pessoais, e que alterasse o que tinham sofrido juntos, que o fizesse admirá-la ainda mais.

— Você conhecia bem a Tenente Waira? — Beatrice perguntou.

Ele devia ter fitado o cadáver por bastante tempo, para chamar essa pergunta.

— Não de verdade — admitiu. — Mas me sentia próximo dela por ter me autoapontado seu guardião durante a nossa vinda para cá. Ela fazia parte dos quadros auxiliares, não da tropa de linha de frente, não estava preparada para este tipo de ação.

— Ela se comportou muito bem no combate — Beatrice disse.

— Sim. Até ser morta pelas costas.

— Não foi sua culpa. Você apontou um segurança para ela.

— Que também pagou um preço.

Caíram em silêncio. Estavam mais alto agora. O altímetro registrava mais de trinta quilômetros. Na posição das quatro horas, Peregrino viu novas detonações nucleares brilharem intensamente por alguns segundos, absorvendo o interesse dele e do restante do TAOFAG.

Se a batalha durasse muito tempo, suas chances de serem resgatados em segurança seriam mínimas. Naves que tentassem resgatá-los na órbita imediata apenas chamariam a atenção dos tadais, e enquanto elas poderiam sobreviver facilmente a detonações nucleares, disparos de alta energia ou salvas de impactadores, o TAOFAG não sobreviveria, frágil como uma borboleta voejando em meio a um fogo cruzado. Uma vulnerabilidade adicional estava no método da ascensão: boias anti-G eram discretas em termos de dispêndio energético, mas os tadais tinham sensores especialmente sensíveis a variações gravíticas, e poderiam detectá-las a qualquer momento. E os robôs tadais não sabiam que eles já não dispunham mais dos dados conquistados pela Tenente Waira no Malebolge, e faria sentido para eles gastarem seus recursos para destruir os últimos humanos a deixarem o planeta, se com isso destruíssem os dados. Em sua lenta subida, Peregrino e os outros eram como patos na lagoa.

Abaixo deles, um pouco à esquerda de Peregrino, uma luz intensa irrompeu com tanta força que o visor do capacete escureceu automaticamente. Virando o rosto, ele viu os soldados ao seu lado e diante dele levantarem os braços num reflexo, ao mesmo tempo em que um chiado crepitante explodiu nos seus autofalantes.

Lá embaixo — muito provavelmente nas vizinhanças da entrada para os túneis em que o abrigo fora inflado —, um míssil tadai tinha detonado a sua ogiva nuclear. Estavam alto o suficiente para não sofrerem com os piores efeitos térmicos da explosão, e a maior parte da radiação foi detida pelos campo defensivo. A maior parte...

Significava que a subida do escaler não passara despercebida pelos sensores tadais. Por sorte, a dinâmica dos combates tinha permitido que eles disparassem o míssil somente depois da decolagem. Ou a tela defensiva armada por Helena Borguese havia interceptado uma salva, duas, talvez três até que um deles passasse. Viria uma nova salva dirigida ao TAOFAG já quase em órbita?

Peregrino buscou pensar em outra coisa que não fossem diversas formas de morte iminente. Seria fácil. Num certo sentido, parecia-lhe que estava além dessa preocupação. "Já é noite onde está enterrado o corpo com o qual eu fazia sombra", lembrou-se, e então veio-lhe à mente a conversa no "consultório" de Noémi Plavetz, antes de partirem para o Malebolge.

— Bee, no final daquela minha primeira conversa com Plavetz — disse à mulher —, perguntei a ela sobre o estado do pessoal da Roger Penrose, querendo saber a quem ela atendia com o Transtorno de Reinhardt. Ela se negou a responder, alegando sigilo profissional.

— Mas no corredor do abrigo, ela praticamente usou o problema para justificar o que Kiernan fez — Beatrice disse.

— Sim.

Ele caiu em silêncio, olhando agora para o embrulho contendo o cadáver do radioastrônomo. Ou operativo treinado, como deMarco havia sugerido...

Mestre das Marés

— Você não me perguntou se eu já usei meu *chip* de análise vocal em Kiernan, Plavetz e nos outros — ela disse.

— Não, não perguntei.

— Está perguntando agora? — ela insistiu.

— Não.

— Não faz diferença mais, é isso?

— Saber a verdade sobre o que aconteceu ainda faz muita diferença. — Peregrino apontou para o corpo, preso por correias com os outros dois, abaixo deles. — Não estamos subindo com ele apenas para aumentar a massa que as boias têm de levantar, e a velocidade. Vamos ver o que uma autópsia vai revelar sobre Kiernan. A testemunha que estava no local do crime suspeita de alguém treinado, ou de um ciberaumentado.

Mas por trás da pergunta dela havia duas possibilidades: que ele não fazia questão de saber, já que iriam morrer mesmo; ou que, se sobrevivessem, Beatrice Stahr seria temporariamente detida pela ELAE e interrogada. Como chefe de segurança em cuja jurisdição militares latinoamericanos foram mortos, com certeza era o que a aguardava. Peregrino disse isso a ela, e completou:

— Você sabe que vão colher seu depoimento e buscar evidências. Se o seu *chip* for como eu penso, haverá registros. E então mais tarde eles me contarão o que há para saber.

— Mas eu quero que você saiba por mim — ela disse. — Confiou em mim para acompanhá-lo até o salão do tesouro dos robôs, quando não precisava. Quero que tenha certeza de que eu não tive nada a ver com Kiernan e com o que ele fez.

Peregrino suspirou.

— Você me alertou contra o perigo que alguém entre o pessoal da Roger Penrose poderia representar. Mas vá em frente, fale.

— Não seria profissional da minha parte, se eu tivesse usado o análise vocal nos dirigentes da Roger Penrose — ela explicou. — E eu não tinha motivos para suspeitar de alguma coisa. Pelo menos inicialmente. Mas com o tempo fui notando a atitude estranha de alguns deles. Plavetz havia tratado alguns membros do meu pessoal, então eu sabia da questão psicológica do trabalho no ambiente próximo ao buraco negro, e não levei isso adiante. Até que sofremos o ataque e viemos para cá.

"Durante a evacuação, Kiernan atrasou nossa partida, dizendo recolher documentos. Eu sabia que os dados colhidos da observação de Firedrake e do sistema estelar eram enviados toda semana

Roberto de Sousa Causo

para a Zona Um via ansível comprimido, então eles não poderiam ser a respeito da pesquisa do buraco negro. Quando perguntei a Kiernan o que eram, para que arriscasse nossas vidas por eles, ele disse que eram protocolos que pautariam novas fases da pesquisa, material sigiloso porque partiam de hipóteses científicas ainda não publicadas. Uma resposta limpa, dentro do modo de pensar de um cientista ambicioso, mas não acredito que alguém arriscaria a vida por protocolos de pesquisa, por mais que revelassem de teorias novas. Achei suspeito, usei o *chip*. Kiernan mentia, mas não era só isso. Mentia com *competência*. Com treinamento profissional para mentir. Provavelmente ele foi, na verdade, pegar o detonador que usou contra Waira e os outros...

"Passei a empregar o *chip* o tempo todo com Kiernan e com os outros, aqueles que não protestaram enquanto ele atrasava nossa fuga para o planeta. Plavetz, mas também Mohapatra. Os três. Não pude interrogá-los, é claro. Se tivesse, teria as respostas. Pude apenas avaliar o tom de voz e as fisionomias enquanto conversavam, e também a linguagem corporal. Tudo gritava uma única coisa: *cumplicidade*. Talvez mais alguém saiba de algo ou desconfie das razões de Kiernan e Mohapatra em insistir em ficar em Gamma–M por causa da ciência por trás do dispositivo tadai. Foster certamente comprou isso mais do que ninguém, e Piazzi nem tanto. De qualquer modo, são esses três. Kiernan, Plavetz e Mohapatra. Kiernan está morto, mas talvez as duas tenham algo a revelar, se forem interrogadas por vocês."

Peregrino acionou o ansível, mais difícil de ser detectado pelos tadais.

— Vou enviar uma mensagem agora mesmo. — Desligou a conexão com ela, e então, no ansível, disse: — Prioridade: interrogar Plavetz e Mohapatra sobre verdadeiro papel de Kiernan e intenções do atentado contra nosso pessoal.

Enviada a mensagem, o canal foi mantido aberto pela *Balam*. Ele e Helena Borguese não tinham tido outra oportunidade de falar, desde que ele enviara o relatório do ocorrido com a Tenente Waira e os outros, e rascunhara com ela a alternativa de ascensão orbital por TAOFAG.

— Neste momento, estamos do outro lado do planeta — Borguese informou —, mas achei que você ia gostar de saber que três vasos da Aliança entraram no sistema logo depois da chegada

Mestre das Marés

do CECZARE. São militares, mas já adiantaram que não vão nos ajudar em nada. Você adivinha qual é a pegadinha?

— Eles exigem a entrega de todos os cidadãos da Aliança resgatados por nós da superfície do planeta — Peregrino respondeu prontamente —, assim que pudermos romper o engajamento com os tadais.

— Não! — ela disse, sua voz animada e contrariada ao mesmo tempo. — Não querem nada para depois. Querem a entrega dos seus cidadãos *imediatamente!*

— Sei... Diga a eles pra entrarem na fila logo atrás dos robôs tadais.

— O CECZARE já está tratando com eles, citando todos os artigos das leis internacionais de resgate de náufragos espaciais. Acho que não vão pôr tão cedo as mãos nos amigos que você fez aí embaixo. Pelo menos, durante o tempo que for necessário para identificar todos os náufragos e estabelecer as necessidades médicas de todos os feridos. Mas mesmo assim, talvez não dê para interrogar os seus suspeitos por muito tempo.

— A hora escolhida por eles pra chegar é interessante... — Peregrino disse. — Adequada pra socorrer seu pessoal, mas não pra se envolver nos combates. Seja no espaço ou na superfície.

— Lembra Tukmaibakro, não lembra? — Borguese disse.

Durante a batalha, naves da Aliança e da Euro-Rússia tinham entrado no sistema para observar as novas táticas, e até ajudaram a socorrer os tripulantes de vasos latinoamericanos avariados, mas não se envolveram nos combates nem escoltaram as naves com os civis alienígenas que eram evacuados.

— Vocês detectaram alguma comunicação de ansível, não tadai, proveniente do planeta? — ele perguntou.

— Aguarde.

Depois de alguns minutos, a voz mais rápida que a luz de Borguese voltou a soar no seu capacete.

— Os operadores de outras naves informam que, para além da comunicação inicial, micropulsos superconcentrados foram emitidos do planeta em intervalos irregulares, três desde que chegamos ao sistema. O último foi há cerca de sessenta minutos. Com uma resposta vinda de um dos vasos da Aliança. — Ela fez uma pausa, e então. — Desculpe se essa informação era importante para você. Meus analistas não souberam o que fazer com ela, então não a passaram adiante.

Peregrino fez alguns cálculos mentais, e achou que o último sinal se encaixava a algum momento posterior àquele em que deixara claro aos cientistas da Roger Penrose que não teriam acesso aos dados capturados por Waira. Kiernan pedindo instruções aos seus superiores, em alguma agência desconhecida de inteligência?

— O que acha disso tudo? — Borguese inquiriu.

— Não sei... Acho que estou exausto demais pra pensar em alguma coisa. Mas me informe se essas três naves fizerem algum movimento.

Desligado o ansível e reativada a conexão com Beatrice Stahr, ele ouviu a mulher falar:

— Parece claro, olhando para trás agora, que Kiernan era, além de radioastrônomo legítimo, alguém com experiência ou contatos no setor de inteligência. Podia estar aqui por motivos científicos, e seu ataque teria sido espontâneo, buscando negar os dados do dispositivo a uma potência rival da Aliança, da qual é cidadão, ou não.

— Ele teria instruções pré-estabelecidas nesse sentido? — Peregrino perguntou.

— É possível — ela disse. — Gamma–M se tornou um ponto de grande interesse desde que foi atingido pela primeira vez pelo jato relativístico. Depois disso, foi investigado seguidamente por um enxame de sondas, e certamente houve tempo para comunicações secretas com um possível contato.

Peregrino aproveitou a deixa para contar a ela sobre as naves da Aliança e os micropulsos de ansível enviados do planeta, antes de argumentar:

— A ideia de uma ação espontânea é interessante, Bee, mas ela significaria a morte de Kiernan. Se sobrevivesse, seria capturado e interrogado por nós, e não seria do interesse de ninguém que os contatos dele fossem revelados. Era praticamente uma missão suicida. Isso sugere um planejamento antecipado em torno de algo de grande importância a... não a contatos na área de inteligência, mas a seus superiores em alguma agência específica.

Beatrice demorou para responder, talvez ruminando não só o seu argumento, mas a informação da presença das naves da Aliança no sistema. Quando o fez, foi num tom mais baixo de voz,

Mestre das Marés

como se não quisesse ser ouvida e se esquecesse da exclusividade da comunicação via cabo entre os dois.

— Entendo o que quer dizer. E pensando nisso, lembro que Kiernan veio como *reforço* à equipe científica, depois que ficou claro que a trajetória de Gamma‑M colocava o planeta na alça de mira do buraco negro. Terrameses atrás. Mas. . . não sei por que esse evento astronômico motivaria a presença de um operativo infiltrado no corpo científico da estação.

— Talvez os superiores dele quisessem ter aqui um homem capaz de desviar os dados das observações para fins militares — Peregrino especulou.

— Sim. . . — ela murmurou. — É fácil ver como uma força tão destrutiva interessaria aos militares. Embora seja impossível transformar um buraco negro em arma, talvez surgissem pistas, a partir da análise do jato relativístico e dos seus efeitos sobre Gamma‑M, para se construir uma arma destruidora de planetas ou algo assim. A Aliança tem essa obsessão por tecnologia tipo três ou sei lá como se chama, na Escala de Kardashev. Mas ainda assim. . .

Peregrino ainda não estava disposto a largar essa trilha.

— Quando o artefato tadai foi descoberto, ele se tornou a nova prioridade — disse. — Mas quando os dados foram obtidos e baixados por nós, o próximo movimento de Kiernan foi, como você disse, negar a nós. . . à Latinoamérica, a possibilidade de analisá‑los. Possivelmente, depois de receber ordens de fazer isso, de alguém em uma das naves da Aliança recém‑chegadas ao sistema.

— Faz sentido.

— É pena não termos tempo de vasculhar o abrigo lá embaixo, atrás do ansível que Kiernan teria usado.

— O que aquela máquina alienígena é capaz de fazer parece tão impressionante quanto uma arma destruidora de planetas. . . — Beatrice murmurou. — O bloco político que tivesse acesso a essa tecnologia teria capacidades defensivas desproporcionais.

— Sim. Mas você não soa exatamente entusiasmada, Bee.

— É porque não estou nem um pouco — ela disse. — Conhece aquela palavra, "húbris"?

— Arrogância desmedida, o desejo de ser como os deuses. . .

— Talvez seja apenas desejo de segurança — Beatrice continuou. — De uma segurança absoluta, que só pode ser alcançada se você tiver a arma definitiva nas suas mãos, ou se conseguir negá‑la

Roberto de Sousa Causo

aos rivais. Num universo onde existem civilizações que manipulam energias dessa magnitude, não deve haver descanso a quem pensa nesses termos.

— Imagino que a busca por esse poder justifique tudo o mais — Peregrino contribuiu. — É um valor absoluto, que não admite gradações nem dá espaço a outros conceitos, como cooperar com os outros ou esperar o melhor da parte deles. Talvez os tadais sejam assim, e a guerra constante deles contra todas as outras civilizações espaciais seja um exemplo dessa lógica.

— Podem até estar certos, dentro da lógica deles — ela disse.

— Mas eu não gostaria de viver desse modo, Pilgrim. Com esse cálculo sempre em mente.

Da altura em que estavam, para além do alcance dos gêiseres, Peregrino podia ver que junto à curvatura do planeta havia uma tênue faixa de atmosfera embaçando as estrelas — o último suspiro do planeta agonizante. E em um ponto esse fio rasgado de hidrogênio arrastado de volta pela gravidade brilhava com linhas azul-esverdeadas, como se sua alma escapasse enfim. Ainda havia, portanto, hidrogênio metálico líquido em quantidades suficientes no seu interior para gerar um campo magnético. . .

Seu olhar vagou para o mapa da destruição lá embaixo. Os rios de sangue, os lagos de fogo e todos os círculos do inferno, e o purgatório abandonado. E então seus olhos subiram para além da curvatura do planeta. A luz dura das estrelas, do sol distante em torno do qual Firedrake Gamma–M ainda girava, e a coluna de gases da atmosfera arrancada embaçando ainda mais intensamente o brilho de outros astros. E acima deles, a força impiedosa de Agu-Du'svarah a devorar uma nuvem de poeira e gás, emitindo uma luz ainda mais dura, resultante do seu voraz anel de fótons.

Tudo parecia tão pequeno e fútil, diante de tanta imensidão, de tanto poder. O que poderia haver nesse cenário de ruínas cósmicas, para os tadais ou para a Aliança ou para a Latinoamérica? E Peregrino não tinha nada a entregar a Túlio Ferreira, que valesse a morte de Waira e dos outros. Que lições, afinal, ele poderia trazer de volta com ele, se sobrevivesse, para apresentar a Ahgssim-Dahla e Mehra-Ibsso? Nada.

Voltou-se para a mulher.

— Você se sente de algum modo mais que humana, olhando tudo de tão longe, Beatrice? Mais próxima dos deuses?

Mestre das Marés

— Eu nunca me senti — ela disse. — Mas há uma certa paz aqui, Pilgrim. Não sinto mais medo. Não do hálito de fogo do dragão, não enquanto você me abraça assim.

"Mas se você quer dizer que percorremos um longo caminho como pessoas e como espécie, para chegar tão longe da Terra e testemunhar fenômenos tão maiores do que nós, e uma batalha espacial entre humanos e robôs, e a contagem regressiva para sermos vaporizados pelo jato relativístico. . . O húbris atrai a derrocada, não é assim? Mas não é a vergonha da arrogância que eu sinto, ou o medo do castigo divino. Mas o contrário, a humildade daquelas duas partículas."

— E um pertencimento à ordem das coisas? — ele murmurou.

Ela levou um tempo para responder.

— Talvez apenas à minha partícula-irmã, na mesma efeméride cósmica. . .

Quando chegaram a mais de noventa quilômetros de altitude, acima deles, a centenas de quilômetros de distância mas ainda no poço gravitacional de Firedrake Gamma–m, rajadas de detonações acendiam-se em segundos com uma dura luz branca. Formações de *drones* e plataformas de sensoriamento sendo vaporizadas pelos tadais?. . . Quando não estavam ofuscados, Peregrino e os outros podiam ver brilhos e movimentos rápidos entre as estrelas — naves em chamas ou com seus escudos defensivos fulgurando sob as salvas de canhões de alta energia, explosões que não eram atômicas, mas químicas quando os escudos eram rompidos e atmosferas pressurizadas perdiam-se no vácuo do espaço.

Helena Borguese buscou-o pelo ansível, com um relatório da batalha.

— Naves tadais deixaram de entrar no sistema há cerca de uma hora. Os vasos deles já presentes no sistema deram tudo o que tinham, mas de modo pouco coordenado, e agora estão se retraindo da órbita elevada. Aparentemente, os *softwares* táticos tadais determinaram que não há mais objetivos possíveis de serem alcançados nos combates. Os analistas do grupo do Almirante, estudando o padrão das trajetórias e das comunicações deles, acreditam que elas vão sair do caminho do jato relativístico, mas formarão um cerco em torno do planeta, para nos emboscar quando estivermos dando o fora daqui. A ordem do

Almirante é perseguir, fracionar e liquidar, para deter essa manobra. — Silêncio então, por alguns momentos. — Vocês ficarão sozinhos aí por mais algum tempo, mas ele tem um plano para resgatá-los. Entendido?

Mecanicamente, Peregrino repetiu os itens do relatório, para deixar claro que entendia. Não tinha ânimo nem para refletir sobre o que essa nova situação implicava. Ficariam sozinhos em órbita enquanto a contagem regressiva para o fim pulsava célere no seu *head-up display*... Mas Borguese dizia mais alguma coisa.

— ...Saiba que eu protestei quanto à ordem de deixar vocês aí sozinhos.

— Está tudo bem — Peregrino disse. — Não importando o que aconteça, foi um prazer servir com você e nossos companheiros. Por favor, passe isso a eles, Helena.

Ele mesmo tomou a iniciativa de desfazer a conexão. Então repassou aos outros as informações dadas por Borguese. Viu-os trocarem olhares em rápida sucessão, e enxergou desalento em seus gestos.

— Ânimo — disse-lhes. — O Almirante Túlio sempre cumpre sua palavra, e ele está trazendo mais recursos pr'a batalha do que podemos imaginar.

Ninguém disse nada, mas Duran deu um soco de leve no ombro do homem ao seu lado esquerdo, e na mulher do seu lado direito, e então essa foi a nova sucessão de gestos, deixando Peregrino satisfeito. Ele mesmo consultou seu íntimo, sabendo que Túlio realmente faria tudo o que estivesse ao seu alcance para tirá-los dali. Uma olhadela ao cronômetro no HUD lhe disse que tinham tempo, que o Almirante pensaria em alguma coisa.

Lembrou-se então de Beatrice, que observava tudo em silêncio, ainda abraçada a ele. Contou-lhe tudo o que Borguese tinha dito, e também finalizou sua fala com um elogio à determinação e às habilidades táticas do Almirante. Ela recebeu suas palavras sem dizer nada por algum tempo, e então perguntou:

— O que acha que vai acontecer comigo, se formos resgatados?

Ele imaginou o que se passava na mente dela, considerando o ataque de Kiernan e as perdas que tinham sofrido.

— Eles não vão torturá-la nem retê-la por mais tempo que o razoável, Beatrice — disse. — Não é assim que a ELAE trabalha. Mas farei o que puder para estar com você, e garantir que seja bem tratada.

Mestre das Marés

— *Se* sobrevivermos, Pilgrim — ela disse, em voz baixa. — Mas eu agradeço, de qualquer modo.

— Você foi muito forte até aqui, Bee. Foi de grande ajuda por todo o caminho. Não desanime.

Peregrino voltou os olhos para o alto. Já podia ver novas detonações muito distantes, supernovas explodindo entre as estrelas — e para além da curvatura de Firedrake Gamma-M, longe no cone da atmosfera soprada pelos jatos relativísticos, as explosões nucleares criando relâmpagos e globos de gases em expansão. A batalha prosseguia.

Dali a pouco, o canal do ansível abriu-se novamente.

— Atenção, Águia-Cinzenta — ele ouviu. Uma voz feminina, usando o seu código de chamada enquanto no comando dos Jaguares. — Harpia informa que a operação de resgate do seu pessoal foi iniciada. Será uma manobra de alta velocidade e há alguns procedimentos que vocês devem realizar. Confirme.

Antes de responder, Peregrino abriu o canal geral, para que todos ouvissem o diálogo com a operadora de Harpia, que era o código do comandante da ELAE, o Almirante Túlio Ferreira. E então disse:

— Águia-Cinzenta no aguardo de instruções para procedimentos de resgate.

— Atenção para as instruções: primeiro, vocês vão desfazer o anel do TAOFAG o mais rápido possível, mas em um único ponto, entendido? — a operadora disse.

— Sim, desfazer o anel do TAOFAG o mais rápido possível — Peregrino disse. — Em um único ponto do anel. Formaremos uma linha.

— Isso mesmo. Segundo, vocês vão se preparar para desligar seu escudo defensivo na minha marca, entendido?

— Sim, desligar o escudo na sua marca.

— Terceiro, vocês vão alijar as boias anti-G na minha marca, entendido?

— Alijar as boias anti-G na sua marca.

— Quarto e final, vocês vão se desfazer dos seus fardos imediatamente, entendido?

— Negativo quanto a nos desfazermos dos nossos fardos — Peregrino disse, sem hesitar em um segundo. — Eles ficam conosco até o fim.

Depois de uma pausa, a operadora disse:

— Aguarde, Águia-Cinzenta.

Depois de um minuto ou dois, durante os quais Peregrino imaginou a operadora discutindo com o Almirante Túlio o que fazer, voltou a ouvir a voz feminina.

— Águia-Cinzenta, podem colocar imediatamente os fardos em um nível abaixo do anel do pessoal?

— Já estão nessa posição, Harpia.

— Preparem-se, então. Três minutos.

— Mais alguma recomendação? — Peregrino perguntou.

— Não, Águia-Cinzenta, sem mais recomendações. Estamos estabelecendo um *link* permanente de ansível com você, para repasse de telemetria. Vai poder acompanhar nossa aproximação. Atente para a contagem regressiva para o desligamento do escudo. Será iniciada em cerca de dois minutos e meio. Fim.

Assim que a operadora deixou de falar, Peregrino voltou-se para Inácio Duran.

— Você entendeu tudo, Duran?

— Sim, senhor. Eles querem que formemos uma linha, e então vão emparelhar conosco para sermos colocados um a um dentro da nave de resgate.

— Vamos romper o anel na minha posição — Peregrino disse. — Vou soltar o homem ao meu lado. Entendo que ele é um aumentado como você, correto? Ele vai ser o primeiro. Talvez precisemos de uma força extra, dependendo do truque que o Almirante usar pra nos pescar aqui. Apronte o seu pessoal.

Peregrino, enquanto se desatrelava do homem ao seu lado, usou parte dos dois minutos de que dispunham para explicar o plano a Beatrice.

— Você vai ficar do meu lado direito agora, OK? — disse.

Quando tinham apanhado o *kit* para o TAOFAG no Aguirre, o pessoal do PELOPES também havia apanhado os pequenos jatos manuais de atitude, semelhantes a pistolas, e com eles em punho, desfaziam o anel e se alinhavam voltados para a direção esperada, para o *rendez-vous* com o veículo de resgate. O *link* de telemetria informava Peregrino não apenas da sua posição e velocidade, mas toda a rota pretendida e sua relação com o grupo de homens e mulheres flutuando no espaço. Ele orientou-os quanto ao alinhamento. Quando os experientes espaçonautas terminaram, Peregrino era o último elemento da linha, com Beatrice Stahr colocada adiante dele. A contagem regressiva já estava correndo.

Mestre das Marés

Peregrino conferiu os dados vindos pelo *link*, no seu HUD. Havia algo de errado. A nave de resgate voava a quase cinquenta mil quilômetros por segundo. Era esse o plano? Fazer uma frenagem emergencial de combate quase em cima deles? Se a nave errasse por uma fração de ângulo poderia incinerá-los com os retrofoguetes de plasma... Atrás de Peregrino, com as mãos em sua cintura, Beatrice Stahr parecia estar pensando em termos semelhantes. Ela disse:

— Não vejo nenhum reator acionado na nossa direção. A nave não vai parar!

— Vamos confiar que eles sabem o que estão fazendo, Bee.

Ele mantinha um olho acompanhando a contagem regressiva. Voltou a ouvir a voz da operadora:

— Atenção para a contagem: nove... oito... sete... seis...

Peregrino já tinha o dedo no botão que desligava o escudo defensivo. Desviou os olhos do cronômetro e os dirigiu para a direção geral em que a nave deveria surgir, esperando, assim como Beatrice, ver o brilho dos jatos de frenagem a qualquer instante.

Mas não viu nada.

— ...Três... dois... marca!

Ele apertou o botão e, no segundo seguinte, viu alguma coisa.

Se Peregrino tivesse piscado, não teria visto o objeto em hipervelocidade movendo-se como uma elipse crescendo para engolir mais e mais estrelas, que ele na verdade ocultava atrás do seu volume percebido apenas pelo reflexo do anel de fótons no seu contorno superior. Tinha alguma luz de navegação acesa?... Peregrino julgava que não. Divisou ou pensou divisar algo sendo lançado para fora da nave, a descarga de alguma substância que cresceu diante de seus olhos como uma gigantesca mão de muitos dedos que subitamente se abriam——

Um baque. Peregrino pensou que era o fim. Mas... não, não foi um impacto o que sentiu, e sim uma mudança abrupta de referenciais. Tão abrupta, que seu cérebro devia ter apagado por uma fração de segundo. Luzes foram acesas... chegando a eles de uma ampla eclusa externa aberta, vultos já posicionados na sua borda. E então a voz da operadora:

— Alijar as boias, marca!

Peregrino, mesmo aturdido, não falhou em apertar o botão correspondente no painel de controle do TAOFAG preso à sua cintura. As boias anti-G separaram-se, e, à luz brilhante vinda da

Roberto de Sousa Causo

escotilha, começaram a se distanciar. O olhar de Peregrino correu delas para o seu pessoal. Estavam presos ao que parecia ser uma longa teia de algum material branco amarelado e de aparência esponjosa. Alguma substância altamente volátil que, ao sublimar-se no vácuo, permitia que o outro material se solidificasse muito rapidamente, fazendo essa rede de captura surgir diante deles — como a mão de Deus amparando-os na queda.

Ele olhou para o lado direito do seu corpo, o ponto em que tocava o material. Com algum esforço, conseguia desgrudar-se. Mas desgrudar-se por completo não seria inteligente, e ele deteve-se, olhando agora para a frente. A impressão visual era a de que a linha formada por eles e a nave estava perfeitamente imóvel no espaço. Isso, claro, era impossível, assim como era impossível que ele e seus companheiros não estivessem mortos — esmagados pelo impacto do material semirrígido atingindo-os sem a proteção do escudo energético a uma velocidade de quase cinquenta mil quilômetros por segundo. Mesmo um borrifo de água, a essa velocidade, teria caído sobre eles como uma avalanche...

Por cima e por entre as cabeças dos seus companheiros, via que os vultos agitavam-se e, acima e adiante deles, um se destacava. Peregrino observou com mais atenção. O homem estava equipado com uma mochila para atividade extra-veicular, e rapidamente voou a dois ou três metros do lado deles. Quando passou por ele, Peregrino viu que puxava um cabo que ia se desenrolando rapidamente a partir de alguma bobina presa lá na eclusa.

— Atenção, primeiro elemento na linha — veio a voz da operadora —, você deve segurar firme esse cabo e orientar aqueles atrás de você a fazerem o mesmo. Basta segurarem firme, e serão puxados para dentro da eclusa. O material aderente a que estão presos não vai oferecer muita resistência.

Peregrino meteu a mão esquerda no cabo, assim que pôde alcançá-lo. Olhou para trás e viu o homem na mochila de AEV mantendo, a cerca de doze ou quinze metros dele, o cabo tenso e alinhado. Em seguida, olhou para a frente e calculou que o primeiro homem devia estar a uns trinta metros da nave.

— Bee — Peregrino disse, em inglês —, segure este cabo com sua mão esquerda.

Segundos depois, sentia seu flanco direito, colado ao material, despregar-se com um tranco estranhamento suave. Entendeu então o que estava acontecendo. Olhou em torno, para confirmar

Mestre das Marés

sua impressão, e de fato, viu que as estrelas na borda inferior da nave — uma lancha com um desenho desconhecido para ele — recuavam para baixo, revelando faixa após faixa de novas estrelas. A lancha mudava o ângulo do seu curso, ascendendo lentamente em relação ao planeta lá embaixo. Olhando para o lado, Peregrino viu que as boias anti–G derivavam consequentemente para baixo deles. Mas Peregrino não sentia qualquer sensação de movimento, nem mesmo quanto ao puxão rumo à eclusa aberta. Ficou claro que o veículo de resgate conseguia projetar o seu campo compensador de inércia a uma distância de sessenta metros ou mais do seu casco. Peregrino não sabia que essa tecnologia existia, mas fora apenas por isso que a lancha conseguira fazer essa captura do grupo em hipervelocidade — apenas por isso é que ainda estavam vivos.

Ele olhou para Beatrice Stahr à sua frente. Colocou a mão direita em sua cintura, para chamar sua atenção. Sorriu para ela. Depois de um atônito instante, ela lhe devolveu o sorriso.

Peregrino então olhou para baixo, para a imagem plúmbea, marcada por hemorragias de lava nos pontos em que a crosta fora fendida pela força dos jatos relativísticos, de Firedrake Gamma–M. Reconheceu perto da borda mais próxima do planeta a ferida circular, como um buraco de bala ainda sangrando lava de onde uma das luas do antigo mundo joviano havia sido empurrada por um dos jatos até chocar-se contra a superfície.

A nave fez outra correção de curso, com a operação de recolha dos sobreviventes ainda em andamento, e o planeta afastou-se do seu olhar.

"Sim", Peregrino pensou. "Ainda vivos!"

9 HÁLITO DE FOGO

J onas Peregrino foi o último a chegar à eclusa. Com um derradeiro olhar dirigido ao planeta devastado, fez sinal para que ela fosse fechada. Rapidamente, o compartimento foi pressurizado. Era tão grande quanto o espaço do hangar principal da *Balam* — outro sinal de que a lancha era um veículo especializado em salvamento, com soluções técnicas e tecnologias singulares. Por entre os vultos de seus colegas, Peregrino viu num canto uma equipe de homens e mulheres, vestindo trajes protetores e ladeando equipamentos de contenção de material contaminante. Uma voz masculina soou de um autofalante:

— Dispam-se de suas armaduras onde se encontram, e deixem suas armas e equipamentos sobre elas. Serão recolhidos para descontaminação. Em seguida, saiam da eclusa em fila indiana. No corredor da comporta interna, vocês receberão medicamentos e roupões. Acreditamos que, durante a sua estada no planeta e durante a subida, vocês receberam doses de radiação potencialmente prejudiciais à sua saúde. Serão tratados logo e deverão ficar bem em pouco tempo.

Peregrino passou adiante as instruções para Beatrice Stahr. Mais uma vez, foi o último a sair, seguindo os passos da mulher. Uma vez em segurança, a fadiga voltava a se apoderar dele, e seus pés arrastavam-se no piso do corredor. Atrás deles, os tripulantes da lancha

Roberto de Sousa Causo

ocupavam-se em recolher o equipamento e colocá-lo em casulos plásticos de contenção. Diante dele, Beatrice foi colocada em um roupão médico por dois enfermeiros, e depois recebeu comprimidos e um copo de cartão com água.

Em seguida, Peregrino também recebeu um roupão e remédios. Mais à frente, colocaram em suas mãos uma caneca plástica com um ensopado, e ele, seguindo o exemplo dos outros, arrastou-se bebericando a refeição líquida e quente até um alargamento do corredor. Ali, um homem negro em traje espacial de combate os aguardava. Era alto e olhava por cima da cabeça dos outros na fila, como se procurasse alguém em especial. Ele notou Peregrino, e avançou em sua direção.

Peregrino acolheu a mão estendida na sua, e a apertou.

— Você está bem, rapaz? — o Almirante Túlio Ferreira perguntou.

— Sim, senhor. Exausto e provavelmente com um princípio de doença de radiação, como os outros. Mas vivo e pronto pra apresentar meu relatório, se o senhor quiser. Esta é a Chefe de Segurança Beatrice Stahr. — E para ela: — *This is Admiral Túlio Ferreira, Commander-in-Chief of the Latin-American Fleet in the Sphere.*

Os dois trocaram apertos de mão.

— *Nice to meet you* — Túlio disse.

Para o Almirante, Peregrino explicou:

— Ela também é uma náufraga da Roger Penrose, senhor, e está colaborando mais do que ninguém, no caso do assassinato da Tenente Waira e do soldado do PELOPES. Trouxemos os corpos, inclusive do assassino. Recomendo uma autopsia dele.

— Muito bem, filho — Túlio disse, e acenou para que dois enfermeiros se aproximassem. — Veremos isso mais tarde. Por hora, lamento dizer que tenho uma tarefa final pra você. Venha comigo.

Na sala de comunicações ansívicas, uma cadeira de rodas aguardava Peregrino.

— Eu não preciso disso, Almirante — ele disse, com um traço de irritação na voz.

Mestre das Marés

— Isto pode ser bem cansativo, rapaz — Túlio respondeu. — E estou tomando o seu tempo de repouso na enfermaria. Faça o que eu digo.

Sentou-se com um gemido, enquanto, às suas costas, Túlio saía e fechava silenciosamente a porta. O recinto tinha três linhas de luzes discretas nas paredes. Elas se apagaram em sequência, e imediatamente um holograma acendeu-se diante dele. Ahgssim-Dahla e Mehra-Ibsso apareceram. As representantes do Povo de Riv tinham seus grandes olhos voltados para ele, e campos verdejantes de um outro mundo atrás delas. Uma brisa agitava gentilmente seus cabelos crespos. Tinham em seus colos outros conjuntos de colares de contas coloridas. Peregrino sentiu-se arrastado para junto delas, nessa paisagem alienígena.

Elas franziram os olhos fincados nele no mesmo instante. Peregrino nunca as tinha visto franzir os olhos.

— Jovem Jonas. Peregrino — a voz digital do tradutor de Ahgssim-Dahla disse. — Parece exausto.

Como elas podiam reconhecer o cansaço nele, na sua fisionomia humana? Ou o viam de corpo inteiro, sentado na cadeira de rodas?... Talvez fosse um truque de Túlio, para passar um recado às emissárias...

— Túlio abusa — Ahgssim-Dahla continuou. — De você. Relatório pode ficar para. Depois.

Mehra-Ibsso fez um gesto para desfazer a conexão.

— Esperem! — Peregrino disse. — É melhor que seja agora. — Engoliu em seco, percebendo por que o Almirante havia escolhido priorizar essa conferência. — É melhor que partilhemos nossos triunfos e fracassos e as nossas dores o quanto antes.

Túlio lhe havia dito no caminho até ali, que elas estavam informadas sobre a missão em Agu-Du'svarah e sobre o dispositivo enterrado em Firedrake Gamma-M. Peregrino então rapidamente contou a Ahgssim-Dahla e Mehra-Ibsso que a missão de resgatar os cientistas náufragos fora bem-sucedida — excetuando a morte do assassino —, e que a tarefa de descobrir os segredos da máquina tadai fora um fracasso terrível, que resultara na morte de dois membros da sua equipe. Da dedicada Tenente Waira...

Peregrino descobriu então, que os alienígenas do Povo de Riv sabiam chorar. Os olhos afastados das duas encheram-se de lágrimas, que logo rolavam por suas faces negras. "Era por isso que o Almirante confia tanto nelas?", ele perguntou-se. "Porque elas sofrem como nós?..."

— São duras as lições. Que você traz. Lições de perdas. De frustrações e. Mortes.

— Eu não sei que outras lições eu teria... — ele disse, numa voz sumida. — Talvez não haja mais o que saber. Talvez a lição final seja a falta de sentido de tudo...

Mas nesse instante, lembrou-se daquela estranha intuição que subira com ele, da superfície de Gamma–M. Pensava que ela tinha morrido como Waira lá embaixo, mas não. Assim como a jovem tenente precisava continuar vivendo em suas lembranças, a intuição retornava com a força de uma certeza.

Falou a elas da ideia do físico Pierluigi Piazzi. De que materiais entrelaçados... semeados em cada um dos mundos do sistema, talvez milênios atrás, dariam o alerta preciso, recebido pelo dispositivo tadai, quando esses materiais fossem tragados pelo buraco negro.

— Para Piazzi, só um objeto transdimensional teria a energia necessária pra facultar essa identificação via entrelaçamento quântico, da informação retida na superfície holográfica do horizonte de eventos. — Ele fez uma pausa. — Os tadais estariam atrás disso. Alguma coisa que existiria no interior dos planetas, ou de um planeta em especial, e que só seria identificável dessa maneira.

As duas alienígenas dividiram um olhar estranho.

— É. Isso — Ahgssim-Dahla disse.

— É só uma hipótese...

— Não — Mehra-Ibsso o interrompeu. A voz digital falhava em transmitir a seriedade e a agitação de sua fisionomia. — Essa é a maior. Lição. Não uma hipótese. Estamos certas. A resposta única. Possível. Em harmonia com tudo o mais. Que sabemos. A lição de como. Proteger a galáxia. Da ameaça mais grave.

Peregrino levantou-se.

— O que é? Me digam!

— Não sem. Comprovação. Precisamos falar com. Muitos outros. Antes. É preciso. Esperar.

— Você — Mehra-Ibsso disse. — Professor. Agora precisa de. Descanso. Vá.

Peregrino deixou a cabeça pender contra o peito.

Mestre das Marés

Sentiu então uma mão firme mas delicada, forçando-o de volta à cadeira de rodas.

— Eu falhei com a Tenente Waira, Almirante?

Túlio Ferreira, ainda no seu traje de combate, empurrava a cadeira com Peregrino pelos corredores da nave.

— Não fale sobre isso agora — o Almirante disse, com suavidade.

— Mandei que ela não tirasse o capacete em momento algum — Peregrino insistiu —, mas o disparo de Kiernan a atingiu na cabeça... Mandei que ela providenciasse um segundo segurança pessoal, mas apenas o seu guarda-costas durante a missão foi com ela. Eu deveria ter escolhido o segundo segurança eu mesmo? Deveria tê-la impedido de voltar ao Aguirre?...

— Você deu a sua ordem a uma oficial capaz de cumpri-la — Túlio afirmou. Sua voz fria traía sua contrariedade. — E ela queria garantir que os dados capturados chegassem a nós, fazia parte da sua missão. Talvez tivesse pressa, por isso não buscou um segundo segurança, e tirou o capacete pra facilitar a visualização do painel do ansível. Talvez temesse a contaminação radioativa no interior do escaler e não quisesse comprometer uma terceira pessoa. Nunca saberemos ao certo...

— Eu quero a Cruz de Bravura de Primeira Classe pra ela, Almirante. — Ele olhou para trás, para encarar Túlio com firmeza. — E ela merece, senhor. Foi um dos melhores soldados lá embaixo, e sem ela... — Ia dizer, "sem ela, a missão não teria sido cumprida", mas é claro que Kiernan lhes tinha roubado essa vitória. — A família dela e as pessoas precisam saber...

"E também para o seu segurança. Ele derrubou Kiernan, mesmo mortalmente ferido. Eu... eu nem gravei o nome dele..."

— Galeno Miranda — Túlio disse, surpreendendo-o. — E você não foi informado por Borguese, que não queria preocupá-lo, mas houve ainda uma outra baixa, não fatal. Camila Lopes foi ferida durante uma transferência de nave a nave, exigida por ela. Os médicos dizem que seus ferimentos são muito graves, e que ela deve passar por um tratamento demorado, e longa recuperação. Não há nada a fazer, além de torcer pra que ela não sofra sequelas permanentes.

Os dois ficaram em silêncio por um tempo, Peregrino tentando digerir essa informação. Transferência de nave a nave?... Provavelmente em um esquife, mas para quê? Sem saber o que dizer, ele apenas comentou:

— Eu não esperava que o senhor viesse com o veículo de resgate...

— Ninguém precisa de mim no comando tático seja da minha flotilha, seja dos Jaguares. E eu tinha que garantir que a tecnologia especial instalada nesta lancha seria operada corretamente.

— Eu não sabia que um campo compinercial podia ser projetado desse jeito...

— Um truque do Povo de Riv, rapaz. Eles são mais avançados do que nós em várias áreas, e têm permitido o uso limitado e sigiloso de certas tecnologias defensivas.

Túlio deteve a cadeira de rodas passando a entrada da enfermaria. Um enfermeiro notou-os e veio na direção deles, mas o Almirante o deteve com um gesto. O homem retomou o que estava fazendo antes. Peregrino levantou-se e se voltou para Túlio.

— As emissárias sabem de alguma coisa sobre o que havia lá embaixo, senhor.

— Eu ouvi a conversa. E nós um dia vamos saber o que elas sabem.

Peregrino pensou em dizer algo mais. Ao invés, entendendo que esse assunto estava encerrado, perguntou:

— E como vão os combates contra os tadais, Almirante?

— Outra coisa pr'a qual ninguém precisa de mim, filho. A resistência das naves-robôs é momentânea e *pro forma*. Assim que nós assumimos a postura tática de romper o cerco, eles começaram a coordenar sua retirada. Não vão arriscar mais material, quando não há mais objetivos a alcançar aqui. Suas perdas já foram altas o suficiente, e parece que aprenderam a lição que você ensinou a eles em Tukmaibakro. Foi por isso, aliás, que tivemos de fazer o resgate de vocês em hipervelocidade, como se só estivéssemos fazendo medições, lançando sondas ou coisa assim. Se ficasse na cara que era um resgate, isso poderia renovar o interesse deles. — Ele fez uma pausa. — E você, me diga como foi lá embaixo.

Peregrino respirou fundo. Por um segundo, um turbilhão de imagens e fatos rodopiou em sua mente, mas o que saiu de sua boca foi:

Mestre das Marés

— "A escuridão do inferno, e de uma noite privada de cada planeta sob um céu empobrecido, tanto quanto pode ser tenebroso de nuvens, nunca se fez à minha vista tão denso um véu, quanto o fez aquela fumaça que ali nos envelopou, nem ao tato uma textura tão áspera; pois nem um olho sofreu por estar aberto; pelo que, meu acompanhante, fiel e sagaz..."

— "...Achegou-se a mim e ofereceu-me seu ombro" — Túlio completou, com um sorriso e um aperto em seu braço. — Também estou feliz em vê-lo, filho. — Então ele apontou um indicador enluvado para Peregrino. — Vou voltar ao passadiço. *Você*, descanse.

O Almirante deu-lhe as costas e saiu. Peregrino, por sua vez, esperou que a porta da enfermaria tivesse se fechado às suas costas. A primeira coisa que notou foi Beatrice Stahr em pé junto à entrada. Como se estivesse esperando por ele — e, de fato, ela o amparava agora. Pelo jeito, seus cibersistemas lidavam melhor com a fadiga. Peregrino olhou para ela demoradamente, e então para a porta. Ela assentiu de leve com a cabeça.

Peregrino voltou a respirar fundo e a abrir a porta. Viu o vulto de Túlio afastando-se, e partiu atrás dele.

Acompanhado de Beatrice, seguiu pelo corredor que levava ao passadiço. Pouco depois, via Túlio entrar na sala de comando. Junto à entrada, uma mulher da infantaria embarcada levantou-se quando eles entraram vestindo apenas os roupões e as sandálias. Peregrino percebeu que ela o reconhecia, e assentiu brevemente, fazendo-a hesitar. Ele aproveitou para avançar até o ponto em que podiam observar as vigias.

Como havia imaginado, o pavio de plasma acendia-se além das vigias do passadiço silencioso, entre Agu-Du'svarah e Firedrake Gamma—M. Explodia, ionizava e acelerava toda a matéria que encontrava pelo caminho — fosse ela sólida ou sob a forma de gases. A lancha havia utilizado seus reatores direcionais para voltar a proa para o fenômeno.

Peregrino pensou naquilo que as emissárias do Povo de Riv haviam dito. Havia chance, então, de que a missão não fora um fracasso completo. Elas acreditavam que ele havia trazido algo de lá que valesse a pena... Mais do que isso, na verdade. A resposta para algo que o seu povo procurava há muito tempo. Algo *crucial*.

Ele queria saber o quê. Essa coisa que os ajudaria a combater a "ameaça mais grave contra a galáxia"... Mas suspeitava que,

263

apesar de toda a cooperação e confiança existentes entre elas e Túlio Ferreira, seria algo delicado, a ser discutido entre as autoridades mais elevadas do Povo de Riv. Talvez elas decidissem partilhar suas certezas no futuro. Ou suas dúvidas. Talvez não... E talvez Peregrino nem estivesse vivo, quando decidissem o que fazer. Mais missões perigosas esperavam por ele e os Jaguares.

Abraçou Beatrice, e os dois assistiram desse modo ao derradeiro disparo atingir o mundo já calcinado. Claramente, o jato de partículas tinha um diâmetro maior do que o planeta, e, cedo ou tarde, o orbe escaparia do castigo cósmico. Mas agora Gamma–M ardia como uma brasa infernal sob o bombardeio do jato relativístico. Segundos depois, chegou até eles uma luz fulgurante, branca de fogo atômico, que brilhou na face do planeta voltada para o buraco negro. Era um enigma, mas Peregrino suspeitou que o dispositivo tadai, encerrado no Malebolge, cedia à força descomunal do hálito de fogo e liberava, como energia térmica, qualquer forma de energia que a máquina impossível havia armazenado ao longo de sucessivos impactos do jato relativístico. Megatons...

Peregrino sentiu o olhar de Beatrice sobre ele. Voltou-se para ela, sem importar-se com as lágrimas que desciam por suas faces. No mesmo instante, viu os olhos de safira encherem-se com suas próprias lágrimas. Ele soluçou, ela também. Os dois abraçaram-se, mãos nos rostos tentando enxugar os olhos, mas recusando-se a dar as costas ao mundo castigado diante das vigias. Até que Túlio envolvesse os ombros dos dois e os conduzisse, com grande delicadeza, para fora do passadiço e de volta à enfermaria.

EPÍLOGO: DESPERTAR

Q uando despertei do coma induzido e do tempo passado na casulo homeo-regenerador, estava sem o meu implante mnemônico. O trauma havia abafado minha memória recente, e informações me foram alimentadas a conta-gotas, ao longo de dias, semanas e meses. Uma parte disso veio como transcrições muito tímidas, fragmentadas, censuradas, daquilo que o implante havia gravado, pouco antes de eu ter sofrido o que sofri.

Achei tal censura uma afronta aos meus direitos de privacidade, e disse isso aos médicos. Um deles deixou o quarto hospitalar e voltou com uma garota alta, de pele muito branca e de *tailleur* de executivo por cima de calças compridas escuras e muito coladas, com um texto rolando no *tablet* com o qual ela esfregou na minha cara que o implante pertencia à empresa de notícias que controla o *Infinitus*. Eu era apenas a titular de um *leasing* que fora legalmente rescindido, e portanto não tinha mais direito a ele ou ao seu conteúdo. Por determinação dos médicos, eu teria acesso a partes selecionadas do conteúdo, visando a minha recuperação mental e neurológica. E só.

Mais tarde, essa mesma advogada me informaria, quase no mesmo tom neutro de voz, que eu já não trabalhava mais para a *Infinitus*, e que terminado o custoso tratamento médico garantido pelo seguro de vida empresarial, o semanário não teria mais qualquer vínculo comigo.

Roberto de Sousa Causo

Mais que isso, a empresa me processava pelo vazamento dos registros do meu implante, pertinentes àquilo que ficou conhecido na imprensa internacional como "Incidente Firedrake".

Nessa altura eu já sabia que havia perdido quatro anos de minha vida, enquanto meus membros e parte de meu abdômen cresciam de novo no casulo regenerativo, assim como parte do meu córtex cerebral.

Muito lentamente, fui me recordando da minha inglória tarefa jornalística com os Jaguares de Jonas Peregrino. Passados quatro anos do ocorrido no planeta destruído pelo buraco negro, qualquer tentativa de desconstruir o Capitão Peregrino e os planos dele e do Almirante Túlio Ferreira parece risível. A Esfera é o novo centro de interesse de toda a humanidade, e está em curso uma corrida planetária que fará fortunas em todos os blocos políticos e mesmo em mundos coloniais das Zonas 2 e 3.

Nem por isso, um certo embaraço deixou de ser gerado pelo vazamento do conteúdo do meu implante mnemônico. Um *forte* embaraço. O *Infinitus* perdeu sua credibilidade e foi alvo de um inquérito político conduzido pelo Parlamento. O editor Bolívar Conejo foi despedido e hoje é um profissional desacreditado.

Devo dizer, porém, que em nenhum momento Conejo me visitou durante minha recuperação, embora permanecesse na Terra após a sua dispensa. (O contraste com a atitude de Marcos Vilela e dos oficiais da *Balam* é marcante, pois despertei na presença de seus cartões com votos de recuperação sem sequelas, e dos presentes e lembranças dos Jaguares: as canecas e fotos de onças, o boné e o projetor 3D da nave que era presenteado a todos os visitantes.) Também são públicos os vários relatos, feitos por Conejo ao longo dos anos em que estive em coma, em que tenta se eximir de qualquer culpa quanto ao incidente que me vitimou — ou quanto às razões por trás de sua encomenda do perfil de Jonas Peregrino, depois de vazado o conteúdo do meu implante.

Mas ele deve saber que *eu* fui a maior prejudicada, em todo o incidente. Eu era uma civil em zona de combate, enviada por Conejo para essa situação em potencial e com o conhecimento da direção da *Infinitus*. Não tinha qualquer apoio concreto da redação, e por ser inexperiente nesse tipo de jornalismo de combate, não sabia como me portar e cometi o erro que resultou em meus ferimentos quase fatais, e na consequente perda de quatro anos de minha vida, num quadro de forte abalo psicológico que exigirão

Mestre das Marés

mais anos de terapia para superá-lo: De fato, como os atestados médicos comprovam, quem emergiu do casulo de regeneração foi uma outra pessoa. Minha perda de conexões cerebrais — tanto neuronais biolétricas quanto microtubulares e quânticas, segundo os relatórios médicos — foi grande demais para que eu as recupere como eram, de modo que minha personalidade foi efetivamente reconfigurada pelo trauma.

Não perdi apenas tempo de vida e minha carreira, mas também a pessoa que eu era e a pessoa que poderia vir a ser. A tal ponto, que não é exagero afirmar que Camila Lopes *morreu*. O fato de a pessoa física persistir não significa que a perda de Camila Lopes para familiares e amigos, para o corpo social defendido pelas leis, não foi uma perda completa e irreparável. O mundo e o universo seguiram adiante, enquanto eu estive em coma. O conteúdo vazado do meu implante isentou a Capitã Helena Borguese de qualquer culpa pelo que aconteceu comigo, as reputações de Jonas Peregrino e de Túlio Ferreira não foram arranhadas pelo Incidente Firedrake, e a *Infinitus* ainda existe.

Mas Camila Lopes não existe mais.

> Declaração de Camila Lopes lida na Corte de Intermediação da 9.ª Vara Criminal de Buenos Aires, Terra (Zona 1), na qual as partes concordaram em não levar seu litígio à Justiça, mediante compensação financeira oferecida pela empresa ILH–Coletivo Agência de Notícias, S.A., em 31 de maio de 2425.

ANEXOS

HIERARQUIA MILITAR	273
CORRESPONDÊNCIA COM A HIERARQUIA MILITAR ATUAL	274
VASOS DE GUERRA	275
COMENDAS	275
SIGLAS	276
OUTRAS HISTÓRIAS DA SÉRIE *AS LIÇÕES DO MATADOR*	277
AS HISTÓRIAS DA SÉRIE *SHIROMA, MATADORA CIBORGUE*	278

Hierarquia Militar

Espacial	Superfície
Almirante-Estelar	Marechal
Almirante-de-Esquadra	General-de-Comando-Planetário
Vice-Almirante	General-de-Superfície
Contra-Almirante	General-de-Exército
Capitão-de-Espaço-Profundo	Coronel
Capitão-de-Ar-e-Espaço	Tenente-Coronel
Capitão	Major
Capitão-Tenente	Capitão
Primeiro-Tenente	Primeiro-Tenente
Segundo-Tenente	Segundo-Tenente
Alferes	Aspirante
Suboficial	Subtenente
Primeiro-Sargento	Primeiro-Sargento
Segundo-Sargento	Segundo-Sargento
Terceiro-Sargento	Terceiro-Sargento
Cabo	Cabo
Espaçonauta	Soldado

CORRESPONDÊNCIA COM
A HIERARQUIA MILITAR ATUAL

Marinha	Exército
Almirante	Marechal
Almirante-de-Esquadra	General-de-Exército
Vice-Almirante	General-de-Divisão
Contra-Almirante	General-de-Brigada
Capitão-de-Mar-e-Guerra	Coronel
Capitão-de-Fragata	Tenente-Coronel
Capitão-de-Corveta	Major
Capitão-Tenente	Capitão
Primeiro-Tenente	Primeiro-Tenente
Segundo-Tenente	Segundo-Tenente
Guarda-Marinha	Aspirante
Suboficial	Subtenente
Primeiro Sargento	Primeiro Sargento
Segundo Sargento	Segundo Sargento
Terceiro Sargento	Terceiro Sargento
Cabo	Cabo
Marinheiro	Soldado

As forças armadas espaciais do futuro são imaginadas como fusão da Marinha e da Força Aérea. As esquadras da Latinoamérica herdaram a nomenclatura de postos e vasos de guerra da Marinha, e o fardamento da Força Aérea (conforme a tradição brasileira).

Vasos de Guerra

NLA-73 *Cisneros* (Nau da LatinoAmérica/ELAE; fragata)
NLA-91 *Noronha* (Nau da LatinoAmérica/ELAC; destroier)
NLA-111 *Patagônia* (Nau da LatinoAmérica/ELAE; destroier)
NLA-116 *Artigas* (Nau da LatinoAmérica/ELAE; fragata)
NLA-126 *Gloriosa* (Nau da LatinoAmérica/ELAE; cruzador capitânia da ELAE)
NTDV-13 *Cuenca del Plata* (Nau de Transporte e Desembarque de Veículos/ELAE)
E-71c Albatroz (nave operadora de comunicações)
CE-428F Carcará (caça estelar)
RAE-428R Olho de Carcará (reconhecimento armado estelar)
NPA-01 *Balam* (Nau de Patrulha e Ataque)
NPA-02 *Jaguarundi* (Nau de Patrulha e Ataque)
NPA-03 *Maracajá* (Nau de Patrulha e Ataque)
NPA-04 *Onça Pintada* (Nau de Patrulha e Ataque)
NPA-05 *Lince Vermelho* (Nau de Patrulha e Ataque)
NPA-06 *Gato dos Pampas* (Nau de Patrulha e Ataque)
NPA-07 *Suçuarana* (Nau de Patrulha e Ataque)
NPA/N-H-08 *Jaguatirica* (Nau de Patrulha e Ataque/Nave-Hospital)
NPA-09 *Gato Preto* (Nau de Patrulha e Ataque)

COMENDAS

Medalha de Honra Estelar (a maior comenda por bravura da Latinoamérica)
Ordem do Defensor (a segunda maior comenda por bravura)
Cruz de Bravura de Primeira Classe
Cruz de Bravura de Segunda Classe
Medalha do Espaçonauta

Siglas

CECZARE (pronuncia-se *Cézare*): Comandante-em-Chefe da Zona de Atuação Regional da Esfera

CME: Contra Medidas Eletrônicas

CPOR: Centro de Preparação de Oficiais da Reserva

ELAC: Esquadra Latinoamericana Colonial (5.º Distrito das Forças Espaciais)

ELAE: Esquadra Latinoamericana da Esfera (7.º Distrito das Forças Espaciais)

GARP: Grupo Armado de Reconhecimento Profundo

GCAEP: Grupo de Caça de Ataque de Espaço Profundo

GOE: Grupo de Operações Especiais

GOeC: Grupo de Observação-e-Comunicações

MPDL: Míssil, Plasma de Dispersão Lenta (referência a armamento)

NTDV: Nau de Transporte e Desembarque de Veículos

OCOMSOC: Oficial de Comunicação Social

PELOPES: Pelotão de Operações Especiais (referência à Infantaria Embarcada)

TAOFAG: Trem de Ascensão Orbital por Flutuação Anti-G

UA: Unidade Astronômica

VAENT: Veículo Aeroespacial Não Tripulado

ZSR: Zona de Simetria Rompida

OUTRAS HISTÓRIAS DA SÉRIE AS LIÇÕES DO MATADOR

Glória Sombria: A Primeira Missão do Matador. Devir Livraria, 2013.

"Batalhas na Memória". Conto. Na revista *Scarium MegaZine* N.º 19, Ano v, maio de 2007.

"Descida no Maelström". Noveleta. Na antologia *Futuro Presente*: Nelson de Oliveira, ed. Editora Record, agosto de 2009.

"Trunfo de Campanha". Noveleta. Na antologia *Assembleia Estelar: Histórias de Ficção Científica Política*, Marcello Simão Branco, ed. Devir Livraria, janeiro de 2011.

"A Alma de um Mundo". Noveleta. Na antologia *Space Opera: Jornadas Inimagináveis em uma Galáxia não Muito Distante*, Hugo Vera & Larissa Caruso, eds. Editora Draco, 2012.

"Tengu e os Assassinos". Noveleta. Na antologia *Sagas Volume 4: Odisseia Espacial*, anônimo, ed. Porto Alegre: Argonautas Editora, abril de 2013.

As Histórias da Série Shiroma, Matadora Ciborgue

"Rosas Brancas". Conto. Na revista *Portal Solaris*, Nelson de Oliveira, ed., julho de 2008. (Também na revista *Trasgo* N.º 3, junho de 2014, e também na coletânea *Shiroma, Matadora Ciborgue*. Devir Livraria, dezembro de 2015.)

"Concha do Mar". Conto. Na revista *Portal Neuromancer*, Nelson de Oliveira, ed., dezembro de 2008. (Também na coletânea *Shiroma, Matadora Ciborgue*. Devir Livraria, dezembro de 2015.)

"O Novo Protótipo". Conto. Na revista *Portal Stalker*, Nelson de Oliveira, ed., julho de 2009. (Também na revista *Perry Rhodan* Volume 41, fevereiro de 2016, e também na coletânea *Shiroma, Matadora Ciborgue*. Devir Livraria, dezembro de 2015.)

"Cheiro de Predador". Conto. Na revista *Portal Fundação*, Nelson de Oliveira, ed., dezembro de 2009. (Também na coletânea *Shiroma, Matadora Ciborgue*. Devir Livraria, dezembro de 2015.)

"Arribação Rubra". Conto. Na revista *Portal 2001*, julho de 2010. (Também na coletânea *Shiroma, Matadora Ciborgue*. São Paulo: Devir Livraria, dezembro de 2015.)

"Tempestade Solar". Conto. Na revista *Portal Fahrenheit*, dezembro de 2010. (Também na antologia *Todos os Portais: Realidades Expandidas*, Nelson de Oliveira, ed. Terracota Editora, novembro de 2012, e também na coletânea *Shiroma, Matadora Ciborgue*. Devir Livraria, dezembro de 2015.)

"Elocução Final". Conto. Na antologia *A Voz dos Mundos*, Paulo Soriano & Valentim Fagim, eds. Editora Através, fevereiro de 2016. (Também na coletânea *Shiroma, Matadora Ciborgue*. Devir Livraria, dezembro de 2015.)

"Os Fantasmas de Lemnos". Conto. Na coletânea *Shiroma, Matadora Ciborgue*. Devir Livraria, dezembro de 2015.

"Homem de Lata". Noveleta. Na coletânea *Shiroma, Matadora Ciborgue*. Devir Livraria, dezembro de 2015.

"A Extração". Noveleta. Na coletânea *Shiroma, Matadora Ciborgue*. Devir Livraria, dezembro de 2015.

"Renegada". Noveleta. Na coletânea *Shiroma, Matadora Ciborgue*. Devir Livraria, dezembro de 2015.

AGRADECIMENTOS

Preciso agradecer a algumas pessoas que leram o rascunho de *Mestre das Marés* ou parte dele, como Henrique Flory, Jorge Luiz Calife e Douglas Quinta Reis (responsável pela preparação de texto). Christopher Kastensmidt me apresentou ao seu colega e professor de Astronomia, Mike Brotherton, diretor do Launchpad Workshop, que dedicou um pouco do seu tempo a responder algumas perguntas que fiz sobre buracos negros e jatos relativísticos. Todas as licenças e erros são meus.

Qualquer um que tenha visto o filme de Christopher Nolan, *Interestelar* (*Interstellar*, 2014), saberá que ele influenciou a escrita de *Mestre das Marés*, ainda que este livro tenha sido iniciado antes da distribuição e exibição do filme, na representação visual de um buraco negro supermassivo, representação essa que já entrou para os estudos científicos a respeito desses corpos.

As citações de Dante Alighieri vieram da tradução sem rimas de Henry Wadsworth Longfellow (Nova York: Barnes & Noble, 2008), feita do italiano para o inglês por esse poeta americano entre 1865 e '67. O guia *Dante Alighieri: O Poeta Filósofo* (São Paulo: Lafonte, 2011), de Carlos E. Zampognaro, me ajudou a navegar os círculos dantescos de significado. Assim como a conversa com o artista plástico Canato, com Daniel Abrahão, Pedro Santos e Marilda Ogata Mitsui, no Colégio Dante Alighiere em São Paulo, em 28 de junho de 2016.

R.S.C.
São Paulo, junho de 2017.

SOBRE O AUTOR

Roberto de Sousa Causo é autor dos livros de contos *A Dança das Sombras* (1999), *A Sombra dos Homens* (2004), e *Shiroma, Matadora Ciborgue* (2015) e dos romances *A Corrida do Rinoceronte* (2006), *Anjo de Dor* (2009), *Glória Sombria: A Primeira Missão do Matador* (2013) e *Mistério de Deus* (2017). Também escreveu o estudo *Ficção Científica, Fantasia e Horror no Brasil* (2003), que recebeu o Prêmio da Sociedade Brasileira de Arte Fantástica. O primeiro livro da série As Lições do Matador, *Glória Sombria* foi um dos indicados para a categoria Melhor Romance do Prêmio Argos de Literatura Fantástica 2014, promovido pelo Clube de Leitores de Ficção Científica. É também autor da coletânea de histórias *Shiroma, Matadora Ciborgue* (2015), parte do mesmo universo da série As Lições do Matador.

Seus contos, mais de oitenta, foram publicados em revistas e livros de onze países. Foi um dos três classificados do Prêmio Jerônimo Monteiro (1991), da *Isaac Asimov Magazine*, e no III Festival Universitário de Literatura, com a novela *Terra Verde* (2000); foi o ganhador do Projeto Nascente 11 (da USP e do Grupo Abril), categoria Melhor Texto, em 2001 com *O Par: Uma Novela Amazônica*, publicada em 2008. Completando um trio de novelas de ficção científica ambientadas na Amazônia, *Selva Brasil* foi lançado em 2010.

Causo escreveu sobre os seus gêneros de interesse para o *Jornal da Tarde*, *Folha de S. Paulo* e para a *Gazeta Mercantil*, para as revistas *Extrapolation*, *Science Fiction Studies*, *Alambique: Revista académica de ciencia ficción y fantasia*, *Cult*, *Ciência Hoje*, *Palavra*, *Zanzalá* e *Dragão Brasil*. Faz resenhas para o *site Who's Geek*, de Gabriela Colisigno & Roberto Fideli (www.whosgeek.com).

O jornal *A Tarde* disse que "Roberto de Sousa Causo é um dos mais atuantes escritores brasileiros de FC, horror e fantasia", e o *Anuário Brasileiro de Literatura Fantástica* o chamou de "um dos mais importantes nomes da FC brasileira ... [com] uma trajetória que se confunde com os vários momentos do gênero no Brasil nos últimos trinta anos." Causo vive em São Paulo, com a esposa Finisia Fideli.

SOBRE O ARTISTA DA CAPA

Vagner Vargas é artista plástico e ilustrador desde 1989, quando concluiu o curso de artes no Liceu de Artes e Ofícios de São Paulo. Atua no mercado editorial desde 1990, com ilustrações e criações diversas para miolo e capa de livros entre outros projetos, como *posters* e *cards*. Também produziu histórias em quadrinhos para os Estados Unidos, com arte interna e capas para romances gráficos. Trabalhou para diversas editoras, ilustrando ficção científica, fantasia, didáticos e literatura em geral. É um dos poucos ilustradores na história da FC no Brasil, claramente identificados com o gênero — tanto que foi o Artista Convidado de Honra da V InteriorCon, em 1997. Foi o primeiro artista brasileiro a ilustrar livros da série Jornada nas Estrelas, para a Editora Aleph.

Para a Devir Livraria, ilustrou as capas dos livros de Jorge Luiz Calife, *Trilogia Padrões de Contato*, *Angela entre dois Mundos* e *Trilhas do Tempo*, e os de Orson Scott Card na premiada Saga de Ender: *O Jogo do Exterminador, Orador dos Mortos, Xenocídio* e *Os Filhos da Mente*. Também acumula colaborações junto às editoras Arte & Ciência, Estronho, Moderna e Pensamento. Em 2015, teve arte de capa e perfil reproduzidos na revista francesa de ficção científica *Galaxies*. Sempre se atualizando e pesquisando novas tendências, tem combinado seu talento para o desenho com a arte digital. Além da ilustração editorial e das artes plásticas, já atuou com animação e criação visual. É o criador do *site GalAxis: Conflito e Intriga no Século 25* (www.universogalaxis.com.br) lar das séries As Lições do Matador e Shiroma, Matadora Ciborgue. Como artista plástico, tem um trabalho na linha do fantástico, com temática relacionada à natureza do planeta e do ser humano. Vive em Tremembé, no Interior do Estado de São Paulo, com a esposa Regina e o filho Victor. Na Internet, está em www.vagnervargas.com.br.

Ga
CONFLITO E

AS LIÇÕES DO MATADOR

Início Novida

A sua fonte de informações sobre a série As Lições do Matador, de Roberto de Sousa Causo, o novo épico da ficção científica.

Uma extensão virtual dos conteúdos da série. Com notícias, imagens, relações de histórias e personagens. Guia de armas e veículos, alienígenas e zonas de conflito na galáxia. Promoções exclusivas.

Webdesign: Vagner Vargas/Aquartweb

ENCICLOPÉDIA GALÁCTICA

Também com dados completos
da série-irmã,
Shiroma, Matadora Ciborgue.

Visite
www.universogalaxis.com.br

Não perca a nova aventura
de Jonas Peregrino:
Anjos do Abismo.

 DEVIR